CW00867211

CENTINELA CINCO

JAMES QUINN

Traducido por
XINIA ARIAS

LOS CRÍTICOS LO ELOGIAN POR "UN JUEGO PARA ASESINOS"

"Un juego para asesinos se adentra en las entrañas de los espías durante la Guerra Fría con detalles maravillosamente oscuros y ásperos. Mucha acción, descripciones detalladas de armas exóticas y cómo eran utilizadas ".

"El personaje principal es un soplo de aire fresco. A un millón de millas de distancia de los espías de clase alta de los últimos tiempos. El diálogo de Gorila se dispara rápidamente como una bala de un arma, en parte brusco y en parte conocedor de la calle, y te puedes imaginar que Quinn escribe todo esto con una pistola .45 pegada a su cadera.

"Un juego para asesinos, de James Quinn, es por excelencia Ludlum o Le Carre. Si no tienes la edad suficiente para haber experimentado las historias de espionaje de la Guerra Fría y de engaño, te has perdido la historia real".

"Jack 'Gorila' Grant es un tipo rudo, no creo que la palabra 'héroe' lo describa con precisión, pero como protagonista tiene el potencial de convertirse en un ícono".

Este libro está dedicado a los miembros y patrocinadores del Special Forces Club, Londres.
Es un agradecimiento por todo su apoyo y aliento a lo largo de los años.

"Espíritu de Resistencia"

———

Un hombre que desea venganza primero debe cavar dos tumbas

Anon

LIBRO UNO: EL RETORNADO

1

MELBOURNE DOCKS, AUSTRALIA - 18ᴰᴱ JUNIO 1966

Los cuatro fantasmas estaban, acurrucados en la oscuridad de la noche, escondidos detrás de las cajas, cajones y contenedores que alineaban el muelle. Los fantasmas, aunque no es una descripción precisa, encajaban en sus perfiles perfectamente. Eran hombres que sabían ocultarse en la noche, llevaban abrigos de Docker negros y gorras de punto, y durante la última hora habían logrado permanecer ocultos de los trabajadores regulares que trasladaban suministros y carga a los numerosos buques portacontenedores. Todos estaban armados con cuchillos de comando afilados y todos estaban listos para usarlos con efecto letal para completar su misión. Este trabajo tenía que hacerse en silencio, para que fuera una extracción exitosa.

Su líder estaba a la vanguardia, su equipo lo flanqueó. El coronel Stephen Masterman, jefe de la Unidad de Des-codificación del Servicio Secreto de Inteligencia Británico, levantó los prismáticos a sus ojos y miró a la rampa de aterrizaje del buque portacontenedores mientras esperaba a que su agente apareciera. El hombre que estaban esperando

era un contrabandista de oleoductos medio portu-
gués/medio chino con el nombre de Raymond Yu. Yu era un
subteniente en la casi mítica organización *Karasu-Tengu* y
había sido persuadido para vender a su empleador por un
pago único de los británicos. SIS quería al 'Cuervo' – el
hombre mismo, el líder – Censurado. Las órdenes del Jefe
eran claras. "Haz que hable, Stephen, usa el maldito método
que quieras, pero consigue la ubicación del mismísimo
Cuervo", susurró el Jefe en su última reunión encubierta en
Londres.

Masterman había buscado y reunido inteligencia, y
trazado y planeado. Pero hasta ahora, su objetivo había sido
esquivo. El líder de Yu tenía dinero, inteligencia y recursos y
sabía cómo permanecer oculto mientras aún era capaz de
atacar a sus enemigos y matarlos. Hasta ahora, el Cuervo
había asesinado a cuatro de los agentes de Masterman de la
unidad de Redacción.

Primero, Spence había sido masacrado en Estambul,
luego Trench había desaparecido de la faz de la Tierra en
Macao, luego Marlowe... luego Burch. Todos habían tenido
como objetivo penetrar y asesinar al jefe de la organización, todos habían sido asesinados. Ahora la Redacción
estaba severamente agotada; los dos redactores restantes
habían sido asignados para cubrir una misión en el Medio
Oriente y Masterman había tenido pocas opciones, más
que pedir un "favor" de su antiguo Regimiento de Fuerzas
Especiales en tiempos de guerra. No esperaba problemas
con la extracción, pero solo como medida de precaución,
sintió que era mejor tener un pequeño número de buenos
hombres que lo respaldaran. No es que fueran los hombres
que hubiera preferido tener a su lado, pero eran buenos, no
obstante. Su hombre de respaldo ideal ya no era un
jugador en el juego. Se había retirado del SIS varios años

antes, cuando se retiró de la guerra secreta. Masterman había aprendido, por las malas con los agentes, que las cosas podían salir mal rápidamente, por lo que se contentó con los soldados secundados de la élite militar. Se quedaron en silencio durante varios minutos más y luego, a lo lejos, se dio cuenta de que algo nuevo estaba sucediendo: un automóvil, con los faros apagados, cerca de la pasarela del contenedor más cercano. Tres hombres salieron del Ford Falcon marrón. Eran chinos de aspecto rudo, vestidos con sombríos trajes negros. Los guardaespaldas.

Masterman agitó una mano casi casual a sus hombres y observó cómo se alejaban, desvaneciéndose en la oscuridad. Los imaginó acercándose, preparándose para lanzarse desde una posición oculta para eliminar sus 'tiradores', en caso de que Yu y su equipo de seguridad decidieran cortar en seco. Una vez que el equipo de las Fuerzas Especiales estuvo en posición, volvió su atención al auto y vio al hombre que había estado esperando para salir del vehículo. Era alto y bien compuesto, e incluso en esta penumbra, Masterman podía distinguir los rasgos medio asiáticos del hombre. Yu y su equipo de guardaespaldas comenzaron a caminar hacia el punto de encuentro acordado, justo al norte del muelle 41. Cuando estuvieron a veinte metros de distancia, Masterman salió de la oscuridad y se acercó a ellos.

"Centinela" preguntó Yu, sonando aliviado.

Masterman asintió y extendió una mano. "Por favor, por aquí, tenemos un vehículo esperándote".

El camión los llevaría a lo largo del puerto a un bote rápido y, desde allí, a una casa segura en la costa donde Yu podría ser interrogado sobre el Cuervo. Después de eso, volvería a su vida "normal" sin que nadie fuera más sabio. Regresaría a su oficina a primera hora de la mañana y sería cien mil dólares estadounidenses más ricos, gracias a la inteligencia británica.

Yu se volvió, le dijo algo a su equipo de seguridad y comenzó a caminar hacia su nuevo protector cuando la explosión de disparos automáticos eliminó a los dos guardaespaldas del lado derecho de Yu. Las balas golpearon en sus cabezas y los dos hombres colapsaron como muñecas de trapo. Lo que siguió fue un momento de terror y confusión. Masterman estaba al tanto de que su equipo de Fuerzas Especiales emergería de las sombras a gran velocidad, apresurándose a llevarlo rápidamente a un lugar seguro y proporcionarle protección a su cuerpo. Dos de ellos murieron en el acto, antes de que pudieran alcanzarlo. Los hombres en el muelle corrían y saltaban para encontrar cualquier tipo de cobertura, hasta que pudieron determinar dónde estaba ubicado el francotirador.

Masterman se agachó detrás de una caja, pero pudo ver claramente la escena que tenía delante. Oyó nuevamente el ruido de los disparos y el último guardaespaldas de Yu fue tomado por la parte de atrás, enviándolo, tumbado, muerto, sobre los adoquines. Masterman, siempre el soldado, levantó la vista y pudo ver el estallido destellar desde la posición del francotirador. Casi podía distinguir la oscura figura encaramada en la parte superior de un bloque de contenedores, el rifle de asalto M-16 en las manos del asesino incluso ahora estaba buscando más objetivos. Masterman había pasado suficiente tiempo bajo fuego en su carrera para reconocer la vorágine de una masacre y quienquiera que fuera el francotirador oculto, era bueno. Hasta ahora, todos sus disparos habían dado en el blanco sin fallar. Su prioridad ahora era sacar a su agente, Yu, de la zona de asesinatos y ponerlo a salvo. Captó la mirada del soldado restante de las Fuerzas Especiales que estaba oculto detrás de una barricada y le hizo una señal con la mano para que llegara a Yu y lo evacuara. El soldado asintió, respiró hondo y se puso en marcha. Casi de inmediato, Masterman también se puso de pie y se movió. ¡Dos objetivos! Ningún francotirador, por bueno que fuera, podría eliminar dos objetivos simultáneamente.

MASTERMAN CORRIÓ, pero antes de dar diez pasos escuchó la siguiente descarga de disparos cuando pasaron por su lado y vio al soldado caer de un disparo en la cabeza. Masterman cambió de dirección, buscando frenéticamente la protección del francotirador y saltó los últimos metros hasta que estuvo a salvo detrás de una pila abandonada de tarimas. Buscó una ruta de escape ... nada ... y luego recordó el auto en el que Yu y sus guardaespaldas habían llegado. Si lograba que Yu corriera rápidamente para alcanzarlo detrás de las tarimas, un poco más de doce pies, entonces había una posibilidad de que pudieran llegar al auto y escapar.

Masterman extendió una mano, haciendo señas al hombre que había sido enviado aquí para la extracción. ¡Vamos, muévete, maldita sea! ¡Es tu única esperanza!

Yu lo miró con miedo. ¡Los hombres que inicialmente habían venido a salvarlo ahora estaban casi todos muertos y había sido comprometido, traicionado, de alguna manera! Masterman se dio cuenta de que los disparos se acercaban, las rondas arrancaban la madera de las tarimas y luego se desviaban hacia el granito del muelle. Yu cerró los ojos por un momento y luego, como si hubiera tomado una decisión monumental, se puso de pie y se enderezó, su alta figura alargada y sus manos en el aire en señal de rendición. Se giró en dirección al francotirador escondido y gritó. "No hablé, ¡no les dije nada! Nunca traicionaría al *Karasu*, yo ..."

Hubo una cacofonía de fuego automático y lo arrojaron de nuevo al suelo, su pecho y su cara eran una masa de explosiones cuando las balas lo destrozaron. Con su agente muerto y su equipo masacrado, Masterman corrió hacia la opción de escape del automóvil. Casi lo logró, y si hubiera sido diez años más joven, probablemente lo habría hecho. Él estaba a una corta distancia del lado del conductor cuando escuchó un CLANK cuando un pequeño objeto de metal aterrizó debajo del auto. *Una granada,* pensó. El francotirador estaba tratando de eliminar sus objetivos ocultos con granadas y ...

La explosión diezmó el automóvil, enviando fragmentos de metal y escombros hacia afuera y Masterman experimentó un dolor intenso cuando el metal del vehículo le abrió la espalda, el fuego de la explosión le quemó la cara y la fuerza de la explosión lo levantó, arrojándolo a la oscuridad, agua fría. De repente, su mundo se llenó de sangre, miedo y oscuridad. Él pateó, empujándose hacia arriba, tomando una gran bocanada de aire cuando llegó a la superficie. Pateó de nuevo y nadó lejos del tiroteo en el muelle, poniendo distancia entre él y el muelle. A su izquierda, escuchó otra explosión en el agua. Era otra granada, pero estaba bastante lejos, no tenía ninguna posibilidad de golpearlo. *El francotirador debe haber perdido el rumbo, apostando por un golpe de suerte en lugar de un objetivo,* pensó. Fue en los últimos momentos antes de empezar a perder su conciencia, cuando Masterman vio a un hombre muerto, un fantasma; un hombre que conocía y que había estado muerto durante los últimos seis meses. Sabía que el hombre estaba muerto, porque el propio Masterman lo había enviado a la misión de la que nunca había regresado. El hombre muerto estaba en lo alto de los contenedores que habían proporcionado su posición de francotirador, su rifle estaba levantado en una mano al comenzar su descenso. Echó un vistazo más alrededor del área de devastación, tal vez para convencerse de que no había más sobrevivientes, y solo entonces siguió bajando la escalera.

"Trench, Trench... Trench —murmuró Masterman, como si se convenciera de haber sido testigo de una ilusión. Pero esto no fue una ilusión. Un hombre muerto había vuelto a la vida y casi lo mata. Masterman miró con incredulidad, incluso cuando el agua helada comenzó a mover su cuerpo herido más lejos del muelle, a la deriva a lo largo de la pared del puerto. Y luego no pensó más en la situación, cuando la oscuridad lo alcanzó y se fue alejando cada vez más.

———

BOSQUE ASHDOWN, INGLATERRA 19de JUNIO 1966

El viejo espía fue arrastrado por el bosque por unos fuertes brazos. Su abrigo se había abierto y sus pies descalzos tenían cortadas y ampollas por haber sido arrastrados y empujados por el piso de tierra, después de que sus zapatillas se perdieron en algún lugar profundo del bosque hacía bastante tiempo.

No sabía cómo eran sus captores. Estaban encapuchados, parecidos a algo de una pesadilla, y solo las rendijas en los pasamontañas negros revelaban sus ojos intensos. Sabía que eran fuertes, ciertamente; competentes, definitivamente. Después de todo, habían matado a sus guardaespaldas policiales, que eran un adorno perpetuo en el frente de su residencia privada en Royal Tunbridge Wells. Adempas habían matado a su esposa, mientras ella yacía a su lado en la cama. Había visto cómo la cubrían con una manta e insertaban silenciosamente una cuchilla larga y delgada a través del material tejido ... una vez, dos veces ... y luego ella dejó de moverse. Había sido golpeado, maltratado y tirado por las escaleras y en el frío de la noche. Luego había sido transportado, metido en el maletero de un automóvil anónimo y conducido a gran velocidad a quién sabe dónde. A juzgar por su entorno, y la distancia que habían recorrido en el vehículo, supuso que estaba en algún lugar dentro del laberinto del Bosque Ashdown. Sus viejas habilidades de espionaje, al menos, no le habían fallado por completo.

Había sido sacado del auto como un saco de patatas y empujado profundamente a la oscuridad de la noche, con las manos manipulándolo, empujándolo más cerca de su destino. Los bosques se hicieron cada vez más profundos, las nieblas nocturnas que se elevaban desde el suelo dando a su entorno una calidad etérea, hasta que finalmente, justo cuando pensaba que se iba a desmayar por miedo y agotamiento, entraron en un pequeño claro. El área no tenía más 5 metros de ancho y estaba iluminado por una pequeña lámpara de parafina. Y allí, esperando como un verdugo paciente, estaba el hombre que había ordenado que el anciano espía fuera sacado de su cama en la oscuridad de la noche y llevado a este lugar de horror. Era delgado, estaba en forma y vestía un traje oscuro. Su pelo corto y su duro ceño le daban la apariencia de un hombre acostumbrado a salirse con la suya. Él era el *Karasu*.

"El Cuervo, supongo", dijo el anciano, débilmente. Sus guardias lo empujaron al suelo, así que estaba arrodillado frente a su captor. El suelo frío y húmedo rápidamente lo empapó a través de sus pantalones delgados de pijama y se estremeció.

Cuando el Cuervo habló, fue con un poder y autoridad que contradecía su pequeño marco. Era una voz que no rehuía emitir demandas violentas. "Ha habido mucho derramamiento de sangre en nuestra guerra clandestina... pero no es inesperado. Nuestro negocio tiene un gran impacto en las vidas".

"Entiendo que cuando salgas a vengarte, deberías cavar dos tumbas. ¿No es ese el proverbio? murmuró el anciano. Sonrió mientras las palabras se filtraban más allá de sus labios divididos.

El Cuervo lo ignoró, en su lugar alcanzó hacia sus espaldas a la vaina que descansaba allí. En un movimiento suave y silencioso, retiró una brillante espada de un solo filo *Ninjato* . Lo sostuvo para examinar cuidadosamente el perfil de la hoja y luego, satisfecho, lo bajó a su lado. "He cavado muchas tumbas, para muchas personas. Te atreviste a desafiarme, te atreviste a desafiar a mi organización. Es inevitable que destruyera cualquier cosa que se interpusiera en mi camino. Seguramente debe haberlo sabido", dijo.

El viejo espía asintió con la cabeza, resignado a su destino inevitable. "Es mi trabajo, mi responsabilidad, detener a los locos. Usted era sólo el último en una larga fila.

El Cuervo asintió con la cabeza, aceptando las últimas palabras del anciano. "Y sin embargo, el *Kyonshi* crecerá y crecerá, a pesar de sus intentos de destruirlos. No tiene importancia ahora. Has fracasado y ha llegado el momento de cosechar lo que has sembrado". En un movimiento magníficamente fluido, el hombre japonés giró su cuerpo alrededor y voló con la espada afilada de los asesinos. Un rastro de plata destellaba contra la oscuridad, un silbido del acero contra el aire, y entonces la cabeza de sir Richard Crosby, el jefe del servicio de inteligencia secreto por los últimos veinte años, voló en la noche.

2

ARISAIG, SCOTLAND – SETIEMBRE 1967

El pequeño pueblo de pescadores de Arisaig se veía particularmente hermoso esa mañana, cuando Jack Grant emergió por su puerta principal y captó la escena delante de él. Las luces bailaban en las pequeñas cabañas que estaban ubicadas a lo largo de la costa, rompiendo la aún persistente oscuridad. Los últimos vestigios del verano se aferraron al pueblo y, a esa hora de la mañana, la niebla seguía rodando hacia la tierra desde el mar, lo que le daba a la escena una calidez etérea. Para Jack Grant, siempre parecía que si una pintura hubiera cobrado vida. La lluvia y el viento barrieron las hojas hacia la cuneta afuera de la pequeña casa. Se subió el cuello de la chaqueta encerada para exteriores y bajó la cabeza, de modo que su barbilla barbuda se hundió profundamente en la parte superior de su viejo jersey de cuello tortuga.

Durante el año pasado, Jack Grant, un miembro del Servicio Secreto de Inteligencia, había trabajado como la mano derecha en el barco de pesca de su cuñado. Había dejado atrás su antigua vida, cambió su apariencia lo mejor que pudo y se acomodó en la mediocridad de reparar redes, arreglar motores y transportar pescado al mercado. Si bien no estaba contento de ninguna manera, se satisfizo con el hecho de que él estaba donde debería estar, con lo que quedaba de su familia a su alrededor. Esta mañana fue igual a cualquier otra mañana. Estaba levantado a las cinco y media de la mañana, desayunando mientras el resto de la familia dormía o comenzaba a moverse listos para el trabajo o la escuela. Hoy, sin embargo, conducía hasta Fort William para recoger una pieza del motor para Hughie, su cuñado. En realidad, para el viejo barco de Hughie, *La Tempestad*.

Se subió al Land Rover maltrecho y salpicado de barro, arrancó el motor con un retumbo y salió de Arisaig. El viaje fue lento y sin preocupaciones, con Grant disfrutando de la impresionante vista de las montañas que protegían al pueblo de los elementos escoceses más duros en cualquier temporada. Llevaba no más de diez minutos conduciendo cuando vio el vehículo que estaba siguiendo a su viejo Land Rover.

Lo había sentido antes de haberlo visto. Un cosquilleo en su piel, sus sentidos temblando, los pelos de sus brazos erizados - todo lo alertó sobre el hecho de que personas desconocidas lo estaban viendo, observando, examinando y evaluando. Quienquiera que fuera, era inútil en la vigilancia de vehículos. Conduciendo un condenado coche para presumir como un Jag lo hacía sobresalir como un pulgar dolorido en el medio rural. Las únicas personas que tenían autos llamativos por aquí eran los 'corredores de apuestas' y los gángsters de Glasgow, y no solían visitar pequeños pueblos de pescadores a las cinco de la mañana, según la experiencia de Jack. "Está bien, querido", murmuró para sí mismo, sus ojos nunca vacilaban desde el espejo retrovisor. "Veamos cuál es tu juego".

. . .

GRANT HABÍA OBSERVADO los faros de Jag durante el trayecto de una hora hasta Fort William. Resultó ser muy fácil. Conducir hasta el centro de la ciudad, desechar el Land Rover y continuar con sus asuntos. Le había llevado menos de diez minutos arrastrarse por las tiendas y las calles, antes de identificar a su "observador", y luego otros cinco antes de obtener el nombre de su lista mental de rostros. Jack Grant reconoció la cara; un oficial superior en Berlín, de hace años sangrientos. Un Capitán del Cuerpo de Inteligencia, asociado al agente en ejecución. Penn, eso era. Jordan Penn, Jordie para abreviar. Buen tio. Qué lástima. *Bueno, Sr. Penn,* pensó Grant, *buen tipo o no, estoy a punto de arruinarle el día.*

———

JORDIE PENN, ex Capitán del Cuerpo de Inteligencia y ahora consultor de seguridad privada para los ricos y famosos de Mayfair, ya había tenido un día difícil. Había estado en movimiento desde las tres de la mañana. Jack Grant, su objetivo, se levantaba y salía rutinariamente temprano y, por lo tanto, tenía que levantarse al menos varias horas antes, descansando en algún lugar a lo largo de la ruta. Se había sentado congelando su trasero en el Jaguar, tratando de no dejar que las ventanas se empañaran. No podía encender el calentador, porque eso significaría encender el motor y posiblemente alertar a alguien, por lo que tuvo que dejar la ventana del conductor abierta para detener la condensación ... y se estaba congelando. ¡Maldita sea!

Penn había disfrutado el viaje en coche a través de las montañas escocesas el día anterior. Había contemplado las majestuosas vistas de las cañadas y las colinas y se había deleitado con su robustez. Había sido testigo de las nubes fundiéndose y colgando sobre los picos de las montañas como una especie de camuflaje. Eran, estaba seguro, uno de los mejores logros de Dios. Pero fue la lluvia y el frío lo que estaba crucificando su parte en la vigilancia.

Había visto a Grant, Dios, se parecía a un pescador desaliñado, subiendo al Land Rover y partiendo por la ruta arterial principal a través de las montañas, pasando por Ben Nevis y hacia Fort William. Había sido lento para Penn en el Jaguar, tratando de mantener el vehículo de Grant a la vista, sin ser visto. Una vez que llegaron a Fort William, había sido más fácil. Más personas, incluso a esta hora temprana de la mañana, lo habían ayudado a mezclarse con los alrededores. No es que Jordie Penn fuera ningún tipo de experto en vigilancia hostil, ni mucho menos. Su fuerte había sido dirigiendo a un patético grupo de personas desplazadas como agentes en el Berlín de la posguerra. Por lo tanto, seguir un objetivo, incluso en suelo del Reino Unido, era algo fuera de su alcance. Pero ... desde su reclutamiento para esta nueva operación, había estado haciendo muchas cosas fuera de su descripción habitual de trabajo. La orden había sido dada por el 'jefe', por lo que estaba decidido a cumplirla. "Síguelo Jordie, espera que esté solo, luego haz el acercamiento ... tráelo de vuelta al redil", había sido su orden la noche anterior.

Entonces Penn se pegó a Grant lo mejor que pudo. Para arriba y para abajo de la calle principal, observando a dónde iba. Fue en su segundo recorrido por la misma calle por la que había estado hace menos de cinco minutos, cuando Grant se lanzó de repente hacia una entrada entre dos tiendas. Probablemente era el camino de acceso para las entregas. Penn se tomó su tiempo y miró por la pasarela de hormigón, antes de seguir con cautela a su objetivo. La callejuela lo llevó a un patio lleno de pequeñas unidades industriales. Varios trabajadores levantaron la vista y lo miraron con el ceño fruncido, antes de continuar con su trabajo.

"¿A dónde demonios fue?" Penn murmuró, mientras comenzaba a caminar de regreso a la calle. Estaba a la mitad del camino cuando vio al desaliñado pescador que había conocido en Berlín y ... ¡venía directo hacia él a toda velocidad! Exhaló bruscamente con el impacto y el puño de Grant se apretó ante el lazo del regimiento del Cuerpo de Inteligencia en su garganta. Empujado hacia atrás, sus pies fueron expulsados de debajo de él y su espalda golpeó el suelo duro con una fuerza no despreciable. Por encima de él, la cara furiosa de Jack Grant fulminó con la mirada, con el puño hacia atrás y listo para golpear su cara hasta convertirla en una pulpa ensangrentada.

Jack Grant gruñó. "Bueno, Sr. Penn, es mejor que me diga lo que quiere rápido, ¡o tendrá que juntar sus dientes con sus dedos rotos!

———

PENN HABÍA SIDO ARRASTRADO a sus pies y sabiamente, habló ... rápidamente. Obviamente, sabía de la reputación de violencia de Gorila y fue lo suficientemente sabio como para no probarlo. "Alguien quiere que asistas a una reunión. Ahora Treinta minutos en coche desde aquí. Una reunión privada".

«¿Quién?» gruñó Grant, desempolvando el polvo de la chaqueta de Penn.

"No puedo decirlo. Pero es una reunión a la que querrás asistir. Es un "amigo". Su rostro se había sonrojado por la repentina embestida de violencia del hombre más pequeño, pero lentamente estaba recuperando la compostura.

Un "amigo" era un nombre informal para los miembros del SIS. Grant estaba intrigado, pero estaba más que determinado a darlo todo para conseguirlo, al menos hasta que tuviera información más sólida. Será mejor que te vayas. ¿Crees que voy a entrar en una trampa? Has estado tomando, cariño".

"Me dijeron que le dijera que estaba relacionado con sus antiguas oficinas, allá en Pimlico", dijo Penn razonablemente.

"He estado fuera de eso por un tiempo, ya no conozco a nadie allí".

"Sin embargo, mi empleador ha tomado grandes medidas para mantener en secreto esta reunión. Está respetando su privacidad y la seguridad de su familia.

Ante la mención de su familia, el comportamiento de Grant se volvió aún más agresivo y miró a Penn, la furia invadiendo su rostro. "¿Cuánto tiempo?"

"Unas pocas horas, no más, entonces puedes regresar a tu pueblo", dijo Penn.

Grant sopesó sus opciones y luego emitió una advertencia. "Cualquier asunto raro y empiezo a romper extremidades. Las turyas serán las primeras, Penn. Sólo para que sepas. Para el registro ... ¿entiendes?

Viajaron de regreso en caravana, Penn liderando el camino en el Jaguar y Grant siguiendo de cerca en el Land Rover salpicado de barro. La ruta desde Fort William los llevó hacia el norte, casi de regreso a donde Grant había comenzado esa misma mañana en su pequeño pueblo de pescadores. Penn repentinamente giró bruscamente a la izquierda unas pocas millas antes de la aldea, llevando el Jaguar por un camino privado que era poco más que un trillo. A menos de media milla de distancia, a través de la niebla y la lluvia, Grant pudo distinguir una gran mansión en sus propios terrenos privados. Estaba aislado y protegido por las montañas que lo vigilaban a orillas del lago. Grant supo de qué se trataba inmediatamente. Inverailort House era algo así como una leyenda dentro de las comunidades y pueblos tranquilos en el área de Lochailort. Durante la guerra, había sido uno de los primeros Centros de Entrenamiento Especial para el servicio de sabotaje y cualquier número de nuevos grupos de Fuerzas Especiales. Sus terrenos y habitaciones habían albergado todo tipo de nefastas artes negras; entrenamiento con armas pequeñas, asesinatos silenciosos, explosivos y sabotaje.

Ahora, sin embargo, el edificio estaba vacío y obviamente necesitaba alguna reparación. A pesar de que los años de la posguerra no habían sido amables ella, la casa seguía enfrentándose al clima feroz y a los elementos. Se estacionaron directamente en frente de las puertas principales y Penn los condujo por las escaleras hacia las puertas principales. Sacó una llave de hierro de su bolsillo, la giró en la cerradura y abrió la gran puerta de madera. El vestíbulo de recepción principal era amplio y luminoso, pero con el aspecto de un lugar que se usa con poca frecuencia. La escalera principal dividía la sala en dos grandes pasillos y Grant estimó que la mansión debía tener entre diez y quince habitaciones grandes a su disposición.

"Vamos por aquí", dijo Penn, haciendo pasar a Grant por uno de los grandes corredores. El olor a moho y hongos llenó las fosas nasales de Grant. Continuaron durante unos seis metros, pasando ventanas con cortinas muy pesadas, hasta que llegaron a lo que una vez fue el comedor principal. Definitivamente había visto mejores días. La madera estaba deformada y agrietada, había un olor abrumador a mojado y a humedad, y la oscuridad impregnaba la habitación haciendo que pareciera más pequeña de lo que Grant sospechaba que era en realidad. Las pesadas cortinas de esta habitación habían sido cerradas y la habitación estaba mal iluminada por candelabros de pared desteñidos. Le recordó a Grant una iglesia adusta que había sido obligado a visitar cuando era niño.

Escuchó a Penn cerrar la puerta detrás de ellos y se adentró en la penumbra. Grant solo dio unos pasos vacilantes antes de escuchar el sonido de unas ruedas de goma chirriando en el polvoriento suelo de madera. Distinguió una silla de ruedas en el otro extremo de la enorme mesa de comedor y observó cómo giraba lentamente para revelar la silueta de un hombre. La oscuridad ocultaba los rasgos de la cara del hombre, pero Grant habría reconocido la voz en cualquier lugar. En verdad, sospechaba quién lo había convocado, incluso antes de que abandonaran Fort William.

"Parece que no te has afeitado en un mes", dijo la voz. Era profunda, de bajo, dominante y en control. Era el hombre con el que había luchado lado a lado, y el hombre por el que había matado.

Era el coronel. Masterman Era centinela.

3

HABÍAN PASADO POCO MÁS DE DOS AÑOS DESDE LA ÚLTIMA vez que se conocieron, en el funeral de un ex miembro del equipo de Redacción que había muerto durante una operación en Roma. Masterman, fue una vez un hombre grande y poderoso, ahora parecía a un espantapájaros roto. Su cuerpo había perdido todo su volumen y estaba contorsionado en ángulos antinaturales, casi como si fuera sacudido por el dolor cada vez que se movía. Su tez era pálida y enfermiza. El coronel parecía un hombre diez años mayor que su verdadera edad. Excepto por la voz y, por supuesto, esos ojos, que aún contenían el fuego bombástico familiar.

Masterman, en su favor, tomó bien la impresión y la sorpresa en la cara de Grant. "Tuve una carrera con algo de plomo volando y explosivos. Me destrozó la mayor parte de la espalda, me dañó la columna y me rompió una pierna. Sin mencionar lo que me hizo en la cara. Masterman levantó una mano hacia el tejido cicatricial que le cruzaba la cara.

Grant se acomodó en una silla; Podía sentir sus piernas

temblar de sorpresa. "Jesús, coronel, deberías haberme avisado, habría venido ..."

Masterman interrumpió, claramente no estaba interesado en ninguna pena o remordimiento por su difícil situación. "Pah, tuviste suficiente con lo que lidiar. Ahora entiendo que había pasado por una operación difícil. Te golpeó más fuerte de lo que te gustaba admitir y lo mejor para tu cordura era darte un poco de aire para respirar, lejos de la muerte y el asesinato. No es que no te extrañáramos, Jack. Muchas veces podríamos haber terminado con tus habilidades con la pistola, para ayudarnos a detener un poco de problemas".

"¿Que sucedió?" ¿Fue una misión?

Masterman asintió, haciendo una mueca con el movimiento. "Fui emboscado por un hombre muerto, o al menos, todos pensamos que estaba muerto". Masterman hizo una pausa y Grant sospechó que estaba usando el silencio prolongado para decidir cuánto decirle. Finalmente dijo: "Era tu antiguo compañero de equipo, Trench. Nos dijeron que lo habían sacado durante una operación varios meses antes en Macao, y no tenía motivos para dudar de la información. Hasta que lo veo sentado en el lugar de un francotirador, derribando a mi equipo de seguridad y matando a mi informante en Australia ".

Por un momento, Grant no pudo asimilarlo todo. ¡Trinch se volvió un canalla! ¿Qué demonios había estado sucediendo en el año desde que dejó el Servicio?

"Nunca confié en el bastardo, pero a su favor puedo decir, que era un maldito buen Redactor. Parece que Trench está trabajando para algunas personas muy malas, y son la razón por la que te necesito de vuelta en el juego y operativo ", agregó Masterman.

"¿Qué?" ¡Yo! Estoy fuera de eso, coronel ", farfulló Grant.

"Nuestro país está bajo ataque", dijo Masterman. "Y el hombre y la mujer promedio en la calle ni siquiera tienen idea de eso ... todavía. Además, nunca estás completamente fuera del juego ... no en nuestro juego ".

Grant miró a Masterman, tratando de evaluar si su antiguo compañero hablaba en serio. Grant sabía que Masterman no era propenso a episodios de melodrama. Vio el miedo en los ojos del otro hombre y habló. "Muy bien. Cuéntamelo todo.

"Comenzó con una investigación", inició Masterman. "El Jefe se había involucrado personalmente en los detalles más pequeños del caso. Él juzgó que era una amenaza tan significativa para la nación, que él mismo se hizo cargo. Los detalles, incluso ahora, todavía son confusos y poco claros. Recibí un paquete una semana después de la muerte de C, que contenía copias de la evidencia que había acumulado. Sir Richard era un hombre cuidadoso y parece que temía que fuera blanco de un asesinato. Evidentemente, me había elegido para recogerlo todo y continuar la lucha ... poco sabía él, también me habían sacado del juego ".

Masterman miró su cuerpo dañado, haciendo una pausa por un momento de reflexión antes de continuar. "Parece que el Jefe se había acercado directamente, por un ex agente de su antigua red de guerra, alguien que había sido parte de una operación durante la guerra en Asia. Tú sabes cómo es; a veces aparecen agentes antiguos e intentan volver a ser útiles. La mayoría de las veces solo buscan dinero en efectivo, necesitan una limosna y se pierden del funcionamiento del juego de inteligencia, pero según la información que heredé; este agente era único. Este hombre se había dado cuenta de una organización, una que, si no se controla adecuadamente, podría haber sido una amenaza mayor que cualquier otra que hayamos enfrentado hasta ahora ".

"¿Qué tipo de organización? ¿Terrorista?" preguntó Grant.

Masterman sacudió la cabeza. "No exactamente. Limita con una red de inteligencia privada, subsidiada por el uso de mercenarios de alquiler, asesinos privados y negocios ilegales de armas en la región. Todo al mejor postor, podría agregar. Incluso hubo rumores de que habían librado una guerra con varios clanes Yakuza en Japón, pero los Yakuza se defendieron formando una alianza. Sin embargo, fue algo muy cercano, y los gángsters tuvieron la suerte de salir con vida ".

"¿De qué se trataba la información?"

"Solo rumores al principio, digamos de extorsión, acciones terroristas, la basura habitual que recibimos todo el tiempo. Pero este era un poco diferente ... se hablaba de un arma que, si se desataba, podría haber sido devastadora", respondió Masterman.

Grant movió la cabeza hacia un lado. " Un arma. ¿Explosivos? ¿Misiles?

"No. Un arma biológica, algo que no habíamos visto antes y mucho más allá de lo que nuestros expertos tienen en este momento. Incluso ahora, los detalles son un poco vagos. El Jefe se comunicó en secreto con su ex agente y solicitó más detalles. Lo que descubrió pareció impresionarlo a la acción. Según su diario privado, inmediatamente ordenó al agente que se pusiera en protección, bajo custodia y se diera a conocer al Jefe de Estación del SIS en Hong Kong ".

"¿Y él lo hizo?"

"No. El agente nunca lo hizo. Fue encontrado con la garganta cortada, el día antes de que se encontrara con el Jefe de la Estación. Alguien se había acercado a él primero, antes de que pudiéramos interrogarlo con más detalle. En los meses posteriores a este evento, la paciencia del Jefe parece haberse acortado y él se dirigió a los recursos del SIS para averiguar más sobre las personas detrás de esta organización y el posible paradero del arma biológica ".

Grant frunció el ceño. Fuera lo que fuera esta arma biológica, había sido suficiente para asustar al Jefe del Servicio Secreto de Inteligencia. Toda la situación parecía bastante sórdido y completamente poco británica. ¿Desde cuándo el SIS retrocedió contra los terroristas? Algo simplemente no cuadraba. "¿Qué pasa con la Redacción? ¿No podrías haber enviado a los chicos tras ellos? él preguntó.

Masterman hizo una pausa, moviendo lentamente su silla de ruedas hasta quedar directamente frente a Grant. Sacó una daga de comando de una vaina en la silla de ruedas y apuntó a Grant como un maestro de escuela que instruye a un alumno que está siendo particularmente denso. "La Redacción no existe, Jack. Fuimos diezmados. Todos sus antiguos compañeros de equipo fueron eliminados por agentes de esta organización. Tras el asesinato de C y mi tiroteo en Australia, los poderes establecidos decidieron que habíamos sobrevivido a nuestra utilidad y que debíamos dispersarnos en el viento ".

Grant miró a su antiguo líder en estado de shock. La Redacción: ¿cerrada? ¿La élite del SIS destruida? ¡Estos hombres habían sido el brazo de acción del Servicio Secreto Británico! ¿Cómo pudieron todos ellos haber sido ... asesinados? ¿Y qué ása con el Servicio? ¿En qué estado está eso?

"Es una conspiración", gruñó Masterman. "Los locos se han apoderado del asilo, el Servicio está siendo despojado de todo y los políticos están a cargo y están haciendo un buen lío de esto. A este ritmo, los rusos no tendrán que penetrar en el SIS, podrán leer todos nuestros secretos en el periódico ".

"¿Quién está al mando? ¿Quién es la nueva 'C'? preguntó

Grant. Le resultaba difícil absorber todos los cambios radicales que aparentemente habían tenido lugar en su antiguo Servicio.

"Algún diplomático de carrera, un poco loco en mi opinión. Sir John Hart." Masterman se encogió de hombros, su expresión se suavizó ligeramente. "No es un mal hombre, proviene de una buena familia en todos los sentidos. Pero está fuera de su alcance, y no tiene idea de cómo funcionan realmente las operaciones de inteligencia paso a paso. Se está apoyando mucho en el brazo de Thorne y, en efecto, está recibiendo sus órdenes de él.

Grant frunció el ceño. El nombre le sonaba familiar, pero no podía ubicarlo. Masterman lo ayudó. "Sir Marcus Thorne, ex miembro del Servicio en los viejos tiempos, ahora vicepresidente del Comité Conjunto de Inteligencia. Intervino cuando comenzó la crisis, ayudó a negociar con estos ... estos terroristas. Su consejo ha sido invaluable. Se le asignó la tarea de volver a alinear los antiguos departamentos del SIS y criar nuevas personas para que se hagan cargo de la vieja guardia".

Un hacedor de reyes, pensó Grant. Alguien capaz de ejercer el poder suficiente para empujar las piezas en el tablero de ajedrez a donde quisiera. La jerarquía del mundo de la inteligencia siempre arrojaba a esos hombres; Hambriento de poder, ambicioso, despiadado y dispuesto a diezmar un Servicio Secreto para lograr sus objetivos.

"Entonces, ¿qué es todo esto?" dijo Grant, agitando una mano en su reunión secreta. "Si la Redacción ha volado, ¿qué está pasando exactamente con todo esto?"

Masterman sonrió, las cicatrices en su rostro arrugando maniacamente como un pirata cruel. "Esto es una empresa privada, Jack. Esto es negable hasta el final. SIS no sabe que existimos. Creen que todos estamos retirados, discapacitados, heridos o borrachos. Se trata de una deuda de honor. Se trata de venganza pura y sangrienta".

———

"Sé un buen tipo Jordie y pon la película", dijo Masterman. Penn apretó el interruptor en un proyector de película oculto, dándole vida. Una luz blanca iluminó la pared opuesta y comenzó la inevitable cuenta atrás numérica. La película comenzó. Era oscuro y granulado, pero claro en sus detalles. Las imágenes obviamente habían sido tomadas de detrás de un espejo de dos vías. Lo que mostraba era una celda pequeña, no más grande que una celda de prisión estándar. Excepto que esta celda tenía una pequeña abertura incorporada en una pared, lo que permitía que algo del tamaño de una maleta pequeña fuera empujado a través en una dirección. En la otra esquina de la celda había un niño, no más de diez o doce años de edad. Parecía un chico de la calle asiático, que había sido encarcelado por un crimen menor. Su ropa estaba destrozada y colgaba de su fina estructura. Estaba acurrucado en el suelo, con las rodillas arrimadas al pecho.

Grant miró más de cerca la película y notó que en la esquina inferior de la habitación, había rejillas de ventilación. Algún tipo de humo o niebla se filtraba a través de ellos y en la celda. No en grandes plumas, pero suficiente para que el pequeño espacio se vea nublado por un momento de vez en cuando. El chico apenas parecía darse cuenta, su cabeza estaba hacia abajo como si estuviera tratando de bloquear su destino. Mientras Grant observaba, comenzó a temblar, casi imperceptiblemente al principio, un estremecimiento de un hombro, un chasquido de su cabeza, el estremecimiento de un pie y luego un brazo.

Grant se volvió hacia Masterman, una mirada de confusión en su rostro. Masterman, como si adivinara lo que el otro hombre estaba pensando, se limitó a apuntar con un dedo a las imágenes y dijo: "Sigue mirando".

Grant se volvió a la película y vio que el niño estaba ahora inclinado hacia adelante sobre sus manos y rodillas. Todo su cuerpo estaba temblando y convulsionando, y parecía estar... *estirando*, casi como si su estructura ósea se extendiera rápidamente, aumentando visiblemente el tamaño del joven. Sin previo aviso, el niño se lanzó de cabeza hacia el espejo bidireccional, y apareció una gran grieta donde su cráneo impactó en el cristal de seguridad. La sangre se derramó sobre su cara de una herida en la frente, pero aún así el niño se condujo hacia adelante, golpeando contra el cristal con los puños, las rodillas y los pies. El vidrio estaba realmente vibrando, por el nivel de castigo que estaba recibiendo. Todavía tratando de procesar lo que estaba viendo, Grant se sorprendió cuando la pequeña puerta en la esquina de la habitación fue levantada y, más bien extrañamente, una cabra fue empujada en la celda antes de que la puerta se cerrara rápidamente detrás de ella. El niño no parecía notar el animal al principio; todavía demasiado ocupado usando el espejo como práctica de tiro. Fue sólo cuando el animal aterrorizado baló, que el niño enloquecido se detuvo y se volvió. En un movimiento rápido dio vuelta a su cuerpo, saltando a través de la celda y sobre el animal.

Dios, él fue rápido pensó Grant. *Había espiado a la cabra y se había movido a través de la habitación en un movimiento sigiloso.*

Grant se obligó a ver cómo se desarrollan los acontecimientos. No fue agradable y no fue fácil, pero forzándose lo hizo. El niño rasgó a la pequeña cabra con sus propias manos, manipulando y tirando de ella hacia el suelo antes de poner su boca contra la garganta del animal. Los dientes del niño encontraron su objetivo y cuando mordió profundamente en el cuello de la cabra, la sangre voló. Lo que siguió fue una cacofonía de piel voladora, huesos que se rompían y una explosión de sangre cuando el animal fue destrozado en cuestión de segundos. Hubo un corte y la siguiente escena reveló a un guardia con una máscara de gas entrando en la celda. Se acercó al niño, que todavía estaba golpeando los restos de la cabra con sus manos ensangrentadas, y rápidamente le disparó al niño en la cabeza con una pistola.

La escena se cortó abruptamente y la celda fue reemplazada por una habitación oscurecida, posiblemente una oficina. Una figura se sentó en la sombra detrás de un escritorio, sólo un más mínimo destello de luz que revelaba la silueta. Se podía ver una sola mano bien cuidada, los dedos tamborileando tranquilamente sobre el escritorio. El resto del cuerpo permaneció completamente quieto, y cuando la figura habló, su voz era profunda y escalofriante. "Yo soy el Cuervo, el recolector de la muerte, el demonio de las pesadillas. Estoy aquí y no estoy en ninguna parte. Golpearé el corazón de vuestros hijos y haré una gran fiesta en la matanza de vuestros guerreros. Mi legado será su tormento para las generaciones venideras y aprenderán a arrodillarse ante mí, o enfrentar la ira de mi *Kyonshi*! El *Karasu-Tengu* tendrá su fiesta." La pantalla se quedó en blanco cuando el carrete de la película se apagó y la habitación se envolvió una vez más en la oscuridad, el silencio espeso cuando Jordie apagó el proyector.

"Qué diablos fue eso? ¿Esa es el arma biológica en trabajo?" Grant preguntó, su rostro estampado con una mezcla de ira y disgusto.

"Lo llamamos Beserker", dijo Masterman. "Ese es el nombre en clave que le hemos dado. Lo llaman *Kyonshi,* que es japonés para muertos vivos. Creemos que es una especie de droga de próxima generación. Va mucho más allá de todo lo que tenemos actualmente. Las notas de C sugieren que el propósito inicial del arma puede haber sido blanco de operaciones de tipo revolucionario en países del tercer mundo; Vietnam, Bolivia y Cuba, por nombrar sólo algunos. La toxina se liberaría en un espacio confinado, por ejemplo, una oficina o una calle alta, donde interactuaría con la población local. Los infectados comenzarían a atacar físicamente y matar a sus conciudadanos. Como puedes imaginar, basado en lo que has visto en la película, causaría un caos generalizado y una anarquía. Efectivamente, la propia población del país estaría luchando contra sí misma".

Es una locura. Gente inocente sería masacrada. Los soldados y la policía secreta son una cosa, pero las armas biológicas son indiscriminadas sobre su objetivo", dijo Grant.

Masterman asiente. "Lo que sí sabemos es que todavía está lejos de perfeccionarse como un arma. La dosis inicial solo dura hasta treinta minutos y, si bien hace que el sujeto se vuelva violento, se disipa rápidamente, proporcionando a los conspiradores solo una breve oportunidad para hacerse cargo. El hecho de que el virus no funcione correctamente significa que el hombre que actualmente tiene el control del mismo ha decidido alterar para lo que será utilizado. Las operaciones de golpe militar están fuera, por lo que parece, y el bio-terrorismo está dentro".

¿Y la película? ¿De dónde vino todo eso? preguntó Grant.

"Se entregó personalmente un paquete a nuestra Embajada en Lisboa que contenía la película y una nota con una demanda de cinco millones de libras esterlinas, a ser depositada en una cuenta en Suiza. Lo recibimos el día después de descubrir que C había sido asesinado ".

"¿Y si los cinco millones no fueran pagados?"

Masterman levantó las manos. "Entonces, la amenaza implícita era que esta bio-toxina, o lo que sea que era, sería liberada en una multitud civil en los territorios controlados por británicos. ¡Los poderes fácticos lo pensaron durante toda una hora antes de que decidieran pagar, malditamente inteligente!

"¿Qué?" ¿Pensé que no trabajamos con terroristas? dijo Grant.

"Ah, bueno, sí, en circunstancias normales esa sería la sabiduría percibida. Pero estas no son circunstancias normales; no creo que ningún gobierno en el mundo haya tenido que enfrentar una amenaza como esta antes. Imagínese si eso hubiera sido lanzado en Oxford Street en Londres, o Princes Street en Edimburgo, o en cualquiera de una docena de otros objetivos fáciles. Sería catastrófico. Por lo tanto, se hizo un acuerdo para pagar a través de canales no conocidos. Algunos amigos en la industria bancaria hicieron los arreglos y simplemente los reembolsamos".

¿Qué fue lo que cambió? Han sido pagados; seguramente ¿ese es el final de esto?

Masterman sacudió la cabeza. "Parece que el único chantajista bueno es uno muerto. Hemos escuchado rumores de que regresarán para un segundo bocado de la cereza. Por lo que entiendo, la oficina del Primer Ministro recibió otro comunicado con demandas de más dinero. Tiene que parar ... y pronto. El dinero es una forma de ganarnos tiempo hasta que podamos encontrar y matar a este maníaco y su mafia. Desafortunadamente, SIS no se comprometerá a contraatacar y, con la Redacción desaparecida, son impotentes por decir lo menos. Para eso estamos nosotros.

Masterman le entregó a Grant un trozo de papel, que contenía un dibujo de un mirlo de aspecto malvado y muy emplumado, que acunaba una espada oriental. Su pico estaba abierto como para devorar y la espada en alto como para amenazar. *No, no un mirlo,* pensó Grant. El *Karasu-Tengu.* El Cuervo, un mítico demonio japonés, en parte duende y en parte cuervo, que era un maestro en el arte del combate individual, ya fuera desarmado o con una espada.

Masterman continuó. "Nuestra gente hizo correr la voz en todas partes para obtener información. Escuchamos, escuchamos a escondidas y espiamos. Recuperamos partes ... no mucho, solo lo suficiente para ayudarnos a comenzar. El *Karasu-Tengu* mismo era un mero rumor, un espectáculo de farsa y engaño. Nunca fue visto y solo susurró en las calles donde el asesinato y la condenación eran la moneda de la vida. Era conocido por desaparecer y reaparecer a voluntad, a menudo en diferentes continentes al mismo tiempo. Era un fantasma para mantener a los delincuentes callejeros asustados y templados. Cruza al cuervo y perderás la cabeza. Era una versión macabra de una historia de poder, crueldad y astucia. ¿Pero quién era el hombre en las sombras? ¿Quién lo había convertido en el líder del grupo que había llevado el arte de crimen y asesinos a sueldo al siguiente nivel? La evidencia, al menos inicialmente, era fragmentada e incompleta. El mito, los rumores y la desinformación habían corrompido los verdaderos hechos sobre el líder y sus orígenes. Luego, a medida que crecía la reputación, los hechos se superponían tanto al hombre como a sus obras. El Cuervo y sus asesinos habían matado en todos los continentes y habían extendido sus alas a otros grupos criminales y terroristas. Eran facilitadores, capaces de infiltrarse en cualquier situación. Podrían ir a donde otros no podrían y podrían hacer lo que otros no podrían hacer".

"Entonces, ¿quién es él? ¿Este cuervo? preguntó Grant.

Masterman frunció el ceño ante eso, como si no tener una respuesta directa a una pregunta lo preocupara. "Los detalles de su verdadera identidad son incompletos en este momento, aunque tengo a alguien trabajando en eso mientras hablamos. Con suerte, pronto podrán arrojar más luz sobre la identidad de este hombre. Todo lo que sabemos es que los Aliados estuvieron involucrados con él de alguna manera operacional durante su tiempo en Asia en la década de 1930, pero dado que SIS y OSS estuvieron involucrados con muchos agentes durante ese período, está demostrando ser como encontrar una aguja en un pajar. Llegaremos ahí al fin.

"Entonces, ¿cómo se llega a él?" preguntó Grant, su mente ya volvía al modo operativo e intentaba resolver la próxima jugada del juego.

"Hemos identificado una pequeña ventana de oportunidad", dijo Masterman.

Grant inclinó la cabeza. "Qué tan pequeña?"

"Parece que C había identificado a un asesino a sueldo del que se rumoreaba estar retenido por la organización del Cuervo, un mercenario australiano de nombre Reierson. Parece que él es uno de sus pistoleros principales. Finalmente hemos logrado rastrearlo, si alguien lo eliminara, permanentemente, habría un puesto vacante en el equipo de ataque del Cuervo. Además, sería un papel para un pistolero experto. Sería nuestra forma de entrar.

Grant comenzó a asentir en comprensión; podía ver a dónde iba el coronel con esto: Masterman estaba tras un agente de infiltración. Era una posición peligrosa estar dentro de cualquier operación encubierta.

"Eliminas a Reierson y luego nos organizamos para acercarte a Trench. Te traerá a su redil, un viejo camarada y todo eso ", ronroneó Masterman. "Necesito un hombre adentro, Jack, un buen hombre, alguien a quien no le importe ensuciarse las manos y jugar duro con el enemigo, alguien que se acerque a la jerarquía de esta organización y haga que bajen la guardia, incluso momentáneamente.

"¿Y después, ¿qué?" ¿Qué tan lejos quieres que vaya?

"Hasta el final. Hasta el final en que tengamos al Cuervo donde lo queremos, descubra lo que planea hacer a continuación y luego usted y el equipo pueden arrancarle la maldita cabeza, de una vez por todas.

¿Puedo hacerle una pequeña pregunta, coronel? La voz de Grant era deliberadamente baja y tranquila cuando hizo la solicitud.

"Claro."

"¡Qué demonios tiene esto que ver conmigo!" Grant espetó, en su habitual forma fría y cruel.

El estallido de Jack hizo que Masterman se detuviera y le tomó un momento o dos antes de recuperarse. Fijó a Grant con la mirada más dura de oficial y habló con calma. "Debido a que estás perdido Jack ... o al menos, te crees así. Lo que realmente necesitas es una oportunidad, una oportunidad de volver a esta guerra. Tuviste tu año sabático durante el año pasado, atrapado aquí en el desierto. Ahora es tiempo de que regreses y pagues una deuda de honor. Además, le pagaremos por su tiempo, por supuesto, no le estamos pidiendo que arriesgue su vida de forma gratuita, hay una moneda al final del contrato. Mis patrocinadores son hombres de recursos, debo decir."

Masterman miró a Grant con una mirada fulminante desde su ojo bueno y clavó la punta de la daga de comando en la madera de la mesa. Recordó todos esos meses atrás, el día en que había sido dado de alta del hospital. Había convocado una reunión en una sala privada del White's Gentleman's Club. Asistieron varios miembros de la profesión bancaria, un ex primer ministro, varios generales recientemente retirados y un puñado de líderes empresariales. En total, siete de ellos, todos leales al difunto 'C' y ya ninguno está afiliado al gobierno actual ni a las agencias de inteligencia. Masterman había aparecido, medio drogado con drogas solo para mantener a raya el dolor, y expuso su tesis y plan. Le había llevado unas tres horas convencerlos de lo que se necesitaba, pero finalmente triunfó. Era el tipo de discurso que había dado en el pasado cuando envió jóvenes soldados a morir en el campo de batalla. Al final, ya tenía recursos y fondos para continuar con su misión no oficial.

Grant sacudió la cabeza. "Nunca lo comprarán, he estado fuera demasiado tiempo; estoy harto, parte de la vieja generación. Una multitud más joven habrá subido de rango. Los asesinos en estos días se encuentran a montones por unas monedas.

"Eso es exactamente por qué lo 'comprarán'", dijo Masterman. "Eras una especie de leyenda dentro de las redes de inteligencia. Si podemos convencerlos de que eres tan amargado y retorcido como ellos, como lo es Trench con el Servicio Secreto, entonces te detendrán tan pronto como te miren. Un pistolero de su reputación y habilidad dispuesto a trabajar para el mejor postor, un mercenario con rencor. Mejor para ellos.

Grant lo consideró, resolviendo las posibilidades y los riesgos. Hay una gran recompensa al final, pero la posibilidad de descubrimiento, tortura y muerte ... bueno, eso siempre había estado allí, en todos los trabajos que había hecho. Al final fue Masterman quien rompió su cadena de pensamiento. "Sé un buen tipo y llévame afuera, tomemos un poco de aire fresco. Es tan sofocante como el infierno aquí. ¿Sabes que creo que la lluvia ha disminuido ligeramente?

———

EL FRANCOTIRADOR OBSERVABA ATENTAMENTE, y ella los vio claramente a través del telescopio del rifle. El coronel en la silla de ruedas y el pistolero que lo empujó fuera de la puerta principal de la mansión y en el camino. Estaba ubicada en la ladera de la colina que se alzaba sobre la mansión, oculta entre el musgo y el brezo púrpura de las montañas. Hoy fue otro día de práctica para ella. Encontrar un escondite, acostarse, permanecer oculta y tomar una foto de vez en cuando. Práctica. La lluvia había comenzado al amanecer y ahora, tres horas después, estaba empapada. Pero no se movió, no se movió durante una hora o más, excepto para estirar los dedos ocasionalmente, manteniendo la sangre circulando a pesar del frío. Acercó su ojo derecho al alcance del rifle y estudió en detalle, al hombre pequeño y barbudo con el pelo rubio sucio. Así que este era el legendario redactor, famoso por su habilidad para disparar a corta distancia. Ella pensó que él se parecía más a un vagabundo. Un asesino, no. Un trabajador manual, ciertamente. El hombre estaba harapiento y desaliñado.

Si el vagabundo que alguna vez fue una leyenda hubiera intentado dañar al coronel de alguna manera, ella lo habría sacado. El disparo desde esta distancia no habría sido un problema. Estaba dentro de su rango y nivel de habilidad y el rifle con el que había estado entrenando era más que capaz de hacer el trabajo. Era un modelo 82 de Parker Hale de fabricación británica. El coronel le había dicho que actualmente estaba siendo probado por varias unidades especializadas en el ejército británico. Ella se había entusiasmado cuando él le presentó el estuche que contenía el rifle, el alcance y las municiones. Ella lo sacó con cuidado, casi con reverencia. En su opinión, estaba bien equilibrado, era fácil de usar y, sobre todo, era preciso. Era un arma prestigiosa y ella la codiciaba enormemente.

Al día siguiente, después de familiarizarse con el arma en el gran salón del castillo, salió al desierto llevando el rifle en su estuche y varios nabos grandes que había encontrado en la despensa. Se había alejado una milla de la casa antes de colocar las grandes vegetales en una pequeña colina, luego había subido a la cima de la gran montaña que domina Inverailort y el lago. Ella desempacó el arma, la limpió y cargó cuidadosamente el cargador con cuatro de las rondas estándar de 7.62 mm. Finalmente, abrió las dos piernas que descansaban a ambos lados del marco del rifle y se acomodó en el suelo, predispuesto, protegiéndose del fuerte viento y la niebla. Había descansado durante cinco minutos, tranquilizándose, disminuyendo la respiración. Era una habilidad que ella había practicado durante muchos años. Luego, cuando estuvo lista, movió el mango de cerrojo suavemente hacia atrás y luego lo empujó hacia adelante, cargando una bala.

El alcance efectivo del M82 era de alrededor de una marca de 245 metros. La francotiradora juzgó que sus objetivos, los nabos, estaban fácilmente dentro de esa distancia, probablemente no más de 183 metros. Tanto para la francotiradora como para el rifle, fue un juego de niños. A través de la mira ampliada, vio que los objetivos se desintegraban con cada apretón del gatillo, viéndolos explotar. Un minuto estaban allí y al siguiente, se habían ido. Era como el truco de desaparición de un mago y ella estaba feliz. Había encontrado el límite y esperaba que se le permitiera cargar y usar el M82 contra los monstruos para lo que había sido reclutada para cazar y matar. Era una buena arma. Al día siguiente, el coronel arregló para que ella pasara el día con un atrapador de venados y cazador profesional de una de las grandes propiedades en la costa escocesa, y ella escuchó lo que el cazador y el tirador tenía que decir sobre ella cuando informó al coronel con respecto a sus esfuerzos.

"Bueno, coronel, esa pequeña niña puede disparar tan bien como cualquier hombre que haya visto. Ella tiene tanto el ojo como la paciencia para esperar a que su presa se mueva a la zona de exterminio. ¡Ella derribó uno de nuestros ciervos más grandes, un desgraciado que hemos estado dispuestos a eliminar durante meses!

Había sido el respaldo que aparentemente estaba buscando el coronel porque la había nombrado como el primer miembro del equipo que estaba formando. *En muchos sentidos,* pensó la francotiradora, *el coronel le recordó a su propio padre.*

Volvió a mirar al telescopio y miró la explanada de la casa. Vio al vagabundo girarse y pararse frente a la silla de ruedas del Coronel. Los vio hablar por un minuto o dos, y luego vio el asentimiento de comprensión de ambas partes. El coronel levantó su cuerpo de la silla de ruedas, hasta que se levantó sobre el hombre más pequeño. Se dieron la mano, como si se cerrara un trato, y luego el vagabundo se giró y regresó penosamente a través de la hierba barrosa hacia los autos, donde Penn estaba esperando.

Giró la mira del rifle para poder seguir al Land Rover a lo largo del camino privado y fuera de la vista. Se preguntó si el hombre conocido como Gorila regresaría, si había decidido ser parte de su misión o si regresaría a su vida de oscuridad.

4

DOCE HORAS DESPUÉS, JACK GRANT SE SENTÓ EN UNA
estación de tren fría y solitaria esperando el último tren del
día. El tren lo llevaría desde la estación de Waverly de Edimburgo hacia el sur, cada vez más cerca del corazón de la
capital británica, y desde allí hasta la casa de seguridad
privada que Masterman había organizado para él en
Wiltshire.

Después de su reunión con Masterman, Grant había
regresado al Land Rover y conducido aturdido hasta
Arisaig. Las millas habían pasado borrosas, habían ido
demasiado rápido, para ser honesto. Había experimentado
muchas dudas y se había entregado a múltiples discusiones
con su propia mente durante ese viaje. ¿Debería subir a
bordo para lo que probablemente era la operación secreta
más loca? Después de todo, no tenían licencia oficial sobre
esto. ¿Una empresa privada de venganza? ¡Loco! Debería
volver a la casa de su hermana y olvidarse de su antigua
vida, sería lo más fácil de hacer.

Pero había algo de arriesgado en Jack Grant, siempre lo
había sido. Fue lo que lo hizo un buen Redactor en su día; la

capacidad de enfrentar las probabilidades generalmente abrumadoras. Sí, podría regresar e ir a la casa, trabajar en un bote de pesca, cuidar a sus parientes, tal vez incluso encontrar una mujer y establecerse en una existencia habitable. Pero Grant sabía que esto sería una mentira. Él no era ese hombre. Sabía que aquí en Escocia, encerrado en un exilio auto-impuesto, simplemente estaba manteniéndose a flote, esperando la próxima oportunidad. También sabía que era un estúpido egoísta como para dejar a su familia, solo porque había sido halagado por un viejo soldado. Él había sido protegido por Sir Richard Crosby, y sabía que Masterman había engendrado esa protección. Sabía que incluso antes de abandonar el Servicio, había puesto una manta de seguridad para proteger a su familia y esto continuó, mucho después de que renunciara en un ataque de despecho. Masterman había doblado todas las reglas del libro e invocado todo tipo de favores oscuros, para mantener a su mejor redactor escondido de los enemigos.

Pero era más que un nivel de deuda que Grant quería pagar. En verdad, Jack quería volver a su antigua vida; la camaradería de un equipo, la sensación de un arma fría y dura apretada en su mano, la emoción de cazar a un hombre, el alivio que había experimentado cuando el cazador se acercaba para matar. Al ver que estaba teniendo un momento de claridad y conciencia de sí mismo, admitió para sí mismo que también quería ver si el Gorila todavía estaba vivo y pateando, escondido en una parte profunda de su subconsciente, esperando renacer. Cuando llegó a la última milla de su viaje, Grant había tomado su decisión. Su mente era un torbellino, resolviendo los detalles de la operación y cómo le daría la noticia a la familia. Si era la decisión correcta, solo el tiempo lo diría.

Había regresado justo cuando se acercaba la oscuridad y

se había parado en la cocina y les dijo a todos, mientras se sentaban a la mesa de la cocina, cenando. Lo había soltado, sin delicadeza ni tacto. Se iba, se iba a trabajar, se iría por unos meses ... los detalles que no podía recordar, solo habían sido palabras que había dicho. Lugares comunes vagos, algo sobre una vieja deuda ... pero sabía que había estado tratando de justificar sus acciones. Había mirado sus caras para ser recibido con desprecio, miedo y rabia.

Hughie lo había mirado furiosamente, apretando y soltando sus gordos puños. Su hermana le había rugido y maldecido. Pero había sido la reacción de la chica lo que más le había golpeado. Simplemente había huido de la cocina y pisoteado hasta su habitación. La había dejado sola, recibiendo la peor parte del abuso de su hermana y Hughie durante diez minutos, antes de subir tranquilamente las doce escaleras hacia la puerta de la habitación de la niña. Ella la había cerrado y él podía oírla llorar suavemente. Había intentado a su manera forzada, calmarla y tranquilizarla. Ella lo había ignorado y, finalmente, había admitido la derrota.

Grant rápidamente garabateó una carta y la selló dentro de un sobre, antes de entregársela a su hermana. "Asegúrate de que ella lo entienda; no se lo escondas, May. Es importante ", había dicho, con su mochila en la mano, de pie en el escalón de entrada a la casa momentos antes de que la puerta se cerrara, dejándolo allí de pie bajo la lluvia. Había sufrido la vergüenza de sus acciones, dándole la espalda a su familia sin pensarlo mucho y alejándose, volviendo a la vorágine de su antigua vida. Y todo porque alguien había presionado los botones correctos y se le había preguntado; le pidió que volviera a ser útil, le pidió que volviera a usar sus viejas habilidades, y había aceptado tan fácilmente. Se había doblado como un traje barato. Masterman era tan bueno como reclutador, por supuesto que lo era, y por eso el hombre había tenido tanto éxito en sus guerras secretas.

Jack se volvió y se alejó hacia el Land Rover, mirando una vez más hacia la ventana de la habitación superior. Vio la cara de la niña con el pelo negro. Arrojó su mochila en la parte trasera del vehículo y cuando se dio la vuelta para saludarla por última vez ... se detuvo. Ella se había ido. Subió, encendió el motor y, por primera vez en muchos años, Jack Grant se dirigió hacia el sur, cruzando la frontera inglesa.

5

GRANT FUE RECOGIDO POR JORDIE PENN CUANDO LLEGÓ A LA estación Euston. Desde allí, había sido conducido desde Londres a una casa de seguridad temporal ubicada en las afueras de la boscosa Wiltshire, un domicilio de seis habitaciones al borde de un parque. Era lo suficientemente anónimo y ordinario como para no llamar la atención.

"Los otros llegarán mañana, probablemente alrededor de la hora del almuerzo. El Coronel querrá hablar contigo antes de eso y ponerte al día antes de que el resto del equipo aterrice ", dijo Penn mientras sacaba la bolsa de viaje de Grant del maletero del Jaguar. Masterman los había estado esperando en el comedor, donde el té y los bocadillos estaban a la orden del día. *Obviamente iba a ser una comida de trabajo,* pensó Grant. El ex Jefe de la Redacción debió haber tenido un buen día en lo que respecta a la salud, porque caminaba con la ayuda de un bastón y la silla de ruedas había sido relegada al pasillo. Grant reconoció esto como el 'jefe' en el modo de guerra.

"¡Jack! Entra, entra!. ¿Cómo estuvo el viaje? Me alegro tenerte de vuelta. Toma asiento," —dijo Masterman, dando un paso adelante y apretando la mano de Grant. "Tenemos mucho camino por recorrer en los próximos días, pero, antes que nada, solo quiero asegurarme de que sigas a bordo para esta misión".

Grant asintió con la cabeza. "Todavía estoy adentro. "Estoy aquí." Eso parecía ser suficiente compromiso.

"Pensé en ponerte al día con tus compañeros de equipo, darte un breve resumen de quiénes son y de qué se trata", dijo Masterman, pasando una serie de archivos sosos y amarillentos que contienen biografías del resto del equipo, fiel a su palabra, Masterman mantenía esta operación bajo el radar y no oficial. No había nombres de portada operativos, encabezados de misión y nada en los archivos que sugiriera que había sido sancionado oficialmente. Eran corsarios que operaban sin licencia.

Siempre fue así antes de un trabajo. Metiendo la cabeza en los archivos, para obtener tanta información como fuera posible, antes de salir a la calle. Grant tomó la primera carpeta y la abrió. La cara en la fotografía en blanco y negro que lo miraba parecía que era apta para el verdugo. Era viejo, con líneas profundas alrededor de los ojos, y el cabello peinado hacia atrás con fijador de pelo Brylcreem. El hombre tenía una expresión dura y vergonzosa en su rostro. *De hecho,* pensó Jack, *parecía un ladrón.* Grant hojeó los detalles, curioso por saber más.

William 'Bill' Hodges tenía casi cincuenta y cinco años. El archivo decía que había sido un paracaidista del ejército británico, antes de ser reclutado en la Fuerza 136, el servicio de sabotaje en tiempos de guerra con sede en Birmania en 1944. Hodges era un experto en demoliciones, explosivos y trampas explosivas, y más de unos pocos enemigos habían caído ante sus improvisados pequeños "juguetes". Después de la guerra, parecía tener una inclinación por meterse en problemas con la ley y había cumplido una pena de prisión por irrumpir en numerosos bancos para llegar a las cajas de seguridad. SIS lo había utilizado en varias operaciones de robo contra objetivos de la Cortina de Hierro. La reacción inicial de Grant, pensando que parecía un ladrón, no había estado muy lejos de la realidad. "Es un poco joven, ¿no?", Comentó Grant, quien había conocido algunos 'bribones' en su juventud.

Masterman asiente. "Era un maldito buen soldado en todos los sentidos, un saboteador experto que llevó al infierno a los japoneses. Pero ... bueno, a veces los hombres que dejan el ejército no siempre pueden adaptarse a la vida civil. Hodges fue una pesadilla para la policía, pero para nuestros propósitos, será invaluable. Un hombre demasiado bueno, puede romper las puertas, activar dispositivos de distracción y derribar un edificio para ocultar cualquier evidencia con sus pequeños 'trucos'. Grant movió el archivo Hodges a un lado y recogió la siguiente carpeta que, curiosamente, tenía dos archivos dentro.

"Ahhh, el dúo mortal", se rio Penn, que estaba de guardia junto a la puerta.

El archivo contenía los detalles de dos exsoldados, muy recientemente *ex*. Hasta el mes pasado, habían sido miembros del Regimiento de las Fuerzas Especiales británicas de la posguerra. Luego, aparentemente experimentaron un cambio de opinión y "compraron" su salida del ejército. Ahora, para cualquier efecto, estaban técnicamente desempleados. "Crane y Lang", leyó Grant. Ambos hombres tenían veintitantos años y parecían duros y en forma. No son los tipos que te gustaría conocer en un callejón oscuro. De las fotos proporcionadas, ellos parecían haber sido sacadas del mismo molde. *No exactamente gemelos,* pensó Grant, *pero muy similar.* Ciertamente tenían un impresionante pedigrí operacional; habían cazado terroristas en Malasia y Borneo y habían trabajado encubiertos en las calles secundarias de Adén. Grant notó que tenían varias menciones en los reportes militares, entre ellos y que ambos habían ascendido al rango de suboficiales de alto rango dentro del Regimiento. Cuando Masterman se arrastró fuera de los muelles en Australia el año anterior, habían sido Crane y Lang quienes habían estado esperando en la cita de emergencia para llevarlo a una casa segura del SIS para recibir tratamiento médico.

Son unos tipos duros, Jack, pero te respetarán. Son tus perros de guerra para esta operación. Bueno en una zona de exterminio. Úsalos bien", dijo Masterman, el orgullo por los hombres de su antiguo regimiento tan obvio y fuerte como siempre.

Grant asumió que cuando se completara la misión, y si sobrevivían, a los dos soldados de las Fuerzas Especiales se les "permitiría" regresar al Regimiento, casi como si hubieran estado fuera en unas cortas vacaciones. Oh, probablemente tendrían que pasar por la selección nuevamente, pero si el oficial al mando actual valiera la pena, atraería a los dos soldados de las Fuerzas Especiales lo más rápido posible. Puso el archivo del 'dúo mortal' a un lado y recogió la última de las carpetas. Se lamió el pulgar y pasó la página, esperando ver a otro tipo exmilitar fuerte y terco mirándolo fijamente ... en cambio, fue recibido con una fotografía en color, una definitivamente no tomada por un fotógrafo del ejército.

La cara era la de una mujer en los veinte y tantos años, tal vez treinta. Ella era de ascendencia asiática, pero con la apariencia exquisita que insinuaba su ascendencia europea. Su largo cabello negro azabache estaba recogido hacia atrás, revelando una delicada cara ovalada y para el observador casual podría haber sido de cualquier nacionalidad; china, griega, incluso italiana. Sus rasgos eran todo un juego para aquellos que intentaban descifrarla. Ella era para los ojos de Grant ... hermosa. Pero fueron los ojos ... los ojos proporcionaron el mayor misterio de su fondo, eran oscuros, casi negros. Leyó la página que acompañaba a la fotografía. Se llamaba Miko Arato y había nacido en Tokio en 1938. La única otra información era que ella era una tiradora consumada con un rifle y una francotiradora experta. Confundido, Grant arrojó el informe sobre la mesa. "Apenas vale la pena usar tinta por todo lo bueno que fue. ¿Es algún tipo de maldita broma? él demandó.

Penn se apartó de la puerta y recogió la hoja desechada, volviéndola a guardar en la carpeta. Masterman miró a Jack con una mirada dura y pudo sentir el peso de la furia del hombre sobre él. "¿Hay algún problema, Jack?"

¿Una mujer francotiradora? Un poco inusual, ¿no? dijo Grant.

Masterman soltó una carcajada. "No es un poco inusual, Jack, ¡es muy inusual! No tiene precedentes, en mi experiencia. Oh, escuchaste sobre las mujeres campesinas en Rusia durante el asedio de Stalingrado, pero hasta donde yo sé, nunca fue una civil en tiempos de paz. Es una mujer joven única y tenemos suerte de tenerla".

A Grant no lo convencía. Tenía que haber algo más, algo que no le estaban diciendo. "Bien, ¿cuál es su historia? Los otros, puedo entenderlo, operadores encubiertos y fuerzas especiales, eso es lo que les gusta, para eso están entrenados, pero ¿qué tiene que ver esta mujer japonesa con ...?

"Ella es la hija de C", Masterman interrumpió. "Como dice el archivo, su nombre es Miko. Miko Arato Sir Richard y su madre se conocieron cuando él trabajaba encubierto en Japón en la década de 1930. Se hacía pasar por periodista y ella era asistente en una de las agencias de noticias locales. Decir que ella era uno de sus agentes sería un poco … grosero. La suya fue una relación de trabajo inicialmente, eran colegas, aunque conociendo a C, sin duda siempre mantuvo sus oídos abiertos en caso de recibir información útil. Más tarde, su relación se volvió personal y nació una hija: Miko ".

"¿Cómo te enteraste de ella?" preguntó Grant.

"En los documentos que C me había enviado en secreto, había detalles que contenían su dirección y algunas instrucciones sobre lo que él quería que hiciera, en caso de su muerte. Ella era su familia secreta, aparentemente la había visitado varias veces a lo largo de los años cuando era una niña, sin el conocimiento de Lady Crosby, en Japón", explicó Masterman.

"Así es como ella está involucrada en esta operación. Se ha tomado el asesinato de C personalmente", interrumpió Penn.

"Una vez que le conté sobre las circunstancias de la muerte de C, ella expresó su deseo de venganza", admitió Masterman. "Inicialmente pensé que podría usarla como un activo de inteligencia en el terreno en Asia. Miko trabaja como guía turística para turistas japoneses, por lo que tanto su inglés como su conocimiento de las ciudades europeas son excelentes. Ella tenía lo que llamamos 'cobertura natural' para viajar, reclutar y organizar. Luego me mostró lo que podía hacer con un rifle. Ese conocimiento lo cambió todo ".

¿Y no lo pensaste dos veces antes de incluirla en esta misión? No importa lo buena que sea con un arma, sigue siendo una novata. Grant no pudo evitar pensar en la última vez que Masterman introdujo a una mujer joven e inexperta en una operación de la Redacción. Su corazón se hundió ante el recuerdo de la debacle que sucedió en Roma varios años antes.

¡Por el amor de Dios, ella era su hija! Ella amaba a su padre, lo adoraba, y la idea de que algún asesino se salga con la suya es algo que no permitirá que suceda. Miko será nuestros ojos y oídos en el suelo, y cuando rastreemos a este 'Cuervo', ella estará en la matanza".

Grant asintió con la cabeza; era evidente por la fuerte reacción de Masterman que no se conmovería en este punto. "Bien, cuéntame sobre esta 'francotiradora' y cómo llegó a ser tan buena con un rifle.

Masterman se recostó en su silla, tamborileó con los dedos sobre el mango de su bastón y comenzó a buscar en su memoria extensa cada detalle. "Cuando su madre murió, fue criada por su tío en su granja. Aparentemente, había sido un francotirador durante su tiempo luchando contra los estadounidenses en el Pacífico. Después de la guerra, le enseñó a la niña a disparar. Algo inusual, cierto, pero enseñarle como él lo hizo, informalmente por supuesto. La muchacha parece tener una aptitud natural para ella."

Grant sopesó la historia en su mente y decidió dejar cualquier otro argumento que apareciera. Masterman ya había elegido el equipo, y no tenía sentido discutir contra el coronel. Siempre tomaba las decisiones correctas operacionalmente y Jack tenía que respetarlo por eso.

El resto del equipo comenzaría a llegar a partir de las once de la mañana del día siguiente. Los dos soldados, Lang y Crane, fueron los primeros en llegar y fueron presentados a Grant, con Penn haciendo el papel de anfitrión y dirigiendo las presentaciones. Ambos hombres le dieron la mano a Grant y él pudo ver cuán similares eran en realidad. Ambos tenían esa independencia dura e ingeniosa que era un rasgo de los soldados de élite en todo el mundo. Grant pensó que habrían hecho un par de buenos 'gorilas' en algunos de los clubes más duros de Londres que conocía. Supuso que sabían cómo manejar una manopla y un dar un topetazo.

Unos minutos más tarde, un taxi se detuvo en el camino para depositar a Bill Hodges, luciendo menos como un ladrón y más como un gerente bancario de edad avanzada con su traje de la mafia. Caminaba como sobre zancos, como si estuviera cuidando una vieja herida de guerra, y los modales de un maleante. "Buen día a todos", dijo. Grant tenía la sensación de que le gustaría este hombre, que lo respetaría, sin duda. Él solamente no confiaría en él solo con la plata familiar.

Cuando se completaron las presentaciones, Penn habló. "Mejor me pongo la tetera entonces, ¿lo preparo?"

Masterman sacudió la cabeza. "No, esperaremos, si está bien con ustedes, esperen hasta que llegue la francotiradora. Sería poco caballeroso comenzar sin ella.

Diez minutos más tarde, se escuchó el leve ruido de un gentil golpe en la puerta. Penn se retiró de la habitación y regresó un momento después, asomando la cabeza y diciendo: "Es la francotiradora, coronel. Está aquí".

———

Entró en el salón, moviéndose con gracia, como una bailarina. Había un aura de calma sobre la mujer que los otros miembros del equipo captaron instantáneamente. Todos se levantaron apresuradamente y se pusieron de pie nerviosamente, Crane y Lang arrastraron los pies, mientras que los otros se alinearon cuando fueron presentado uno por uno a Miko Arato.

Grant fue la última en la línea en estrecharle la mano, lo

que le dio más tiempo para estudiar su pequeño cuerpo y su belleza oscura. Llevaba un vestido de moda con estampado floral y su altura había sido elevada por un par de zapatos de tacón. Llevaba el pelo suelto y le cubría los hombros como la seda. Pero fueron los ojos, los ojos oscuros, los que acentuaron su belleza, incluso desde la distancia. Brillaban como el ónix brillando a la luz. Con las presentaciones completas, se acomodaron y mientras Penn preparaba refrescos, Masterman entregó archivos que contenían la información más reciente sobre su futura misión. "Léanlo una vez", dijo. "Me ahorrará repetirlo y luego podremos comenzar".

Una vez que completaron la lectura y colocaron los archivos en la mesa de café, Masterman se puso de pie con la ayuda de su bastón y comenzó. Él los miró a cada uno, directamente a los ojos, transmitiendo la gravedad de la situación.

"Esta misión es pura y simplemente una redacción. Oh, sé que la unidad ya no existe, pero es el tipo de operación que realizaría en los viejos tiempos. Oficial o no, es una Redacción con cualquier otro nombre. Tenemos una oportunidad, rara, de llegar al corazón de esta organización y derribarla. Eres la mejor gente que tenemos para este trabajo; Todos ustedes están comprometidos y son totalmente capaces. Metemos un agente dentro de la organización de este Cuervo y lo derribamos desde adentro. Una vez que salgas de esta casa de seguridad, serás lanzado oficialmente al viento. Continuarás con tus respectivas vidas monótonas y mundanas, sin susurrar y sin dar pistas de que somos parte de algo más grande. Serán borrachos, delincuentes, mercenarios, holgazanes e irresponsables ... y eso es exactamente lo que quiero que sean. Quiero que los poderes fácticos piensen que estás venido a menos y que los héroes de ayer ... se desmoronaron y se fueron a sembrar. La próxima vez que se encuentren, cuando vuelvan a reunirse, estarán en la zona de matanza. Donde es, no puedo decir... Todavía. Recibirán el contacto, reconocerán la palabra del código de activación – CENTINELA – y luego se les darán los detalles. Espero que te muevas rápido, en cuestión de horas, y estés en camino a la ubicación. Penn le preparará sus documentos de viaje de emergencia y suficiente dinero para que se pueda acomodar. Una vez que estés en el terreno, arreglaremos tus armas, equipo y transporte. Te reunirás con Grant y luego serás infiltrado encubiertamente en la ubicación del objetivo. ¿Me perdí algo, Jordie?

Penn negó con la cabeza y se volvió hacia el equipo. "Usted hace el trabajo, sale y luego se implementan los protocolos de evacuación de emergencia. Te sacamos, y nadie es tan sabio como para saber que pasó. ¿Suficientemente simple?

"Fácil", murmuró Crane.

"Pan comido, viejo muchacho", se río Hodges, bebiendo su té.

"Nada de eso," —advirtió Masterman—. "Pero es el trabajo que tenemos y es el trabajo que vamos a terminar. Dicho de esta manera – si *nosotros* no lo hacemos, nadie lo hará. Todos son desconocidos, no existen. Esa es nuestra mayor fortaleza. Somos fantasmas. Entonces recuerda por qué estamos aquí. Estamos aquí porque los que están al poder se han lavado las manos de todo el asunto, con la esperanza de que desaparezca si pagan suficiente dinero. Estamos aquí para evitar que un maníaco cause el asesinato de posiblemente miles de inocentes. Estamos aquí porque todos nosotros, tenemos una deuda con el difunto Sir Richard Crosby".

El equipo habló libremente durante la próxima hora,

discutiendo ideas, tácticas y soluciones a varios problemas. Era un foro abierto, algo que Masterman alentó; después de todo, eran sus cuellos los que estarían en la línea. "El hombre en el campo tiene el control definitivo", era algo que había aprendido de su servicio en tiempos de guerra. Cuando resolvieron todo lo que pudieron por el momento y se hablaron entre ellos, Masterman se volvió hacia Grant y dijo: "Jack, sé un buen tipo y ayúdame a levantarme; Creo que deberíamos dar un paseo por el jardín. Grant ayudó a su antiguo comandante, un simple toque en el codo, nada más, y la pareja se fue a través de las puertas del patio que conducen al jardín.

———

CRANE SE PUSO de pie y observó como la extraña pareja comenzó su paseo. "Así que ese es el Gorila, ¿verdad? Es como una leyenda entre nuestros muchachos. He estado en la casa del asesinato varias veces. Conoce lo que hace".

Miko se acercó y se paró junto a Crane, apenas llegando a su hombro. "¿Por qué lo llaman 'Gorila'?" preguntó ella. Su mirada de francotirador se centró sobre los dos hombres que caminaban por el jardín.

"Es un apodo que obtuvo de los viejos tiempos en Berlín, o eso me informa el coronel". Nadie parece saber realmente por qué se le conoce como Gorila, bueno, excepto Masterman, y el coronel no es de contar secretos", dijo Penn distraídamente, mientras reunía los archivos desechados.

"Entiendo que es un tipo excepcionalmente bueno", dijo Miko.

"Por lo que sé, es uno de los mejores Redactores que el SIS haya tenido, bueno con un tirador a corta distancia", dijo Lang. Los hombres regresaron a la mesa, dejando a la pequeña mujer japonesa sola, mirando hacia el jardín. Ahora que había visto a Gorila Grant de cerca, experimentó una sensación de emoción y euforia al saber que este hombre, este asesino simiesco, sería el único hombre capaz de acercarla al asesino de su padre.

———

SIEMPRE HABÍA SIDO SU DESTINO, caminar y hacer negocios; el alto oficial británico y su subordinado más pequeño y fornido. A veces, había estado en las calles de Berlín o Londres; hoy era un espléndido jardín típicamente inglés. Pero caminaban, lloviera, hiciera sol o nevara.

"Todos tienen interés en esto. Todos han perdido a alguien cercano a ellos. Miko, su padre, Crane y Lang, sus compañeros del Regimiento, y Hodges necesita un camino de regreso para mantenerlo alejado de la prisión. Y tiene el seguro para proteger a sus seres queridos para el futuro", dijo Masterman, cavando la punta de su bastón en el césped bien cuidado.

¿Y qué sobre ti, señor? preguntó Grant.

Masterman se encogió de hombros. "Sabré que acabé con la amenaza a este país por parte de esos locos, y tomé la cabeza del pequeño bastardo que me paralizó".

Grant aceptó esto y asintió. "Entonces ellos son mi equipo. Los cinco, trabajando para Centinela en una Redacción privada, listos para irrumpir allí y poner una bala entre los ojos de ese ... Cuervo, quienquiera que sea.

Masterman sonrió ante el humor negro. "No es perfecto, ni mucho menos, y no es como lo hubiéramos hecho en la Redacción hace tantos años, ¿verdad? Pero son ingeniosos y están motivados, y eso cuenta mucho en este juego ".

Grant sabía que esto era cierto y había estado en Redacciones que ofrecían muchas menos posibilidades de éxito que esta. Había sobrevivido a todos ... solo.

"Tienes todo lo que necesitas, todo está en su lugar. Solo acércate a Trench y métete debajo de la piel de ese bastardo. Eres nuestro caballo de Troya. Muéstrales lo que puedes hacer, lo valioso que puedes ser para ellos, para que quieran ponerte en buenos términos delante del hombre superior. Muestra a su mascota Gorila, ¡eh! Cuando ese momento suceda ... ¡entramos! Solo recuerda, Jack, tu identidad secreta es tu mejor arma; eres un mercenario despiadado, un alcohólico al límite y un proxeneta. ¡Todo lo que atrae a sus instintos básicos! Sé una versión oscura de ti mismo. Querrán que seas corrupto y sucio, un asesino despiadado que no se preocupa por nadie. Dales tu versión de Gorila el mercenario.

"¿Quieres decir simplemente ser yo mismo, entonces?" dijo Grant, con un toque de humor.

Masterman se rio a carcajadas, a pesar de sí mismo. "¡Ja! Creo que sí. ¿Estás bien con eso?

"Voy a hacer mi mejor esfuerzo", respondió Grant con un toque de sarcasmo. Los dos hombres se dieron la mano, lo que bien podría ser la última vez. Algo que habían hecho muchas, muchas veces antes. Hasta ahora esa 'última' vez no había sucedido todavía. "Solo sigue dándome información a medida que la obtengas, cualquier cosa que pueda meterme en sus cabezas. No me importa de dónde lo obtengas, coronel, siempre y cuando me mantenga con vida ", dijo Grant. Luego se volvió y se alejó, dirigiéndose hacia Penn que estaba esperando en el Jaguar, listo para llevarlo a un hotel de Londres para pasar la noche. Estaría en el primer avión a Amsterdam a la mañana siguiente.

Mientras su viejo camarada y amigo se alejaban, Masterman observó la fanfarronería y su andar volviendo a él después de años de estar en retiro operativo. Esperaba que el Gorila hubiera regresado, y él, por su parte, se alegraría si lo fuera. Nadie podía disparar o matar como el pequeño y pendenciero Redactor. Haría todo lo posible para mantener la inteligencia fluyendo por él, por supuesto que lo haría. Sin embargo, él no mencionó sus secretos más clandestinos a su pistolero domesticado.

El otro miembro del equipo, uno que solo conocían Penn y él mismo, su pequeño lirón, el miembro externo del equipo Centinela Cinco, que era el espía de Masterman, se escondió y se enterró en el interior del Servicio Secreto de Inteligencia.

6

AMSTERDAM - OCTUBRE 1967

Gorila Grant se sentó en un sillón, frente al cadáver de Reierson, admirando su hábil trabajo. Había sido una larga noche de espera antes de que finalmente pudiera alcanzar su objetivo. Pero había podido llegar a él, y ahora el hombre estaba muerto.

Reierson había vivido en un apartamento del último piso de Amstelstraat. Por la información que Masterman le había pasado a Gorila, parecía que el asesino australiano usaba el departamento de Amstel como su base de descanso entre contratos. Era el lugar donde Reierson se sentía a gusto, con su vista perfecta de postal del Puente Azul debajo de él. No es que Gorila hubiera visto el *Blauwbrug* iluminado en su gala esa noche, porque él había estado de pie, moviéndose apenas, escondido dentro del armario empotrado en la pared del salón de Reierson durante la mayor parte de la noche. El armario contenía el medidor para el suministro de electricidad y parecía ser un espacio dedicado para basura, completo con tabla de planchar, botas de trabajo viejas y herramientas oxidadas. Era pequeño y estrecho, pero

adecuado para ocultarlo dentro del espacio vital del objetivo. Había estado allí, mirando a través de los listones de
madera que le daban una vista perfecta del diseño de la
habitación, durante un poco más de tres horas. Había
estado con calor e incómodo y ansioso por continuar con el
trabajo. El revólver .38 se había sentado pesadamente en su
mano enguantada.

Obtener acceso al departamento había sido un ejercicio
simple para alguien con las habilidades de Gorila. Había
visto a Reierson salir de su edificio de apartamentos justo
después de las siete. El hombre parecía un luchador, grande
y poderoso. Su cuello era tan grueso como una bujía y
parecía estallar debajo del collar y la corbata que llevaba.
Reierson salía por la noche y donde quiera que fuera,
parecía que era por placer y no por negocios.

La puerta de entrada de Reierson estaba bien asegurada
con una moderna cerradura de avanzada, algo que Gorila
nunca habría podido forzar sin pasar unos buenos veinte
minutos antes de abrirla. Llevaría demasiado tiempo y lo
dejaría demasiado expuesto. Pero en el siguiente departamento, la seguridad era mínima y su puerta estaba equipada
con una perilla estándar. Entonces, después de tocar el
timbre y confirmar que los residentes estaban fuera, Gorila
se puso a trabajar con sus ganzúas, ingresó en segundos y se
dirigió a la ventana del departamento, donde salió al balcón
y saltó a través del espacio de 1.20 metros pies. hacia el
balcón de Reierson. En la oscuridad, nadie en la calle notó
que una figura saltaba y luego abría la cerradura de las
ventanas francesas del balcón antes de subir. Gorila había
reconocido rápidamente el apartamento, descubriendo que
estaba amueblado de forma costosa y para el hombre de
estilo de vida de Reierson, decorado con buen gusto. Quizás
había contratado a un diseñador de interiores. Obviamente,

ser un hombre de contrato para el clan Cuervo, era bien pagado. ¡Muy bien!

Gorila tenía la esencia de Reierson incluso antes de que abriera el archivo que Masterman le había proporcionado. El hombre era un matón de la calle, que lo había hecho con suerte. Exsoldado del ejército australiano, había sido expulsado por ser un desgraciado. Algunos trabajos de bajo nivel en el inframundo, rodilleras, golpes de castigo y la extraña hazañas de cobro de deudas. Luego, finalmente reunió suficientes células cerebrales para darse cuenta de que podía ganar más dinero usando un tirador y despidiendo a las personas por contrato. A su favor, parecía haber tenido cierto éxito, principalmente de objetivos fáciles y compañeros criminales para ser justos, pero evidentemente había hecho lo suficiente para que el Cuervo y su gente lo reclutaran.

Después de registrar el departamento, Gorila se decidió por el escondite menos terrible; el armario de la pared. No es perfecto, pero es mejor que estar parado detrás de las cortinas con los pies sobresaliendo como una especie de tonto en una farsa. Se acomodó, comprobó sus ángulos para asegurarse de tener una vista clara de la habitación a través de los listones y luego comenzó la larga, larga espera a su objetivo. Tres horas adentro y había estado a punto de abortar el golpe. Tal vez Reierson había pasado la noche en la casa de otra persona, o tal vez estaba borracho en un bar en algún lugar y no podía llegar a casa. Maldita sea, podría haberse caído al canal y estar muerto en una lápida. Esperaba... Ciertamente le ahorraría trabajo a Gorila.

Justo cuando estaba a punto de cancelar la operación, escuchó el sonido distante de voces desde el exterior, seguido por el golpeteo de una llave en la cerradura y la puerta que se abrió. La luz del pasillo iluminaba el oscuro departamento y entraron dos figuras, una alta, delgada y morena y la otra grande y corpulenta, tomados de la mano. La puerta se cerró de golpe y luego la oscuridad cubrió la habitación una vez más. Lo que siguió fue la inevitable lucha y el toqueteo de los amantes. Incluso en la oscuridad, Gorila se dio cuenta de que la pareja se quitaba rápidamente la ropa, y los ruidos de besos y sexo crudo se hicieron más fuertes. El hombre, Reierson, levantó a la mujer en sus brazos y la llevó a la sala antes de colocarla suavemente en el centro de una gruesa alfombra blanca frente a la chimenea. Reierson activó un interruptor y el falso fuego eléctrico cobró vida, bañando la habitación con un erótico resplandor rojo. Se acostó al lado de la morena y comenzó a besar su cuerpo, pasando las manos bruscamente por sus senos y muslos. Momentos después hubo un gemido de placer cuando el australiano entró en el cuerpo de la mujer. Ella envolvió sus piernas alrededor de él y la pareja comenzó a retorcerse junta al ritmo.

Gorila estaba parado en la oscuridad del armario, parte observando, parte preparándose para hacer un movimiento si Reierson hacía ... cualquier cosa. Pero después de cinco minutos de que el australiano bombeara a la morena, Gorila estaba convencido de que la mente de su objetivo estaba en otra parte, enterrada entre las largas piernas de la mujer en ese momento en particular. La relación amorosa de la pareja se hizo más vigorosa y el nivel de decibelios subió un nivel; Reierson parecía estar a punto de alcanzar su crescendo y la morena estaba haciendo todos los ruidos correctos en todos los lugares correctos para alentar a su cliente. Luego hubo un último suspiro de Reierson ... y el silencio llenó el apartamento una vez más.

Lo que siguió fueron los trabajos rudimentarios de la mujer profesional mientras recogía rápidamente su ropa y se vestía, lista para pasar a su próximo cliente. Reierson levantó su bulto desnudo de la alfombra, caminó hacia el dormitorio y regresó momentos después vistiendo una horrible bata de seda de color naranja y negro, y llevando un fajo de dinero sujeto con una banda elástica. Sacó varios billetes y los sostuvo en su puño carnoso. La mujer los tomó rápidamente y los metió en su bolso. Ella se adelantó y le ofreció un casto beso en la mejilla; a cambio, en un buen estilo australiano, él le dio un golpe contundente en la espalda mientras ella se tambaleaba hacia la salida. Un portazo y ella se fue. Ahora solo eran los dos hombres en el departamento. *La diferencia, querido, es que no sabes lo que va a pasar,* pensó Gorila.

Reierson sonrió, la sonrisa de un hombre que estaba satisfecho con su vida. Se estiró, y Gorila escuchó el chasquido de su espalda y rodillas, antes de dirigirse al gabinete de bebidas y se sirvió un gran Rémy Martin, sin hielo. Encendió el tocadiscos, algo de rock and roll que Gorila no reconoció y subió el volumen. Era alguien cantando sobre ser una cosa salvaje. Reierson se recostó en una silla alta frente al fuego y la alfombra donde acababa de hacer el amor. Sus pies llevaban el ritmo de la música mientras sorbía su bebida. Gorila estaba complacido. El hombre estaba relajado, desprevenido, y el volumen de la música ayudaría a ocultar lo que sucedería después. Hizo una última comprobación mental: atraparlo desde el interior del armario, con los guantes puestos, la pistola preparada. Listo. Suavemente empujó la puerta, dio tres largos pasos hacia adelante para llegar a la silla, acercó el arma a un lado de la cabeza de Reierson y apretó el gatillo, justo cuando el tambor de la canción se intensificó. El boom del revólver se perdió en la vorágine de la música. Había sido tan simple, tan fácil y tan brutal, y no habían transcurrido más de tres segundos desde que había dejado los confines del armario de la pared. Tomar una vida a veces no tomaba tiempo en absoluto y Reierson ni siquiera había sido consciente de lo que pasó. Un momento aquí, el siguiente se fue. Permanentemente.

Gorila se sentó en un sillón adyacente y esperó. Esperó a que golpearan la puerta, el lamento de las sirenas de la policía y los gritos de los vecinos asustados. Cuando nada de eso pasó, supo que estaba libre. Se volvió para echar una última mirada al hombre muerto. El australiano estaba desplomado hacia los lados en el sillón, con la cabeza inclinada hacia la izquierda. Había un agujero en su sien derecha, de la que la sangre todavía bombeaba lentamente. Gorila le daría unos minutos y luego bajaría el nivel de volumen del tocadiscos y se escaparía.

Según la última investigación de inteligencia de Masterman y Penn, su enemigo común Trench había sido visto en los puntos calientes de Hong Kong recientemente, por una fuente amistosa dentro de la sección de Inteligencia y Seguridad de la Policía de Hong Kong. Había sido visto por última vez en compañía del ahora fallecido Reierson, un conocido mercenario al que se rumoreaba que había participado en varios asesinatos por contrato. Eso por sí solo fue suficiente para señalarlo ante las autoridades. Parecía que la red de inteligencia no oficial de Masterman llegaba a todas partes, y ahora tenían una pista que sugería que Trench había regresado a su antiguo territorio de Hong Kong. *Independientemente,* pensó Gorila, *su trabajo aquí en Amsterdam se hizo y al día siguiente estaría libre y en camino a Asia.*

Hizo un último chequeo del apartamento, confirmando por su propia tranquilidad que no había dejado ninguna pista o evidencia detrás. Luego colocó la pistola no registrada en el suelo, debajo de la mano de Reierson. Para el mundo entero, parecería como si el hombre se hubiera suicidado y luego hubiera tirado la pistola al suelo mientras su vida se escapaba. Trabajo hecho y caso cerrado. El Gorila abrió la puerta principal y le dio al cuerpo oscuro sombrío desplomado en la silla una mirada final. Fue la primera muerte del Gorila en mucho tiempo y había sido muy simple.

He vuelto, pensó Gorila. *He vuelto con una venganza.*

7

KOWLOON, HONG KONG – OCTUBRE 1967

El caucásico se movió con confianza a través del calor bochornoso del mercado ocupado. Era una de las partes más peligrosas de la ciudad y en ese momento de la noche, los trabajadores manuales, los comerciantes y los criminales callejeros de todas las persuasiones se dirigían a casa o a su próxima empresa ilegal. Ninguno de ellos le importaba al caucásico, no estaba amenazado por ellos, no tenía miedo de ser el único hombre occidental en el laberinto del mercado callejero. Él tenía una mirada sobre él que decía: Esta es una pelea que vas a perder, si tratas de joderme'.

Durante el último año su nombre había sido Janner. No se le dio nombre, sólo Janner. Ocupación: fotoperiodista de la zona de guerra. En verdad, su nombre no era Janner y no tenía experiencia en el mundo de la fotografía o el periodismo, pero proporcionaba una cobertura lo suficientemente plausible como para permitirle entrar y salir de los países de la región para que pudiera disfrutar de su verdadera ocupación: el asesinato por contrato.

Su nombre había sido Frank Trench, pero ya no era ese

hombre. Estaba vestido a la manera del día. Un traje de safari de color claro con pantalones y botas con tacón cubano. Su cabello había crecido mucho, más allá de su cuello y ahora llevaba un bigote caído y patillas gruesas, como era el estilo actual. Ya se habían ido el elegante corte de pelo de los oficiales de Caballería, el bigote reglamentario y los trajes de tres piezas de Saville Row que había usado cuando era miembro de la Unidad de Redacción del Servicio Secreto Británico en Londres. Este hombre era más rudo y tenía el aspecto de una especie de playboy / aventurero, pero alguien que llevaría un arma oculta en su cuerpo en caso de problemas, lo que de hecho lo hizo; una daga en una funda de cinturón oculta. Continuó a su ritmo acelerado, con sus botas marcando el ritmo en las calles mojadas, dando a conocer su presencia entre las ratas callejeras. Le gustó eso, haciéndoles saber que se acercaba. Uno de ellos intentó hablar con él, pequeño y delgado como látigo, probablemente un adicto a la heroína, y Trench envió una mirada de advertencia al hombre. El hombre se encogió y desapareció de nuevo en las sombras, largándose como una cucaracha.

Si alguien le preguntara si perdió el patriotismo de trabajar para el Servicio de Inteligencia Secreto, Trench les habría dicho que se fueran a la mierda y los hubiera azotado con una pistola. Poco dinero, alto riesgo, sin gratitud y sin posibilidades de promoción. Pensó que había sido muy pobre y no había nada como trabajar como freelance para sus nuevos empleadores ... era todo lo opuesto, de hecho. Buen dinero, gastos pagados, viajar a lugares glamorosos de Asia y tantas prostitutas como pudiera, además del asesinato, el asesinato hizo que valiera la pena ... eso y el hecho de que ya no estaba bajo el control de ese lisiado Masterman. Sí, ese había sido un buen día para Frank Trench, el día en que había enviado al viejo Centinela al cielo ... el Cuervo estaba especialmente complacido con él después de ese golpe.

Sin embargo, su reclutamiento en el clan del Cuervo había sido menos que ortodoxo. Había comenzado con su último trabajo para la Redaction, hace poco más de un año, aunque realmente no lo sabía en ese momento. Un viaje a Hong Kong, dijo Masterman, es un miembro de alto rango de una nueva y próxima organización mercenaria que opera en Asia. El trabajo en sí había sido bastante fácil. Recogiendo el objetivo, un hombre llamado Angel, un traficante de armas que movía armas para el inframundo japonés y que tenía fama de ser un proveedor principal. El trabajo había sido simple y después de eso, no había sido nada que Trench no hubiera hecho antes. Drogar al hombre, llevarlo a un lugar abandonado, en este caso un almacén junto a los muelles, interrogarlo y luego eliminarlo. 'Simple' Pero había habido algo en la forma en que el hombre le había hablado. Suplicó, bueno, todos lo hicieron en este punto del juego, cuando tenías un cuchillo en la garganta, pero era más que eso. Era como si reconociera un espíritu afín en el Redactor. El hombre le había ofrecido un trato a Trench. Déjalo ir, dale su libertad y él recompensará a Trench, y el Cuervo recompensará a Trench.

"¿Por qué debería? rio Trench, moviendo su cuchillo ansiosamente entre sus dedos.

Ángel había sonreído a cambio. "Porque, el Cuervo puede ofrecerte mucho más de lo que Masterman ha hecho ... Trench...

Al escuchar su propio nombre arrojado hacia él tan casualmente lo había sacudido hasta el fondo y escuchar el nombre del Jefe de la unidad de Redacción, doblemente.

¡Estas personas conocían el funcionamiento interno de la Redacción! ¿Cómo tuvieron acceso a esa información?

Y así, Frank Trench había tomado la apuesta más grande de su vida y confiaba en el hombre que había estado a punto de matar. En verdad, había estado esperando una oportunidad, una razón, para pasar a una nueva vida. Inglaterra estaba muerta para él, el SIS lo había usado y quería ser más que un servidor público mal pagado por el resto de su vida. Así que cruzó la línea y se volvió clandestino, fingió su muerte, tomó un nuevo trabajo, una nueva cara y una nueva identidad. Se había despojado de Trench y se convirtió en Janner, asesino a sueldo. Después de eso, había sido una caída fácil, y su conocimiento de las operaciones del SIS había ayudado al Cuervo a deshacerse de más agentes de la Redacción enviados contra él. Habían caído uno por uno ... Spence, Marlowe, Burch y finalmente clavaron a Masterman en Australia ... y todos tenían la marca de Frank Trench en ellos.

Su ascenso durante el año pasado había sido meteórico y ahora estaba a cargo de detectar talentos y dirigir a todos los asesinos a sueldo europeos que trabajaban para el clan Cuervo. Había sido un viaje sencillo y dinero fácil hasta la semana pasada, cuando uno de sus mejores pistoleros, un mercenario australiano llamado Darren Reierson, que fue encontrado muerto en Holanda, con los sesos esparcidos por todas partes. Los informes policiales dicen que fue un suicidio, a juzgar por los forenses, una bala en la cabeza. Trench no estaba tan seguro, había muchas cosas que no cuadraban con la imagen que la policía había presentado ... pero lo que sí sabía era que era un "contratista" y tenía un importante contrato que cumplir para el Cuervo en las próximas semanas. Desgraciado Reierson! ¡Maldito, ya sea que se hubiera suicidado o si alguien lo había hecho por él!

Salió de las sombras del mercado callejero y se dirigió a la calle principal, en dirección a su club favorito, La Cúpula del Placer, una planta baja de un lugar cerca de Nathan Road, que ofrecía una buena selección de cervezas y una selección aún mejor de chicas go-go. Trench había estado en Hong Kong por poco más de una semana, descansando y disfrutando de un merecido descanso y recuperación antes de resolver los detalles de su próximo contrato para el Cuervo. Pero por ahora, tenía la noche para él solo, el bar en su punto de mira y la idea de tener suficiente dinero en efectivo en su bolsillo para pagar por dos, o quizás tres, de sus chicas favoritas. Iba a ser una noche hermosa.

———

Gorila vio a Trench cuando entró por primera vez en el club nocturno, gracias a los espejos de cuerpo entero que estaban ubicados a lo largo de la barra. En verdad, Gorila habría sabido que era Trench en cualquier lugar. Tenía la misma arrogante pavoneo y pomposa mirada que siempre había tenido. La nueva personalidad de Trench no hizo nada para ocultar eso. Era el mismo viejo juego de un 'tipo duro' que entraba a un bar. Gorila conocía las reglas; los había usado él mismo en el pasado, muchas veces. Te detienes lentamente en la puerta y le das una mirada corta y aguda al grupo más duro de la sala. Era una mirada que decía: "Estoy aquí ahora, este bar me pertenece y ustedes están en libertad condicional". Trench había jugado este juego durante años y lo jugó bien.

El bar estaba medio lleno, la multitud de la noche aún no había terminado de comer antes de mudarse al reino de bebidas y las chicas de la Cúpula del Placer, y los clientes que estaban ahí, habían encontrado su propia isla pequeña de soledad. Gorila por su parte, desempeñó su papel a la perfección. Sentado en uno de los taburetes del bar, tenía el aspecto de un poco caído y desanimado en su viaje de suerte a Hong Kong, completo con el cabello que necesitaba un buen corte, una barba espesa y un traje viejo que estaba deshilachado en los puños y bolsillos. Esperaba verse como un jugador que había apostado todo al rojo, solo para que saliera el negro. Estaba tomando su segundo trago de la noche, un ron Navy, y estaba decidido a hacerlo durar el mayor tiempo posible. Observó mientras Trench se dirigía a la parte trasera del club, a una pequeña mesa reservada, saludando a varias personas en su camino. Gorila notó que era una buena posición, cerca de una salida de puerta trasera y que le permitía ver a la gente en el club. Trench escaneó la habitación una vez, dos veces y luego se acomodó para beber la bebida que un camarero le había traído. *Obviamente era cliente habitual, si el camarero conocía su veneno,* pensó Gorila.

Gorila continuó sorbiendo su bebida mientras mantenía el reflejo de Trench bajo vigilancia con el rabillo del ojo. El club comenzaba a llenarse ahora; Al menos veinte personas habían entrado durante los últimos minutos, principalmente hombres de negocios que buscaban pasar un buen rato con las chicas, pero también había una extraña pareja europea, besuqueándose en la esquina y escuchando a la banda de jazz, tocando qué, Gorila no lo sabía, sonaba horriblemente y no como el jazz al que estaba acostumbrado en Londres. Esto sonaba como si alguien estuviera torturando a un gato.

Unos minutos más tarde y casi al final de su ron, sintió un golpecito en el hombro y se sorprendió al ver al camarero domesticado de Trench de pie junto a él. Tenía una sonrisa estúpida y un gran trago de mezcla dudosa sentado en la bandeja en sus manos. "El caballero en la cabina privada desea comprarle una bebida, señor", dijo el camarero con acento mitad chino / mitad cockney. Su corbata de lazo estaba torcida y parecía tener doce años, pensó Gorila mientras sopesaba esta oferta. Gorila sacudió la cabeza. "Debe haberme equivocado, amigo, no conozco a nadie aquí. Devuélvelo."

El camarero se comportó nervioso, pero permaneció estático. "Por favor, señor, la bebida es una oferta de un señor Janner, un cliente muy importante ... por favor, compruébelo usted mismo".

Gorila giró lentamente hacia donde señalaba el camarero. Sabía lo que vendría después: el enfrentamiento, su primera incursión en el nuevo mundo de Trench. Se miraron a los ojos y Gorila entrecerró los ojos como si estuviera tratando de determinar quién era el hombre ... luego dejó que la comprensión se extendiera por su rostro en forma de ceño fruncido. Aún así el concurso de miradas continuó. Se giró hacia el camarero. "Está bien, deja la bebida y dale las gracias por mí". Para cuando tomó su primer sorbo del cóctel, algo a base de ron que era bastante bueno, Trench estaba parado junto a él, colgando de su hombro como un buitre. ¿Hola, Frank? Gracias por la bebida, salud. ¿Cómo te va en estos días? dijo Gorila. Estaba siendo deliberadamente displicente, manteniéndolo casual y sorbiendo su bebida.

Trench sonrió mientras se sentaba en el siguiente taburete y miraba al hombre más pequeño y desaliñado. "Estoy bien, gracias, Jack, manteniendo al lobo alejado de la puerta".

"Puedo verlo, me gusta tu disfraz", dijo Gorila, indicando el conjunto de Trench. "¿Qué tratas de hacer, parecerte a los chicos hippies y los jóvenes?"

Trench lo ignoró; la única señal de su molestia era un ligero aleteo de las fosas nasales.

"¿Todavía estás dentro?" probándolo Gorila. "¿Estás en un trabajo aquí?"

Trench sonrió, y era una sonrisa fría, de corazón asesino de piedra. ¿Qué, quieres decir que no lo sabes Jack? ¿Es por eso que están aquí? ¿Vienes a llevarme de vuelta a Blighty a la fuerza?

Gorila enmascaró deliberadamente su rostro confundido y, por primera vez esa noche, miró a Trench por completo. "Lo siento Frank, no tengo ni idea de lo que estás hablando. Salí un poco después de Marsella, después de esa explosión en Roma. Solo volví para renunciar. SIS no me hizo favores, me temo ".

"Ah... Escuché que te trataron mal después de que asesinaron a la chica", dijo Trench cruelmente. Obviamente sabía que era uno de los pocos puntos débiles de Gorila y lo estaba probando por su reacción.

"Pueden irse a la mierda", dijo Gorila con amargura, antes de tomar el resto de su bebida de un solo.

Trench reflexionó sobre esto. "De verdad ... de verdad ... así que, ¿qué estás haciendo por la fuerza en estos días? Sea lo que sea, obviamente no está pagando *tan* bien ".

Gorila miró a Trench y luego se calmó rápidamente. "Estaba trabajando en un puesto de guardaespaldas en Europa, trabajo decente y el dinero estuvo bien por un tiempo ..."

"¿Que sucedió?" Preguntó Trench, presionando para llegar a los detalles jugosos.

Gorila se encogió de hombros como si todo fuera cuestión de historia antigua. Ahh, bueno... El jefe, el cliente, era un poco imbécil. Parecía tomárselo personal cuando su esposa trató de meterse en la cama conmigo ...

Trench se echó a reír. "Siempre fuiste un poco rudo con la mujer pensante, Jack. ¿Entonces por eso te despidió? Golpeando a su anciana ... un poco curiosa, ¿verdad?

Gorila sacudió la cabeza. "No, me despidió por romperle la nariz cuando trató de hablar conmigo. Como digo, fue un poco imbécil.

Trench pensó por un momento, parecía aceptar la explicación de Gorila de lo que había sucedido. El 'Gorila' siempre tuvo una rabia dentro de él, y una inclinación por la violencia. "Entonces, ¿qué te trae a Hong Kong, Jack?"

Gorila sonrió. "Un poco de vacaciones, ver algunos de los viejos terrenos, ver si había oportunidades de trabajo; esa clase de cosas."

"¿Qué?" ¿Trabajo de guardaespaldas? No pienses que esa es la carrera profesional adecuada para ti, Jack, y no creo que la vieja nariz rota te escriba recomendaciones en el futuro cercano.

Gorila, se rio de eso, a pesar de sí mismo. "Hay, sí, no hay posibilidad. No necesariamente es solo trabajo de guardaespaldas, consideraré cualquier cosa en este momento ... mi efectivo se está agotando rápidamente ".

Trench cayó en silencio, y Gorila esperó que estuviera considerando ofrecerle un trabajo. Sabía que Trench necesitaría un reemplazo para Reierson, e imaginó que estaría bajo presión para reclutar a alguien pronto. La única pregunta era; ¿confiaría en Gorila lo suficiente como para considerarlo? Gorila decidió jugar con calma y hacer que pareciera que no le importaba de ninguna manera.

"Sí, bueno, gracias por la bebida Frank, muy apreciado, pero no dejes que te atrase en tu noche de salida", dijo Gorila, saltando del taburete y de pie como si estuviera listo para irse.

Trench lo detuvo con una mano suavemente contenida.

"Espera un momento, Jack viejo, no te preocupes tanto, podría haber oído como un susurro sobre un trabajo. Podría estar cerca, si todavía lo quieres.

Gorila ladeó la cabeza, intrigado. "Continúa."

Trench sonrió con su sonrisa torcida. "¿Qué tal si vamos a mi mesa, tomamos una maldita bebida decente, un champú, una botella de Krug y tenemos una conversación muy, muy seria"?

———

TREINTA MINUTOS y varias copas de champán más tarde y Trench estaba jugando sus viejos juegos. Trazar, planificar, planear, sopesar los riesgos e intentar desesperadamente meterse en la cabeza de Grant para descubrir sus motivos, si los hay. Trench se movió hacia adelante, hacia atrás y lateralmente en su cuestionamiento de la línea de tiempo de Grant en los últimos meses.

Pero Gorila conocía las tácticas y formas antiguas de Trench y las eludió sin esfuerzo. Masterman y Penn le habían informado bien sobre cómo "jugarlo". Sus oficiales de caso lo habían hecho orgulloso. "Muéstrale un poco del tobillo, Jack", había dicho Masterman en uno de sus últimos informes. "Pero no levantes la falda con demasiada facilidad. Tienes tu historia de respaldo en su lugar, nos hemos encargado de eso. Lo del guardaespaldas, un poco dudoso tratando aquí y allá. Lo suficiente como para mantenerte en su lugar y mantenerlos interesados.

Penn estuvo de acuerdo e intervino. "Actúa con entusiasmo, pero no demasiado, por el amor de Dios".

Gorila volvió a pensar en Trench. Había tenido suficiente de esquivar los problemas y de dejar que Trench lo hiciera a su manera; ahora necesitaba remover un poco la olla. "Entonces, ¿qué te pasó, Frank? ¿Te empujaron o saltaste de la nave SIS?

Trench levantó un ojo preocupado y jugó de tímido. La mentira cuando llegó fue practicada. "Bueno, salí no mucho después de ti. Tuve una pequeña caída en desgracia, algo que tenía que ver con que mi hoja de gastos para que no se acumularan. Olvidé los detalles. El punto es que decidí que quería probar una carrera profesional diferente y hacer un poco de dinero en el negocio ".

Gorila frunció el ceño. Enseñó su rostro para sugerir que no estaba conectando los puntos de lo que Trench le estaba alimentando. "Entonces, ¿de qué estamos hablando aquí, Frank? ¿Drogas? ¿Trabajo muscular para las bandas de opio y heroína? "¿Qué?"

Pero Trench estaba de buen humor y rechazó esas preocupaciones triviales. "No, estas personas pertenecen a una clase propia. Pagan bien por los contratistas a corto plazo y, dado que estoy a cargo de su reclutamiento, etc., hay muchas posibilidades de que pueda hacerlo permanente para tí. Soy una especie de cazador de cabezas residente. No te mentiré, Jack, es peligroso, pero nada que no hayas hecho antes. Piense en ello como Redacción, sin que los elegantes colegiales y la sangrienta burocracia se interpongan en el camino", dijo Trench suavemente.

O sin la moral y la ética, pensó Gorila.

"¿Dónde te quedas mientras estás aquí?" preguntó Trench.

Gorila le dio el nombre de un hotel de dos estrellas en el extremo peligroso de la bahía de Kowloon, no lejos del puerto. Fue una batalla descubrir quién te mataría primero: el hedor perpetuo de los peces o los insectos que viven en los colchones. Trench arrugó la nariz con disgusto. "Maldita sea, suena ciertamente como un agujero de mierda. Las cosas deben estar mal si te quedas allí. Mira, déjamelo a mí, déjame hablar con mi gente. Veré si puedo recomendarte. Sin embargo, no hay promesas. Te dejaré un mensaje en la recepción de tu hotel si tengo algo para ti. Quién sabe, Jack, podría ser como en los viejos tiempos, tú y yo trabajando juntos.

Gorila se levantó y estrechó la mano de Trench. Por su parte, no recordaba los viejos tiempos con tanto cariño como Trench parecía hacerlo.

———

VEINTE MINUTOS después de que Gorila Grant hubiera salido de la Cúpula del Placer, Trench se dirigió a la parte trasera del club para usar el teléfono de la casa. Comprobó que no había nadie cerca y luego buscó en su libreta negra de contactos. Satisfecho, marcó el número de uno de sus contactos de Kowloon con el nombre de Sammy Hong. Sammy dirigía un equipo de rompepiernas profesionales, cosas pequeñas en realidad, un poco de cosas de barullos de aplicación y protección. No hay nada realmente en la liga de Trench, pero hicieron un buen trabajo y se sabía que eran confiables. El teléfono crujió a la vida y Trench oyó una voz aguda decir, "Wei."

"Sammy", respondió Trench. "Es Janner. ¿Cómo estás, viejo perro? ¡Fantástico! Mira, tengo un poco de trabajo para un par de tus chicos. Tengo un *Gwai Lo* que necesita un poco de pruebas. ¿Pueden tus chicos hacerle una visita... "¿Qué? No, no matarlo, Sammy, sólo ser un poco duros, nariz rota, un par de dientes perdidos, ese tipo de cosas. Los dedos rotos son aún mejores... Pagaré el doble si se hace al día siguiente o algo así. ¿Tienes un bolígrafo? Aquí están los detalles, listo..."

Trench proporcionó la dirección del hotel de Gorila, qué apariencia tenía y cómo quería que la paliza se diera, un presunto robo, o lo más cerca que pudieran llegar a lograrlo. La prueba estaba en movimiento. Trench había aprendido una o dos cosas acerca de probar a nuevos hombres para su empleador. Sabía cómo empujarlos, para ver si tenían las cosas correctas. Ni siquiera Gorila, que había sido un viejo camarada en otra vida, se le podía dar un pase libre. En verdad, Gorila Grant nunca había sido del agrado té de Trench. Estaba demasiado seguro, demasiado cerca de ese inválido Masterman en su día, y si Frank Trench estaba siendo completamente honesto, Gorila lo asustó. Además, Gorila era un gran pistolero, lo que lo había convertido en uno de los mejores redactores. La pregunta era, ¿Grant todavía lo tenía en él o se había ablandado desde que dejó SIS?

Trench no estaba seguro, pero estaba seguro de que la paliza que Gorila recibiría pronto a manos de los rompe-piernas profesionales le diría, de una manera u otra.

8

Menos de veinticuatro horas después y Gorila estaba listo para ver si se le había permitido, aunque temporalmente, estar dentro del campamento del enemigo. Había sido contactado por Trench ese mismo día y le dijo que lo encontrara esa noche en el restaurante de su hotel, el elegante Mandarin Oriental en Connaught Road. Aparentemente Trench, o Janner, o como se llamara a sí mismo en estos días obviamente confiaba lo suficiente como para concertar una reunión en su base mientras estaba en Hong Kong. Gorila tomó eso como una buena señal.

En el momento en que Gorila salió de su habitación escuálida en el quinto piso y en el igualmente deteriorado pasillo del hotel, supo que algo no estaba del todo bien. El corredor, sin bastión de pasarelas bien iluminadas en el mejor de los momentos, estaba en completa oscuridad. Jugueteó por un momento con volver a entrar, pero sabía que no era una opción realista para él... siempre había sido de la clase que avanza hacia la oscuridad, viene el infierno o el agua alta. Comenzó a caminar lentamente hacia el final del largo corredor. Tenía una opción: directamente al ascensor, o girar a la derecha y al pozo de la escalera. En la oscuridad, tampoco había opciones perfectas, pero su instinto de supervivencia le dijo que estar atrapado en un ascensor significaría la muerte, mientras que la escalera al menos le daría espacio para escapar o maniobrar.

Casi había llegado al ascensor y estaba a punto de alcanzar la manija de la puerta de la escalera cuando una figura salió casualmente de una pequeña alcoba que sostenía una planta en maceta de muerta hace tiempo. Gorila apenas podía descifrar las características del hombre, excepto por el hecho de que era chino, de cuerpo atlético y vestido con un traje oscuro y camisa. Al mismo tiempo, una figura similar emergió del otro lado de la puerta de la escalera y le ladró algo en chino. Gorila no tenía idea de lo que el hombre dijo; de hecho, no tenía necesidad, porque ambos hablaban un lenguaje ahora que Gorila estaba íntimamente familiarizado con la violencia. El primer rompepiernas chino dio un paso adelante y lanzó una poderosa patada voladora directamente en el estómago de Gorila, y a partir de ese momento fue todo lo que se habló y el combate se había convertido en el discurso de la noche.

Tal fue la fuerza de la patada, Gorila se dobló cuando impactó en su torso y apenas se agachó cuando los otros chinos se inclinaron y con un grito feroz, lo golpearon con fuerza en el costado de la cara. Gorila experimentó un destello de dolor y luego la sangre caliente fluyó de un corte por encima de su ceja. Su cabeza giraba, estaba abajo y estaba arriba y viceversa, luego sintió que su cuerpo era empujado hacia arriba y apoyado contra la pared. Luego vinieron múltiples golpes a su estómago; chasquidos, golpes castigando – no en un aluvión, sino de una manera controlada. Estaba luchando por el aliento y pensó que se desmayaría en cualquier momento.

JAMES QUINN

Volvió la mirada hacia el hombre chino que lo había pateado al principio y vio que estaba deslizando una pesada manopla de nudillos de madera en su mano. Gorila adivinó que los dos chinos debían pertenecer a una de las muchas escuelas callejeras De Gung-Fu; sin duda estaban bien entrenados y sabían cómo infligir dolor profesionalmente. Lo que sabía con certeza era que, si esa manopla entraba en juego y empezaba actuar con él, estaría meando sangre durante meses y nunca volvería a caminar.

El pesado chino siguió adelante, frotando la manopla amenazante con la mano fuera mientras su compañero sostenía a Gorila su lugar contra la pared. Nudillos se agachó la cabeza hacia adelante y comenzó a gritar directamente en la cara de Gorila, casi como si estuviera mentalizándose a sí mismo para lo que era inevitable, al menos en su mente, el final de la actuación. *Mal error querido,* pensó Gorila. Puede que no haya sido un artista marcial entrenado, pero Gorila Grant se había ganado sus espuelas en muchas peleas callejeras. Puede que no se vea bonito, pero maldita sea, fue eficaz. *Sólo unas pocas pulgadas más Nudillos,* pensó que a medida que ralentizaba su respiración para lo que estaba a punto de venir. Unas pocas pulgadas más y... ¡PUM! Gorila empujó la cabeza hacia adelante con todo el poder y la estrelló directamente contra la nariz de Nudillos, que procedió a volar hacia atrás en el pasillo oscuro, sangre cubría su rostro. Como todos los buenos luchadores callejeros que habían sido aprendido de la forma difícil, Gorila sabía que tan pronto como tratas con el idiota número uno, tienes que lidiar con el idiota número dos. Se volvió hacia el otro hombre, agachó el cuerpo hacia abajo y entregó un corte superior devastador en las bolas del hombre, oyó su grito de dolor y luego agarró sus orejas, empujando su cabeza hacia abajo antes de que llevar su rodilla en la cara del hombre. Observó como el tipo se retorcía en el suelo. Sin detener su impulso, Gorila siguió con la pareja con una buena fiesta de fútbol a la antigua; patadas a las cabezas, muslos y manos. Sus zapatos se llevaron la peor parte de los golpes, no fueron diseñados para el tipo de castigo que Gorila le estaba propinando a Nudillos y a su amigo, pero eso no le impidió poner fuerza detrás de las patadas.

Los hombres estaban caídos, pero no fuera. Gorila se volvió y buscó una ruta de escape; la calle no sería bueno, podría haber más esperando afuera. Así que la mejor opción fue hacia el techo y luego a través de los edificios hasta que pudiera llegar a un lugar seguro y repasar sus pensamientos. Corrió hacia la escalera y pisoteó las escaleras que lo llevarían al techo. Detrás de él, podía podía oír los pasos palpitantes de los brazos fuertes chinos... y sabía que sólo había un piso más antes de que lo lograra. No miraba hacia atrás, sino que se concentraba en empoderar sus piernas para llevarlo hacia adelante y hacia arriba. Descartó los sonidos de pies corriendo detrás de él, con la esperanza de que la puerta de acceso en la parte superior no estuviera sellada, o que estaría en un callejón sin salida.

Pasó por alto la puerta del quinto y último piso y siguió corriendo; desde la esquina de su ojo podía divisar las figuras de trajes oscuro de los dos matones chinos en el nivel por debajo de él. Unos metros más y se encontró en el rellano superior, un lugar mohoso y polvoriento lleno de cajas de embalaje vacías. Allí estaba, la puerta al techo - de madera y agrietado con la pintura pelada y una cerradura de aspecto débil. Dio un paso atrás, se preparó y pateó la cerradura, se tambaleó, pero se mantuvo. Otra carrera y patada y... la puerta se abrió, rompiendo la cerradura. Sus ojos, ya acostumbrados a la oscuridad del pasillo estaban más que listos para la noche seductora al aire libre. Estaba a punto de escapar cuando el peso corporal de uno de los matones chinos le atravesó, llevándolos a ambos al suelo. Gorila se puso rápidamente de pie, pero los chinos eran más rápidos y lanzaron una patada rápida a la cabeza de Gorila, que absorbió en el último segundo levantando la guardia y agarrando la pierna que golpeaba simultáneamente. Gorila tiró al hombre hacia él y disparó tres golpes con su mano derecha en rápida sucesión, directamente en su mandíbula. Los chinos estaban fuera de combate, pero Gorila aún no había terminado con él.

Gorila era pequeño, pero era fuerte. Levantó al hombre sobre su hombro como lo hace un bombero y corrió hacia el borde de la azotea, a cinco metros de distancia. El sudor y la sangre le corrían por la cara, y por un breve segundo, pensó que sus piernas simplemente podrían ceder debajo de él. Sin embargo, lo logró y ni siquiera se detuvo, simplemente levantó y arrojó al hombre chino por el costado del edificio y vio cómo su cuerpo caía a 18 metros en la oscuridad del callejón de abajo. Escuchó el crujido repugnante cuando el cuerpo aterrizó. *No había necesidad de una segunda mirada,* pensó Gorila, *el hombre estaba muerto.*

Fue el sonido de pies desde atrás lo que lo alertó. Gorila se volvió y se limpió la sangre y el sudor de los ojos. Vio a Nudillos esperando junto a la puerta de acceso al techo, con los puños en alto y listos en una posición de lucha. *Obviamente queriendo tratar de terminar lo que había fallado en comenzar,* pensó Gorila. Esta vez, el rompe piernas chino tenía dos manoplas de madera empuñados sobre sus puños. Comenzaron a moverse en sentido contrario a las agujas del reloj, rodeándose, viendo quién haría el primer movimiento, como los boxeadores en un ring de combate. Solo había un camino a seguir y eso era a través de la puerta de acceso, cualquier otra cosa sería una caída de 18 metros hasta la muerte. La mirada de Gorila se fijó en la manopla de madera. Sabía que duraría tres segundos una vez que golpearan su cara. Si hubiera estado armado con una pistola, esto habría terminado hace mucho tiempo. Pero las reglas de Masterman habían sido estrictas, sin armas de fuego. Cuando quisieran dejarlo entrar, le proporcionarían los tiradores, dijo.

Gorila podía ver al hombre acercándose cada vez más, un paso a la vez, con los puños en alto y listos en una pose de lucha de Wing Chun, y aunque Gorila no tenía un arma para acabar con Knuckles, tenía algo que había estado con él. durante mucho tiempo y fue, de alguna manera, más mortal que un arma de fuego. En el último segundo antes de que Knuckles decidiera que estaba listo para atacar y se lanzó contra el caucásico desarmado, Gorila hizo algo en lo que estaba muy entenado. Metió la mano en el bolsillo de su chaqueta y con un movimiento fluido, un movimiento de muñeca y nada más en realidad, un fragmento de acero afilado se abrió y cortó dos veces el rompe pierna chino, justo cuando estuvo al alcance. Primero a la izquierda y luego un repentino corte de revés a la derecha. Gorila escuchó su gemido de dolor, antes de que la sangre y el fluido viscoso se rociaran en un arco de color carmesí y amarillo.

El chino se tambaleó hacia atrás, con los puños aferrados a sus ojos, gritando de dolor. Gorila dio un paso atrás, con la navaja de afeitar preparada en caso de que fuera necesario un golpe de seguimiento. Pero no había necesidad. Gorila había atravesado los ojos del hombre, haciendo estallar sus dos globos oculares y dejándolo ciego. La pelea terminó.

———

JAMES QUINN

Gorila llevó al hombre al suelo y apoyó la rodilla sobre la nuca. La cara de Knuckle era una máscara de sangre y era empujada con fuerza contra la grava del tejado. "Inglés - hablas inglés, querido", dijo Gorila con calma. Ahora era todo negocios. El hombre dijo algo en cantonés, algo gutural. Gorila supuso que no era un cumplido. "Bien, esto es lo que voy a hacer. En exactamente un minuto, voy a apoyar tus brazos contra el borde del techo y pisotear tus codos, uno a la vez, y romperlos. Probablemente no será una fractura limpia, porque nunca he hecho algo así antes, pero será una fractura. Entonces, si usted me comprende, le quedan cuarenta segundos antes de que yo vaya a trabajar en usted ".

Knuckles se revolvió a ciegas en el suelo, pero Gorila simplemente aumentó la presión de su rodilla contra la nuca del hombre. "Por supuesto, ya estarás fuera de la acción para siempre, al cortarte los ojos, así que los brazos rotos no te devolverán al mercado de trabajo pronto, ¿verdad? Oye, ¿cuanto te pagaron por esto? Veinte dólares. ¿Cuarenta? No parece mucho por estar cegado y deshabilitado. Faltan veinte segundos ..."

Knuckles estaba en pánico ahora, pero en medio de sus gritos, Gorila estaba seguro de haber escuchado la palabra "¡Está bien!"

¿Estás seguro de que no hablas inglés? Bien, es igual... De todos modos, se nos acaba el tiempo ", dijo Gorila mientras arrastraba al hombre chino por la pierna hasta el borde del techo. "¡Entonces, voy a apoyar tu brazo en ángulo y luego con solo un pequeño salto y CRACK! Con suerte, eso lo hará ". Gorila colocó al hombre boca abajo y apoyó la mano sobre el borde del techo, manteniéndola en su lugar con su puño carnoso para que la parte posterior del codo del hombre chino quedara hacia arriba. *Parecía tan vulnerable y quebradizo,* pensó Gorila. *No tomaría mucho ...*

'No, no, no.

Gorila no se movió, siguía manteniendo el brazo de sacrificio en posición. Solo porque Knuckles realmente entendía inglés, no significaba que iba a comenzar a revelar los secretos de su vida.

"Te lo advierto! "¡Te lo diré!" gritó el hombre, suplicando a su torturador.

"¿Quién es tu jefe?"

"Arrgghh! Trabajamos para un chico, trabajo de tipo rudo. Recoge dinero de protección", dijo Knuckles desesperadamente, sangre mezclada con sudor en su rostro.

"Bueno, no necesito protección", dijo Gorila. "¿Quién pagó para que esto se hiciera? Dímelo y no te romperé los codos.

"Un *Gwaih Lo*, alguien que hizo negocios con nuestro jefe. Británico...

"¿Tenía un nombre?"

"No sé... tal vez..." Dijo Knuckles, deteniéndose por momentos.

"Podemos comenzar tanto en las rodillas como en los codos", advirtió Gorila. "Quiero decir; No es como si pudieras huir. Maldita sea, probablemente te caerías directamente del techo en un pánico ciego. Gorila se rio ante la perspectiva.

"Janner, creo que ese era el nombre, Janner. Ese es el nombre que dijo el jefe. Pero no escuchamos más por favor ... por favor ...

Janner, ese era el nombre que Trench había estado usando en el club nocturno. El pequeño bastardo. La pregunta era si Trench sospechaba de él, ¿había habido una fuga o era una prueba? ¿Estaba Trench buscando confirmación de que el gorila todavía tenía sus viejas habilidades? De cualquier manera, Gorila se prometió a sí mismo que tendría un enfrentamiento con Trench.

"¿Y prometes que no me romperás los brazos? ¡Mi trabajo, los necesito para eso!

Te lo prometo." Gorila hizo lo que tenía que hacer y dejó a Knuckles donde lo había encontrado, junto a la puerta de la escalera al techo. Alguien oiría sus gritos pronto y acudiría en su ayuda. Fiel a su palabra, Gorila no rompió los brazos del hombre. En cambio, encontró un trozo de tubería de plomo desechada y aplastó todos los dedos de ambas manos de Knuckles contra hasta convertirlos en una pulpa ensangrentada.

Gorila pensó que era una forma poética de justicia callejera.

9

Frank Trench se recostó sobre las sábanas arrugadas de la cama tamaño king en su suite de lujo del décimo piso en el Mandarin Oriental, y exhaló un suspiro de placer y relajación. El Mandarin era su hotel favorito cada vez que se quedaba en Hong Kong, un lujo que ahora podía permitirse.

La joven puta china por la que había pagado antes se había escapado recientemente de la habitación, a otro cliente, tal vez ... *o tal vez,* pensó Trench, *la había agotado por la noche.* Trench se consideraba un excelente amante; bueno, tal vez no sea un amante, pero se consideraba genial en el sexo. Giró la cabeza hacia la derecha y miró las brillantes luces que iluminaban la oscura Bahía de Kowloon. Estaba asombrado por su belleza, era casi hipnótico y podía sentir cómo se relajaba el estrés y la tensión de los últimos días. El sueño inevitablemente se apoderaría de él pronto.

Había consultado con su gente dentro del clan *Karasu-Tengu* acerca de traer a Gorila Grant a bordo. Lo había vendido bien; ex oficial de inteligencia, experto Redactor, destacado pistolero, dejó SIS bajo una nube.

La palabra había llegado de Hokku, el segundo al

mando del Cuervo, para mantener a Gorila bajo vigilancia mientras la "fuente" revisaba sus actividades recientes. Trench sabía que no debía seguir preguntando a Hokku. Este era un terreno sagrado, cosas que Trench rara vez escuchaba: la fuente del clan, una persona que estaba en algún lugar de la inteligencia británica. Fue el más sagrado de los santos. Quienquiera que fuera la fuente, había sido fundamental para que Trench pusiera en marcha el reclutamiento y para entregar al resto de la vieja mafia de la Redaction para que fuera brutalmente asesinado. Trench solo había escuchado su nombre en clave al pasar e incluso entonces, solo por accidente. *Salamander:* una criatura venenosa y escondida que se desliza silenciosamente bajo la superficie. Quien podría ser la fuente en realidad, Trench había reflexionado muchas veces, pero no estaba más cerca de descubrir la identidad del hombre o la mujer. Menos de cinco horas después, recibió una llamada de Hokku, para decirle que a Jack Grant se le había dado una "declaración de satisfacción" inicial de Salamander y que el Cuervo había dado permiso para seguir adelante y reclutar a Gorila. Pero Salamander seguiría revisando ... por si acaso.

La mente de Trench se volvió hacia eventos más recientes. Fue una pena lo de Gorila. Cuando no había llegado a su cita en el restaurante de la planta baja antes, Trench había asumido naturalmente que los dos rompe piernas que había enviado se habían vuelto demasiado "prácticos" con su Gung-Fu, y al menos paralizar a Gorila. . Aún así, era mejor que descubriera ahora que Gorila había perdido el contacto, en lugar de cuando había estado bajo la protección del clan. Era justo perder el contacto, si fueras deportista o actor, pero en su profesión letal, era una sentencia de muerte. *No importa,* pensó Trench, *enviaría algunas flores al hospital mañana...*

Trench no sabía cuánto tiempo había estado dormido cuando sucedió. Adivinaba que no eran más de treinta minutos. Pero dormir tiene una extraña forma de desorientar a los incautos y Trench no podía estar seguro de nada. Cuando sucedió, sucedió no en forma gradual, sino con una rápida intensidad de fuego. Era vagamente consciente de la oscuridad de la habitación del hotel, y captó algún tipo de movimiento físico con el rabillo de un ojo apenas abierto ... y luego sintió el peso de un cuerpo encima de él, arrodillado sobre su pecho. Una mano fuerte cubrió la mitad de su rostro y se dio cuenta de la fuerte punzada de acero en su garganta, una presión suave pero letal descansando cerca de su arteria. Se arriesgó a abrir aún más un ojo y, ayudado por la luz ambiental de la ciudad, miró hacia el rostro barbudo y furioso de Gorila Grant.

"Necesitamos hablar un poco, Trench, y si no obtengo las respuestas que quiero ... Bueno, digamos que estarás haciendo un poco de desorden en esta elegante colcha", gruñó Gorila, un seseo de amenaza en voz baja.

El corazón de Trench se aceleró el doble de tiempo al darse cuenta. Dios, él podía sentir los latidos de su corazón contra la rodilla de Gorila y jadeaba, luchando por pensar con claridad en el pánico que estaba superando rápidamente sus sentidos. "Jack, mira ... *¡arghhh!*"

Gorila había sacado la cuchilla corta cuellos, una pulgada, solo una pulgada, a lo largo de la piel del cuello de Trench, no profundamente, pero fue suficiente para que el hombre propenso supiera que Gorila hablaba en serio. "Cállate, Trench. Habla cuando te hablen."

Trench asintió lo mejor que pudo e hizo un esfuerzo decidido por calmar su respiración y calmarse. Había subestimado gravemente al hombre más pequeño, algo por lo que se estaba arrepintiendo ahora. Pero era lo suficientemente astuto como para saber que si quería sobrevivir a este encuentro con el pequeño asesino, tendría que actuar completamente directo de aquí en adelante. Gorila tenía una forma de olfatear mierda.

"Una de pregunta. "¿Por qué?" preguntó Gorila.

¿Eres un tonto o algo así, Jack? Tenía que saber que estabas en el nivel, ya no con SIS", respondió Trench, algo parecido al control volviendo a su voz.

La ira en la voz de Gorila era evidente. "Ya te dije que ... ¡pueden irse a la mierda después de lo que pasó en Roma! No trabajo para esos idiotas. Soy yo, solo."

"Más..."

"¿Más qué?"

"Más que, necesitaba ver que aún eras capaz, que no habías perdido ni tus nervios ni tu toque, por el amor de Dios. Mi gente se toma muy en serio sus asesinatos y no les gusta que los pistoleros se pongan nerviosos en el último momento cuando se necesita apretar un gatillo", dijo Trench razonablemente.

Gorila se inclinó hacia la oreja de Trench. "¿Y pensaste que al enviar esos dos cretinos detrás de mí, esa era la mejor manera de probarme? Por cierto, Trench, uno se zambulló al costado de un edificio alto y es probable que algunas ratas callejeras se lo coman mientras hablamos, y el otro ha perdido la vista en ambos ojos y no tocará el piano pronto. Todo esto me llevó unos cinco minutos para resolverlo. Entonces una prueba? De ninguna manera. Fue un insulto.

Parecían haber llegado a un callejón sin salida y Trench, sabiendo cómo trabajar la situación, decidió probar suerte e ir por todo. "Entonces Jack ¿qué hacemos de ahora en adelante? Tal como lo veo, puedes abrir mis venas y volver a tu pequeño hotel de mierda y a tu pequeña vida de mierda buscando trabajo ... o ambos podemos sentarnos con un buen whisky y escuchar mi propuesta. "

"No tengo muchas ganas de beber para ser sincero, Frank", gruñó Gorila. "Así que será mejor que me diga rápido qué implica su propuesta o ..."

"¡Un Empleo!" ladró Trench, temeroso de que Grant estuviera a punto de incrustar la cuchilla en su garganta de oreja a oreja. "Te hice pasar por los poderes y ellos quieren que subas a bordo. Hay una vacante. Salario inicial de cinco mil dólares al mes, más un bono por trabajos especiales y todos los gastos pagados. Quieren que usted, nosotros, asistamos a una reunión en Vientiane en uno o dos días.

"¿Conocer a quién?"

"Su número dos, llamado Hokku. Es más, o meno un triturador, pero él maneja las cuerdas.

"¿Quién es el número uno? No quiero tratar con un segundo al mando ".

Trench sacudió la cabeza. "No vayas allí, Jack, es un camino del que quizás no vuelvas ... ¡arghhh!" Gorila había acercado la navaja a la garganta de Trench y apareció otra mancha de sangre. Trench habló más rápido. "El primer hombre es conocido solo como el *Karasu* : el Cuervo. Solo lo conocí una vez, brevemente, quería echarme un vistazo para ver qué había comprado cuando me había contratado. Le gusta conocer al nuevo talento. Es una sombra, muy raramente vista".

Gorila apartó la navaja del cuello de Trench y se sentó, empujando la cabeza de Trench hacia la cama. "Entonces, ¿Vientiane? Ok, suena bien. ¿Qué ocurre después?"

Trench se sentó y miró a su nuevo colega de arriba abajo. "¿Qué tal si te conseguimos ropa decente y te arreglamos un poco?" Te reservaré una habitación aquí y al menos podremos intentar arrastrarte de vuelta a la civilización.

———

JACK GRANT se estudió en el espejo. Después de una ducha decente y con la cara limpia después de sus peleas recientes, se parecía más a su antiguo yo. Trench había sido bueno con su palabra y arregló una habitación en uno de los pisos inferiores. No es tan grandiosa como la suite de Trench, pero cualquier cosa era mejor que el cuchitril en el que se había visto obligado a quedarse como parte de su historia encubierta desde que aterrizó en Hong Kong. Esa noche, había habido dos visitantes en su habitación. El primero fue un anciano chino que vino a tomarle medidas para un nuevo traje. El hombre había tomado sus medidas de manera experta, retrocedió, inspeccionó la forma del cuerpo de Grant y luego se fue sin decir una palabra. Grant no tenía dudas de que, en cuestión de horas, habría un nuevo traje hecho a medida en su habitación de hotel.

El segundo visitante llegó poco después de que el sastre se fuera y Jack estuvo a punto de meterse en la cama. En verdad, estaba exhausto después de los eventos del día anterior y todo lo que quería era dormir un poco. Entonces, cuando sonó un ligero golpe en la puerta de la habitación de su hotel, Grant asumió que era la entrega de su nuevo traje. Lo que no esperaba era la mujer que estaba al otro lado de la puerta cuando abrió la puerta. Era alta para una mujer china, ciertamente elegante, y vestida de coral, por encima de la rodilla *Cheongsam*. Su cabello había sido diseñado profesionalmente, retorcido sobre su cuello, y su sonrisa revoloteaba entre tímida y seductora. Grant la reconoció por su tipo, si no por reputación: prostituta de clase alta.

¡Buenas noches! Mi nombre es Willow ", dijo ella. Su voz era suave, culta y juguetona.

Grant pensó que el nombre le quedaba perfectamente. Ella era a la vez graciosa y encantadora. Sacudió la cabeza, sabiendo a dónde conduciría la conversación y no queriendo llegar allí con demasiada facilidad. "Lo siento, creo que te has equivocado de habitación, yo ..."

Ella lo ignoró, abrió la puerta, dio dos pasos gentiles hacia adelante y luego la cerró detrás de ella. "Soy amiga del señor Janner. Dijo que debería hacerte sentir cómodo esta noche. Ya se ha arreglado todo"

Jack sabía lo que Trench estaba haciendo: poner en línea a su nuevo empleado, cortejarlo, mostrarle la buena vida, hacerlo leal con hoteles de lujo, ropa y mujeres. Trench no era nada, si no predecible. Había pasado poco más de un año desde que Grant había estado con una mujer. Un baile nocturno en el salón de la iglesia local se había convertido en una noche con una joven viuda de una de las aldeas cercanas. Había sido un alivio y nada más, y nunca había vuelto a ver a la mujer. Una noche con esta chica tendría el mismo nivel de significado, sexual sin duda; definitivamente divertido, pero sin más emoción de la que experimentaría cuando matara a un hombre que nunca había conocido antes. Sin embargo, si eso significaba que podía acercarse a los empleadores de Trench ...

La niña dio un paso adelante, de modo que se estaban tocando, sus labios rozaron suavemente los suyos. "Estoy a tu disposición", susurró suavemente.

Grant le devolvió el beso apasionadamente, acercándola a él envolviendo sus brazos alrededor de su espalda. Su cuerpo se tensó momentáneamente, y luego se relajó en sus brazos cuando el beso se hizo mutuo. En ese momento, Jack Grant no estaba seguro de quién se había vendido a sí mismo por un precio mayor: ella por el dinero o él por su alma.

————

MÁS TARDE ESA NOCHE, una vez que la niña se fue, Grant se levantó en la oscuridad y se vistió rápidamente. Para lo que estaba a punto de hacer, tenía que esperar que la suerte estuviera de su lado. Las reglas eran que una vez que hubiera hecho contacto y lo hubieran tomado bajo su protección, debía presentarse rápidamente. Simplemente llamar a su contacto desde su propio teléfono personal del hotel era demasiado arriesgado, por si Trench estaba monitoreando sus llamadas. Entonces Grant decidió hacer lo mejor y usar el teléfono en otra habitación de hotel vacía en el piso de abajo.

Encontrar la habitación correcta fue lo más difícil, realmente fue pura suerte ciega, que la primera habitación de hotel que investigó estuviera vacía. La puerta y las cerraduras eran de risa, podría haberlas tropezado mientras dormía y estaba dentro en cuestión de segundos. La habitación tenía una distribución similar a la suya y rápidamente se dirigió al teléfono de cabecera, levantó el auricular y marcó '9' para obtener una línea externa. Escuchó el clic cuando la línea fue aceptada y luego marcó con calma el número de contacto que lo conectaría con su oficial de casos, Jordie Penn. Escuchó atentamente el auricular, escuchó el sonido electrónico y fue recompensado con una voz somnolienta.

"Sí", dijo Penn.

Gorila pasó por los procedimientos. "Es 2308. Hice

contacto Hasta ahora todo va bien. Todavía no estoy dentro, pero estoy llegando allí. Me quedo en el mandarín, cortesía de mis nuevos empleadores. Me voy a Vientiane mañana por la mañana. Te contactaré tan pronto como pueda. Quédate junto al teléfono. Colgó el auricular con cuidado. Toda la conversación había tomado menos de quince segundos. Se estableció contacto con el equipo.

———

A LA MAÑANA SIGUIENTE, Jordie Penn estaba en vigilancia. Sentado en el vestíbulo del Mandarín, leyendo la edición de ese día de The Times, parecía un hombre de negocios respetable que esperaba reunirse con un cliente importante. Su apariencia había sido alterada por la adición de un bigote pegado y un par de anteojos con montura de cuerno. Penn pensó que el disfraz lo hacía parecer una versión anterior de Clark Gable. Exteriormente estaba tranquilo, relajado y en control, pero bajo la superficie, su corazón latía como un tren. Penn odiaba esta parte de cualquier operación, esa sensación desoladora que tienes de saber que tu agente se irá a la "selva", mucho más allá del alcance de su oficial de casos. Penn había sido un agente corredor durante la mayor parte de su vida adulta, y aún así la sensación de temor no disminuyó cuando su agente estaba sin correa y corriendo libre. No importaba si era Berlín, empujando a los agentes para que atravesaran el muro, o manejando fuentes dentro de las células terroristas como lo había hecho en Chipre durante la campaña allí; para el agente corredor, era similar a una madre que renunciaba a uno de sus hijos. Era demasiado duro. Pero era por eso por lo que Masterman lo había reclutado específicamente para esta operación privada; Jordie Penn no solo era un oficial decente de casos, sino que también era un inglés leal y un ser humano decente.

Se sentó hacia adelante y tomó su taza de té, tomó un sorbo rápido, echó un breve vistazo al vestíbulo, pero aún no había nada que ver. En su tiempo, Penn se había sentado y esperado en los puestos de control, dentro de furgonetas heladas en plena noche y en cafés llenos de vapor esperando a que sus agentes regresaran de una misión. Habían sido hombres aterrorizados y desesperados, listos para vender su país por razones financieras o ideológicas ... pero seguían siendo sus agentes y, a pesar de su manipulación, se interesaba y se preocupaba por ellos.

Pero Grant era otra cosa diferente. Era un hombre duro, capaz y con recursos ocultos; Un operador nato. Pero en ese tiempo todos comenzaron así, hasta que se encontraron en el interior del campamento del enemigo y el trabajo comenzó a llegar a ellos. No pasó mucho tiempo para que un agente encubierto perdiera el equilibrio y se confundiera acerca de qué camino estaba tomando. Los que sobrevivieron regresaron atormentados, los que fueron consumidos por el engaño del comercio generalmente terminaron quitándose la vida o siendo atrapados, torturados y ejecutados.

Miró su reloj, las 10.30 de la mañana, y era cuando estaba considerando pedir otro maldito té verde, cuando vio un movimiento a su derecha. Las puertas del ascensor se abrieron y dejó salir a un ayudante de camarero, que llevaba dos pequeñas maletas. El ayudante de camarero fue seguido de cerca por los dos hombres que Penn había estado esperando ver durante la última hora. Trench abrió el camino con Grant cerca de sus talones. Ambos hombres estaban vestidos con trajes nuevos, bien arreglados y tenían el aspecto de personas que estaban a punto de conocer a alguien más alto en la cadena alimentaria. Llegaron a las puertas principales del hotel y Trench sacó un billete de banco y se lo pasó al camarero agradecido. Como por arte de magia, un automóvil del hotel se detuvo y el ayudante de camarero cargó las maletas. Trench se volvió y llamó a su compañero. Grant echó un último vistazo al vestíbulo del hotel, pero su rostro no traicionó haber visto al siempre ingenioso Penn sentado en una de las mesas, leyendo su periódico y bebiendo su té.

Penn, para su crédito, siguió navegando por las últimas noticias internacionales de su periódico. No prestó atención a los dos ingleses cuando subieron al auto y se marcharon. Pero entonces, realmente no tenía que hacerlo. Penn estaba satisfecho. Su agente estaba en juego.

10

VIENTIANE, LAOS - OCTUBRE 1967

A pesar de su mezcla de traficantes de opio corsos, jugadores profesionales, señores de la guerra, milicias, traficantes de armas y espías de la CIA, Vientiane tenía una atmósfera mucho más relajada que Hong Kong, pensó Gorila para sí mismo. Era una ciudad donde la "observación de personas" era la norma y un código de reglas no escrito gobernaba a las muchas personalidades dispares para que no se desbordaran a la violencia. Era una ciudad donde los buenos modales asiáticos se desarrollaban en un entorno colonial francés, y parecía funcionar perfectamente.

Gorila y Trench caminaron por las concurridas calles laterales en su camino hacia la reunión. Se habían detenido a tomar una cerveza rápida en el bar del Hotel Constellation una hora antes, en parte porque llegaban temprano y en parte para sentir el pulso de Vientiane. La mezcla *patuá* de chino, laosiano, francés e inglés impregnaba el aire como un balbuceo. Habían estado en Vientiane por menos de cinco horas y partirían esa misma noche más tarde en avión, quién sabe dónde. Fue una visita rápida, dejando a los dos ingleses con el tiempo suficiente para su reunión privada con Taru Hokku, el jefe de la organización *Karasu-Tengu* . La reunión tuvo lugar en el restaurante Tan Dao Vien, que se destacó por su excelente menú chino y su ambiente agradable.

Hokku tenía la cara de un asalariado o un contador, con gafas, sombrío y elegante, combinado con el cuerpo de un luchador de sumo de peso pesado metido en un traje de negocios. Grant también sospechaba que había visto un tatuaje debajo de los puños de la camisa del hombre. Era algún tipo de ideógrafo, posiblemente denotando sus conexiones y afiliaciones del inframundo, Yakuza o algo similar. "Una trituradora que maneja los hilos", dijo Trench sobre él y Grant pensó que esa descripción era perfecta. Trench le presentó a Hokku a Grant, el gran japonés que se inclinaba desde la cintura con respeto, y luego de las formalidades, los tres hombres se sentaron en una cabina privada en la parte trasera del restaurante. Trench llamó al camarero y pidió vodka ruso y un plato de Dim Sum para todos. Grant centró su atención en un hombre oscuro sentado cerca, chineando un vaso de agua. *Guardaespaldas,* pensó.

"El Sr. Janner habla muy bien de usted señor Grant - o preferiría que lo llame Gorila?" dijo Hokku, su voz sorprendentemente delicada para un hombre tan inmenso.

"Sólo mis amigos cercanos y enemigos me llaman Gorila", dijo Grant. "Y en este momento no eres ninguno de esos."

Hokku aceptó la respuesta de Grant con buena gracia y continuó. "Entiendo que ambos trabajaron juntos durante muchos años, para los británicos."

Grant asintió con la cabeza. "De hecho, Frank... er, el señor Janner y yo hemos cubierto las espaldas del otro varias veces.

"Y entiendo que dejó su trabajo anterior para el

gobierno británico bajo una especie de nube", dijo Hokku, ni siquiera sonaba que lo sentía por ser tan cortando con su invitado. El negocio era negocio y un empleado era un empleado.

Grant frunció el ceño. "Estuve involucrado en una operación, una operación que salió mal. Alguien que me importaba fue asesinado y los británicos no me dejaron ir tras la persona responsable".

"Entonces, ¿qué hiciste?"

"Renuncié y luego fui tras el hombre de todos modos."

—¿Qué le sucedió a él? ¿Este hombre?

"Lo cacé y lo maté", dijo Grant simplemente.

"Usted es tan bueno?" preguntó Hokku, que parecía sorprendido por la franqueza de la respuesta de Grant.

Grant asintió con la cabeza. "Soy el mejor."

"El mejor con una pistola, al menos, el señor Hokku. Grant era una leyenda dentro de la comunidad de inteligencia, su reputación como Redactor era insuperable", agregó Trench.

"Así que si me preguntas si tengo alguna lealtad al sangriento gobierno británico, entonces la respuesta es no. Cualquier lealtad que tuve murió conmigo una noche en Roma cuando asesinaron a mi compañero. En estos días soy un ejército de uno", respondió Grant con severidad.

La respuesta parecía satisfacer a Hokku y tomar una decisión por él. "Usted sabe nuestro negocio, señor Grant. ¿El señor Janner le ha educado en cuanto a nuestro trabajo?

Antes de que Grant tuviera la oportunidad de responder Trench interrumpió. "He hecho saber a Jack que el trabajo que llevamos a cabo es para una organización noble y de larga data, que se toma su negocio muy en serio".

Hokku asintió, como si esta fuera una manera aceptable

de comenzar las negociaciones. "Mi patrón y yo de hecho venimos de un largo linaje que se extiende generaciones atrás. Sin embargo, reconocemos que nuestro negocio, para sobrevivir, debe adaptarse y cambiar en el mundo moderno. Nuestras tradiciones siguen siendo sagradas a nosotros, pero a años recientes del excedente que hemos decidido reclutar a alguna de la gente superior en el mundo para trabajar con nosotros. La gente como el señor Janner aquí y con suerte, tú mismo.

A Grant le gustaba el autocontrol y los modales de este hombre, típico japonés, pero no tenía la ilusión de que estaba lidiando con un asesino duro, a pesar de su cortesía y respetable apariencia.

"Nuestra organización se ocupa de problemas difíciles todos los días. Trabajamos solo para las personas más poderosas e influyentes. Solucionamos problemas o, en ocasiones, creamos problemas para ciertos gobiernos y corporaciones. Pero, por encima de todo, tenemos la reputación de ser discretos", continuó Hokku.

Grant podía imaginar fácilmente los problemas con los que lidió el clan Cuervo; un golpe de estado en una república bananera, robando secretos corporativos, terrorismo y asesinatos. Grant conocía la gama de servicios que el Cuervo podía proporcionar, pero decidió hacerse el tonto, como si no entendiera completamente lo que se le ofrecía. "¿Estamos hablando de mercenarios? Si es así, esa no es realmente mi área de especialización. Fui soldado una vez, pero principalmente en las guerras secretas. No infantería de primera línea.

Trench sonrió. "No realmente Jack. Piense en ello como un poco más amplio y sutil que eso. Similar a lo que solíamos hacer en la antigua empresa, excepto que estaremos operando para una empresa privada ".

"¿Tendría un problema con eso, Sr. Grant?" Hokku preguntó cortésmente.

¿A la tasa de pago que me contó el señor Janner? No, no tengo ningún problema con nada de eso. Me enfrenté a peores probabilidades cuando trabajaba para SIS y el ejército. ¿Cuándo empezamos? dijo Grant.

Hokku sonrió. "Todo a su tiempo. Tenemos muchas operaciones en todo el mundo, se espera que nuestros contratistas estén en espera de que se acuerde un trabajo que se adapte a su conjunto de habilidades en particular. Sugiero que tú y Janner regresen a Hong Kong. Haremos arreglos provisionales para usted.

———

GRANT Y TRENCH siguieron su ejemplo, se levantaron y le dieron la mano al gigante japonés y se fueron. Hokku siguió su progreso con los ojos y cuando estuvo seguro de que habían salido del restaurante, hizo un gesto a su guardaespaldas para que los siguiera. Quería estar seguro de que este 'Gorila' no estaba jugando un juego muy sutil. Una vez que estuviera seguro de la buena fe del hombre, informaría personalmente a su empleador ... pero hasta ese momento, este inglés de aspecto duro tenía un signo de interrogación sobre su cabeza.

———

MÁS TARDE ESE día en el aeropuerto de Vientiane, la conversación de los dos ex Redactores se centró en las minucias de su oficio, para poner a Grant al tanto de cómo se suponía que operarían los contratistas que trabajaban para el clan Cuervo. Estaban sentados en el salón, esperando su vuelo que estaba retrasado, por lo que, siendo hombres con experiencia, sabían mantener la conversación tranquila y al grano.

-Frank".

"Sí, Jack".

¿En qué coño me has metido? ¿Qué son ellos, Yakuza?

Trench se rio a carcajadas ante la franqueza y honestidad de Grant sobre sus preocupaciones. Luego se dispuso a educar a su último recluta. "No exactamente. Es complicado. Según tengo entendido, son un clan que alguna vez estuvo afiliado al inframundo japonés, pero eso fue hace muchos años. En los últimos años, trascendieron eso y se mudaron a operaciones en América del Sur, Europa y partes de África. Su nombre japonés es el Clan Karasu-Tengu , que es tradicional y de la vieja escuela. *Karasu* significa Cuervo, así que lo mantenemos simple y simplemente lo llamamos la organización Cuervo. ¿Quieres saber cómo trabaja?"

Grant asintió, ansioso por dejar que Trench se acomodara a su tema y tal vez dejara escapar un fragmento útil de información.

"Entonces, el hombre grande acepta un trabajo de un cliente, quién sabe quién, quizás un industrial, quizás un político que quiere eliminar a un rival, lo que sea, la jerarquía *Karasu* establece las reglas y los términos. ¿Me entiendes hasta ahora? preguntó Trench.

Gorila se encogió de hombros, sabía cómo se obtenía y administraba un contrato. Había estado en este negocio el tiempo suficiente, pero pensó que era mejor permanecer en silencio y que Trench se lo dijera al pie de la letra.

"La siguiente etapa es, que eligen al contratista adecuado para el trabajo, o para ser más precisos, para sus contratistas europeos yo elijo al hombre adecuado para el trabajo", continuó Trench. "Estás en reserva con nosotros y cuando llame, es mejor que estés junto al maldito teléfono. Entonces, llega el trabajo y aparece tu maldito boleto, te damos toda la información que necesitas para hacer el trabajo; biografía del objetivo, fotos de vigilancia e itinerario. Por lo general, proporcionamos al contratista todo lo que necesita para el trabajo: documentos de viaje, armas, gastos, documentos falsificados, ya conoces el ejercicio. Si necesita algo un poco más especial, bueno, podemos organizar eso también, para ser honesto, y luego todo se le entrega en el país. No importa si es Singapur o Perú, tenemos personas en todas partes que pueden conseguir equipos de forma encubierta".

Grant levantó una ceja ante eso. El *Karasu* debe haber pagado a informantes y personas en la nómina en varias grandes aerolíneas y compañías navieras, sin mencionar a las personas que reciben sobornos en numerosos puertos de aduanas.

"El contratista llega a la ubicación en el tiempo asignado y planifica los detalles por sí mismo. Se acerca al objetivo y se encarga del asunto. ¿Cómo te suena eso? Trench concluyó.

"A mí me suena a lo de siempre, no muy diferente de cómo solíamos joder a la gente cuando trabajábamos para SIS", se quejó Grant.

Trench asintió y se echó a reír. "Excepto que el maldito dinero es mejor".

Gorila hizo lo mismo y le devolvió la risa, siguiéndole la corriente. "Parece que tuviste suerte con este actuación, Frank. ¿Cuántos contratistas hay en la nómina? ¿Alguna con la que esté trabajando?

Trench se detuvo por un momento y Grant pensó por un horrible segundo que había presionado mucho y demasiado pronto para obtener información. Pero luego pasó el momento y Trench le guiñó un ojo conspirador.

"Pronto trabajarás con algunos de ellos, así que es correcto que sepas quién más está en el equipo. Había un tipo llamado Reierson, pero él tuvo un revés recientemente. Un suicidio a todas luces, pero ahí lo tienes, sucede. Él era bueno con un tirador, aunque no en tu liga. Eres su reemplazo. Un par de mercenarios que trabajaron en el Congo, Billy Richardson y Taffy Davies, se encargan de nuestros trabajos en África, tienen su base en Amberes. Antiguos guardias galeses, buenos soldados. Tenemos un par de hombres que era del IRA que habían sido un poco descuidados en la tierra de arroz, Declan Sheehan y Seamus Corcoran. Siguen la línea, bueno para hacer trabajos en Estados Unidos. Nueva York, Chicago, ese tipo de cosas ".

"¿Algunos tipos en inteligencia?" preguntó Grant.

Trench asintió con la cabeza. "Sí, un par de atacantes de Saigón, expertos en tortura, eran parte del viejo aparato de seguridad. Ah, y era un antiguo oficial en el personal de inteligencia de Malaya, todavía hace el trabajo extraño para nosotros. De nombre de Jasper Milburn. ¿Conoces algunas?

Gorila sacudió la cabeza. No conocía a ninguno de ellos por reputación, pero estaba memorizando mentalmente sus nombres, para poder pasar la información a Penn y Masterman. "¿Qué pasa con el contingente japonés? ¿Seguramente Hokku y sus superiores deben tener personal indígena?

Pero fue aquí donde Trench se calló. Grant sintió que habían entrado en territorio prohibido, un área que Trench dudaba en entrar. "Bueno, Jack, estoy seguro de que sí, pero no está dentro de mi contrato de trabajo comenzar a hacer preguntas impertinentes a un grupo de asesinos bien financiados y organizados. Hay una línea de demarcación; Trato con los contratistas europeos y el mejor hombre, el Cuervo, trata exclusivamente con sus cortadores de garganta japoneses ".

"Lo siento, Frank", dijo Grant disculpándose. "No pretendia meterme. ¿Solo como para saber quién es cada uno y dónde termina mi línea?

Trench se encogió como si fuera una pregunta él había pensado largo y tendido sobre él mismo. "Contratan asesinos para los ricos y poderosos, Jack, no importa si son ingleses, japoneses o del planeta Marte, ¡es lo que hacen! Nos pagan y nos pagan bien para hacer trabajos peligrosos e ilegales, y si somos listos hacemos dichos trabajos, tomamos su jodido dinero y rezamos a Dios para que no nos atrapen. Francamente, preferiría toda una vida en la cárcel a tener que lidiar con algunos de los asesinos japoneses del Cuervo ... esos tipos no siguen las reglas y no saben cuándo parar ".

11

LA PAGODA, JAPÓN - OCTUBRE DE 1967

El Cuervo estaba tan quieto como una piedra en la oscuridad
de su pagoda. La pagoda era su santuario, el lugar donde era más
fuerte y más seguro. Era el lugar donde podía entrenar y probarse
a sí mismo en las artes de matar. Era el dominio del Karasu-
Tengu y sus seguidores.

Sintió que el calor lo engullía, la humedad lo envolvía.
Todavía no se movía. Tenía los ojos cerrados y su respiración era
tranquila. Pero por dentro, sus músculos y tendones estaban fijos,
listos para saltar en cualquier momento. Se movió sutilmente en
su posición de piernas cruzadas, apenas más que un susurro
contra el piso de madera, mientras sus brazos se estiraban para
fijar la capucha negra de su Shinobi Shozoko, *la ropa tradi-*
cional de sus asesinos, en su lugar. La dureza de su rostro se
perdió en la oscuridad de la máscara, solo un ojo sin alma se
asomó. El otro que había perdido hacía muchos años en combate,
y todo lo que quedaba ahora era un orbe blanco lechoso.

Tirado resplandeciente en el suelo frente a él estaba su
Ninjato, *su espada favorita que había sido forjada por uno de los*
fabricantes de espadas más venerados de Japón. Era una versión

más corta de la Katanadel Samurai, no más de 48 centímetros de largo en la hoja y perfecta para el trabajo de asesinato a corta distancia. El mango estaba fuertemente atado con un cordón y la vaina, normalmente brillante y laqueada, estaba opacada con aceite en caso de que reflejara la luz y revelara su posición de sigilo. La primera vez que la usó fue cuando era niño, después de haber completado varios años de entrenamiento en el arte de la espada con su difunto tío, un legendario clan Shinobi. La última vez que lo usó fue hace tres meses, cuando tomó la cabeza del inglés en el bosque de Inglaterra.

Agarró el mango con confianza y silenciosamente sacó la espada de la vaina. La cuchilla estaba recubierta de negro, de nuevo para evitar reflejar la luz. Se puso de pie en silencio y, al mismo tiempo, movió el Ninjato a una posición sigilosa detrás de su espalda, inclinado hacia abajo pero listo para cortar y empujar en cualquier momento. Se quedó inmóvil, esperando que los objetivos vinieran por él. No eran guerreros hábiles, sino que contrataron matones de una aldea cercana a quienes les habían pagado para probarlo. Sabía que nunca dejarían nada de su pagoda. No muchos lo hicieron. Eran simplemente blancos para ser cortados. Podía oírlos respirar, rosando en algunos casos, con miedo. Vendrían por él pronto y él estaría listo. Vendrían con espadas y cuchillos listos e intentarían matarlo a él, al Karasu, al Cuervo ...

———

YOSHIDA NAKATA HABÍA nacido cincuenta y cinco años antes en la provincia de Iga, Japón, y su linaje familiar había sido el del Clan Iga. Le habían enseñado desde muy joven las habilidades y tradiciones de *Shinobi*, el honorable arte mercenario del sigilo y el asesinato. Su padre, y *su* padre antes que él, que se remontaban a seis generaciones, habían sido empleados como espías y asesinos profesionales e incluso habían sobrevivido a la "purga" del señor de la guerra samurai Oda Nobunanga, antes de huir a las montañas y levantarse nuevamente en una sociedad secreta más. Los secretos y el sigilo habían sido una parte fundamental de la vida y la carrera de Nakata. Había tomado su primer contrato a la edad de veinte años, cuando el líder del clan, su tío, le había dado la tarea de asesinar al heredero de una familia Yakuza. El joven no había hecho nada malo, solo tenía dieciséis años, pero el asesinato había sido encargado por un rival comercial como una advertencia, una amenaza, para el padre del niño. Nakata se había subido constantemente dentro de su clan después de esa primera tarea, y pronto se convirtió en un teniente de alto rango y uno de sus asesinos más versátiles.

Pero Yoshida Nakata tenía un secreto cerca de su corazón, algo que lo vería asesinado por sus amigos y enemigos por igual. Era un espía. Permitió ser reclutado como agente del Servicio de Inteligencia Secreto Británico en la década de 1930. Su reclutador y oficial de casos había estado trabajando como gerente de envíos para una de las firmas británicas en Tokio. El reclutador era un joven conocido por Nakata solo por su nombre de portada de 'White'. Cómo se habían conocido era inusual, incluso para los estándares de espionaje.

Nakata había sido capturado durante un contrato de asesinato abortado y fue encarcelado por los matones a sueldo del objetivo. Había juzgado mal el nivel de seguridad en gran medida y rápidamente había sido detenido y torturado. Su arma, una cerbatana con dardos envenenados, había sido retirada rápidamente y Nakata había sido colgado boca abajo, con los ojos vendados y golpeado. Era consciente de sus torturadores a su alrededor. Podía olerlos; su afán, su sed de sangre. Sabía que una vez que se hubieran divertido, el objetivo daría la orden para que lo ejecutaran. El líder del grupo había dado un paso adelante, listo para matar al asesino fallido. Nakata se había armado, listo para aceptar su destino ... luego, desde algún lugar detrás de él, a lo lejos, escuchó una voz que preguntaba "Caballeros, ¿qué está pasando?" Esa pregunta fue seguida por cinco sonidos de estallido, disparos de bajo calibre que había adivinado, y luego el ruido de cuerpos pesados cayendo al suelo de piedra. Nakata permaneció inmóvil, colgado boca abajo y completamente vulnerable. Estaba seguro de que el asesino desconocido también iba a acabar con él. Escuchó pasos lentos que resonaban en el suelo, acercándose cada vez más hasta que finalmente se detuvieron ante él. Sintió al asesino arrodillado junto a él, y escuchó la respiración del hombre, a escasos centímetros de su rostro. Se sorprendió cuando el asesino habló, su acento inglés. -¿Estás herido? «¿Puedes caminar?»

Yoshida Nakata había respondido simplemente. "Yo puedo caminar" En verdad, no tenía idea de si su respuesta fue precisa; Los golpes punitivos que había recibido habían hecho un sin fin de daños, pero estaba desesperado.

"Espera, viejo, mientras te bajo", dijo el inglés, antes de girar la palanca que sujetaba la cuerda. Su cuerpo había caído suavemente al suelo y el resto era una mancha inconexa. El inglés lo rodeó con un brazo y sostuvo una pistola semiautomática frente a él con la otra, listo para disparar cualquier otra amenaza. Después de eso, Nakata debe haberse desmayado, porque lo siguiente que recordó fue haber sido apoyado en el asiento trasero de un automóvil y conducido a gran velocidad fuera de la ciudad y hacia las provincias. "¿A dónde me llevas?" había preguntado, el dolor sacudía todo su cuerpo. Se volvió y examinó las facciones del inglés a través de un ojo muy hinchado ... Era joven, guapo, confiado y elegantemente vestido.

"Una pequeña casa segura que hemos reservado, lo curaremos, eventualmente le haremos saber a su gente dónde pueden encontrarlo", dijo su rescatador inglés. "No te preocupes por eso ahora; tendremos mucho tiempo para hablar en los próximos días ". El inglés volvió su atención al hombre que conducía el automóvil. ¡Date prisa, Ferguson! ¡Mete el acelerador, este pobre muchacho está sangrando por todo el asiento trasero!

Varios días después, con sus heridas limpias y vendadas por una antigua enfermera japonesa, Yoshida Nakata se despertó en una habitación privada para encontrar al joven inglés sentado junto a su cama. A la luz del día, se veía aún más joven y guapo, pero los ojos, los fríos ojos azules tenían la mirada de alguien acostumbrado a tomar decisiones difíciles. Fue una mirada que Yoshida Nakata reconoció al instante.

"Te ves mejor, está en plena forma. Ese entrenamiento tuyo obviamente ha valido la pena. Aunque el médico que lo examinó cree que ha perdido la vista en un ojo. Me temo que fueron a la ciudad luego de la golpiza, me temo —dijo el hombre suavemente.

Nakata lo miró fijamente, sin comprometerse e intentando leer al hombre sentado a su lado. El inglés asintió, como si entendiera la reticencia de su invitado a hablar. "Me gustaría ofrecerte algo de trabajo, aparte de las actividades de tu clan; Un contrato privado entre usted y yo. ¿Cómo te suena eso?

"¡Trabajo!" Soy un comerciante de pequeñas empresas de ... " Nakata se puso furioso.

"Eres Yoshida Nakata, asesino de renombre y miembro de alto rango de uno de los últimos clanes *Shinobi* que quedan en Japón. Eres un asesino a sueldo, un asesino que trabaja por contrato. El hombre al que intentaste asesinar hace varias noches era un criminal del inframundo conocido por su implacable control del comercio de vicios. Es una pena que lo arruinaras".

Nakata frunció el ceño, aceptando que era este inglés, quienquiera él, sabía obviamente bastantes sobre el fondo de Nakata por lo que no había razón para seguir negándolo. "Estaba demasiado ansioso por completar el contrato. Fui tan tonto como para pensar que mi planificación era excepcional. Me equivoqué".

"Todos cometemos errores, viejo, incluso los mejores de nosotros", dijo el inglés.

"Pero eso no significa que trabajo para cualquiera. El clan tiene reglas y obligaciones estrictas. Nakata sabía las consecuencias de violar el código del clan. Ejecución.

El inglés asintió. "Ahh... sí... "Entiendo". Pero está el pequeño asunto de una deuda de vida, quiero decir, te rescaté de que te mataran ... esos matones estaban a una pulgada de distancia de cortarte la garganta cuando entré y los saqué. Verás, no me andaba por allí por accidente, Yoshida, oh, querido, no. Te había echado el ojo desde hace bastante tiempo y me gusta lo que veo. Creo que podríamos trabajar juntos bastante bien. Mi nombre es White. Alex White Trabajo para el grupo nefasto de canallas que conforman el Servicio Secreto Británico. Soy uno de sus espías de menor rango, por decirlo sin rodeos. Pero reconozco un buen agente potencial cuando lo veo, y lo veo en ti, Nakata-San.

———

Lo que siguió fueron unos años fructíferos y ocupados para el oficial de inteligencia británico y su agente japonés. Después de una sospecha inicial, la pareja pronto se estableció en la relación cotidiana de un Oficial de Casos y su agente. Nada estaba más allá de la imaginación de White cuando se trataba de operaciones de inteligencia, y nada estaba más allá de la habilidad de Nakata cuando se trataba de operar contra el enemigo; espionaje, robo, infiltración e incluso la remoción letal de agentes enemigos. Eran una pareja perfecta.

Independientemente de su reclutamiento inusual, Nakata había sido un participante dispuesto en todo el proceso. Había utilizado las habilidades de sus antepasados en muchas ocasiones, para ayudar al Servicio Británico en su búsqueda de información sobre la máquina de guerra de Japón, o para eliminar a los agentes enemigos de varias tendencias que habían entrado en conflicto con el SIS. Como mercenario a sueldo, podía reconciliarlo por completo y la idea de ser juzgado como un traidor nunca había entrado en su mente. Su clan no debía lealtad directa al Emperador o sus secuaces, y los consideraba desechables dentro del contexto del linaje de Japón. Eran mercenarios pagados, contratados al mejor postor y el hecho de que el administrador de pagos fuera efectivamente una potencia extranjera no hizo ninguna diferencia. Yoshida Nakata era un despiadado agente de inteligencia y asesino, y no le importaba.

En 1940, con los engranajes de la guerra avanzando, Nakata había sido un recluta perfecto para el trabajo de inteligencia y seguridad. Animado por su oficial de casos del SIS, había servido en el *Kempeitai*, la policía de inteligencia y seguridad de su país. Después de su entrenamiento inicial de un año en espionaje, armas de fuego, apertura de cerraduras y descifrado de códigos en la escuela especial de entrenamiento de Kempeitai en Tokio, Nakata había alcanzado rápidamente el rango de Capitán. Su primera responsabilidad operativa había sido coordinar y reclutar químicos y científicos japoneses para formar parte de la Unidad 731 de Kempeitai, una instalación encubierta de investigación química y biológica en el noreste de China controlada por los japoneses. Había visto de primera mano las atrocidades cometidas; había participado en algunos él mismo. La tortura, la violación, la vivisección, las pruebas químicas y de armas en sujetos humanos; todo destinado a avanzar en las capacidades de armas del ejército japonés.

Uno de los empleados bajo el mando del capitán Nakata era un químico joven y estudioso llamado Okawa Reizo. Su trabajo consistía en probar cepas de bacterias virulentas en prisioneros chinos inconscientes y ver si las cepas podían replicarse y hacerse más flexibles en la forma en que atacaron a sus sujetos. Un día, Reizo solicitó ver a su comandante superior, el capitán Nakata. El joven químico entró en la oficina de Nakata, se inclinó formalmente y le presentó al Capitán una carpeta sellada. Nakata miró a este extraño joven. Era delgado y de aspecto pálido y ciertamente no inspiraba confianza en alguien como Yoshida Nakata. ¿Qué es esto? él preguntó.

"Capitán, es un archivo que he estado preparando solo para usted. Todo es mi propio trabajo, investigación que he estado completando en mi propio tiempo mientras estaba en el laboratorio", dijo Reizo nerviosamente.

Nakata lo miró con frialdad. "Pregunto nuevamente. ¿Qué es esto?

El joven químico tragó saliva. "Capitán ... perdóneme ... parte de mis deberes durante el día es probar la resistencia de ciertas bacterias y virus. Para ver cómo reaccionan unos contra otros.

Nakata asintió entendiendo. En verdad, no tenía idea de qué estaba hablando este idiota, estos científicos hablaban en un idioma propio. Pero sabía que parecer ignorante de lo que hablaban los hombres bajo su mando podía verse como un signo de debilidad. Y Yoshida Nakata no era débil y nunca sería visto de esa manera.

Reizo continuó. "Probé varios sueros diferentes, algunos biológicos y otros químicos, durante muchas semanas. La mayoría de ellos fueron fracasos, Capitán, de hecho todos lo fueron. Excepto uno. Uno de los sujetos de prueba se ha mostrado prometedor ".

"¿Un sujeto de prueba humano?"

Reizo asintió con la cabeza. "Una mujer china. Ella no murió, bueno, no de inmediato. De hecho, durante más de veinticuatro horas, pareció prosperar con el suero de virus que le había inyectado. Los resultados fueron limitados, pero mostraron un potencial real ".

Nakata se adelantó y miró fijamente al químico. Explíqueme qué quiere decir. ¿Qué tenía de especial este suero en particular?

Reizo se iluminó y enderezó la espalda, volviendo su confianza. "Mi capitán, fue una mezcla, un cóctel si quieres. Había aislado una cepa de rabia y la había combinado con varios otros compuestos químicos; drogas, en términos simples ".

¿Qué tipo de fármacos?

Reizo recitó varios nombres de los que Nakata no tenía conocimiento ni idea de lo que hicieron. De nuevo, él simplemente asintió, fingiendo comprensión. ¿Y cuál fue el resultado?

El joven químico sonrió. "Hizo que el tema fuera

violento e inconsciente de su entorno. El sujeto era una frágil anciana china ... no pesaba casi nada. La inyecté y después de treinta minutos, ella parecía entrar en un estado casi de trance; esto fue seguido por un breve estallido de violencia contra los guardias que la habían estado incitando. Ella luchó con un guardia contra el suelo y comenzó a golpearlo. ¡Ella lo dejó inconsciente con sus propias manos!

"Imposible", se burló Nakata. Sabía cuán brutales y violentos podían ser los guardias de la instalación, para ellos ser vencidos por un prisionero, una anciana, era impensable.

"Lo he visto con mis propios ojos, Capitán. Ella lo levantó y lo arrojó contra la pared de la celda antes de atacarlo. El otro guardia se apresuró y la golpeó. Tres horas después, murió por los efectos secundarios del compuesto que le había dado. Su cuerpo parecía alimentarse de sí mismo, de adentro hacia afuera.

Nakata miró una vez más la carpeta técnica que tenía delante. No significaba nada para él ... eran detalles fuera de su conocimiento. ¿Pero la idea de un suero que pueda hacer eso? *Eso* le interesaba. "¿Por qué me traes esto ahora?" él preguntó.

Reizo apretó las manos con ansiedad. "He ido tan lejos como puedo llegar solo con este proyecto. Quisiera permiso oficial y recursos para investigar más a fondo las posibilidades de este suero en particular. Para eso, necesito su firma y autorización.

Nakata pensó por un momento. ¿Cómo podría mejorarse? ¿Podría mantenerse vivo el anfitrión durante un período prolongado, para dar tiempo a un mayor refinamiento?

Reizo asintió con la cabeza. "Creo que podría, dependiendo de la investigación que podamos realizar con su permiso".

La mente de Nakata estaba trabajando rápidamente, adaptándose al concepto, considerando las posibilidades. Tenía ideas, algunos usos de lo que podía hacer esta 'cosa'. Quizás había potencial en este proyecto ... quizás ... algo para el futuro; Un arma, un medio de ataque. "¿Quién más sabe acerca de esta investigación privada tuya?" él preguntó.

"Solo tú y yo, mi asistente de investigación y los dos guardias que me asignaron", respondió Reizo.

"Entonces mantenlo así. Puede quedarse con su asistente, pero todos sus hallazgos y los detalles del proyecto deben pasarme directamente a mí. No quiero a nadie más involucrado. ¿Lo entiendes?"

"Yo... Yo ... por supuesto", dijo Reizo, y Nakata notó que sus manos temblaban cuando se inclinó.

Nakata buscó en su escritorio un bolígrafo y firmó su nombre y número militar en la parte inferior de un documento de autorización, antes de entregárselo a Reizo. Mantenme al día, por favor. Le deseo la mejor de las suertes. El joven químico, hizo una reverencia y se fue, agarrando su autorización oficial. Nakata se recostó en su silla y reflexionó sobre lo que acababa de decir. ¿Una oportunidad tal vez? ¿Algo que le permitiría a Nakata avanzar dentro del Kempeitai? Solo necesitaba mantener contenido este proyecto, especialmente si resultó exitoso. El joven químico que necesitaría, pero el asistente, bueno, necesitaría ser silenciado y, en cuanto a los guardias que habían presenciado los efectos del virus, había muchos, muchos frentes de batalla donde los soldados podían morir en Asia.

———

En febrero de 1942, Singapur había caído ante el ejército imperial japonés. Los japoneses avanzaron rápidamente a través de Malaya hasta Singapur y tomaron ambos con bajas mínimas, capturando a miles de tropas y civiles aliados, enrutando al país y llevándolo al punto de mira. En algún lugar dentro de ese poderío militar estaba el mayor Yoshida Nakata, recientemente transferido a la sucursal del distrito este de Kempeitai, cuya sede se encontraba en el antiguo edificio de YMCA en Stamford Road. En los meses posteriores a la invasión, los Kempeitai llevaron a cabo purgas antijaponesas y la masacre de civiles por parte de la policía auxiliar fue un lugar común. Singapur era una ciudad envuelta en miedo.

A pesar de haber subido de rango, Nakata continuó transmitiendo inteligencia vital a sus amos espías británicos, específicamente a su oficial de casos, el Sr. White. El medio de comunicación era un aparato de radio secreto que había sido enterrado en los bosques en las afueras de Singapur en los meses previos a la invasión. Nakata, con algún pretexto, tomaría el auto del personal y saldría a caminar por las colinas. En realidad, desenterraría el aparato de radio y enviaría informes de inteligencia codificados sobre movimientos de tropas, las bajas y la moral entre la población. Fue cuidadoso y solo transmitió cuando supo que Kempeitai fuer invadido por una operación en otro lugar. Y todo eso permaneció igual, hasta un fatídico día de marzo de 1942, cuando la vida de Yoshida Nakata, doble agente y traidor a su propio país, se volvió de cabeza y le hizo cuestionar su propia cordura.

Había sido convocado por su oficial superior, el coronel Fujimoto, por una cuestión de urgencia. El coronel era un hombre quisquilloso, alto para un japonés, al que le gustaba involucrarse en todo tipo de áreas en las que no tenía antigüedad. Nakata pensó que era entrometido y un bufón. Pero él era un oficial superior, por lo que era sabio, debía simplemente asentir y estar de acuerdo en la mayoría de los casos. "Hemos identificado a un sujeto británico que encontramos escondido en la ciudad, creemos que puede ser un espía. Lo estamos reteniendo en una de nuestras celdas. Estoy manejando el interrogatorio personalmente; tal vez le gustaría ayudarme ", dijo el coronel, marchando hacia arriba y hacia abajo a un ritmo constante en su oficina

El comandante Nakata asintió, pero su estómago se revolvió infelizmente. ¿Un espía británico ... escondido en la ciudad? No ... por favor no dejes que sea ...

———

LA CELDA ESTABA oscura y caliente y el hombre miserable que estaba esposado boca abajo en una mesa quirúrgica frente a ellos estaba maltratado y magullado; solo un pedazo de tela sucio estaba envuelto alrededor de sus caderas para cubrir su desnudez. Pero incluso con la penumbra en la celda de interrogatorios, la suciedad y el sudor cubriendo la cara del hombre, Nakata reconoció instantáneamente a su oficial de casos de SIS, el hombre conocido por él como Alex White. 'White' había sido capturado hace menos de una semana mientras operaba encubierto en la Singapur ocupada por los japoneses. Había sido mal informado por otro prisionero, quien había denunciado al inglés como un espía encubierto.

El coronel Fujimoto se había hecho cargo personalmente de las palizas, usando una vieja pieza de bambú. Hasta ahora, le informó el coronel, el inglés no había cooperado por completo. ¿Qué sugeriría el Mayor Nakata como un medio conveniente para obtener información del prisionero?

Nakata sintió gotas de sudor corriendo por el pliegue de su cuello. ¿Podría hacer esto, podría ayudar en el interrogatorio, la tortura del hombre que era su oficial de casos, que una vez le salvó la vida y que a lo largo de los años había llegado a pensar como un amigo?

"Mayor", gritó el coronel. "¿Sugerencias?"

"¿Privación del sueño?"

El coronel sacudió la cabeza. "Ya hemos hecho esto ... el hombre ha estado despierto durante casi tres días".

Alex White gimió cuando Nakata lo miró con pena y remordimiento por lo que sabía que vendría. En la sección de interrogatorios de su fase de entrenamiento básico, la regla había sido que después de la privación del sueño y el asalto físico, el siguiente y más efectivo método de extracción de información era desuñar al sujeto; la extracción de los dedos de las manos y los pies. Sin embargo, los soldados japoneses habían mejorado ese método bárbaro al introducir brotes de bambú afilados y conducirlos hacia arriba y debajo de las uñas del sujeto. Aunque Nakata nunca había participado personalmente en una acción tan extrema, había escuchado los informes de los oficiales de Kempeitai en el campo, de que era efectivo.

"Tratamiento de bambú", se oyó decir a sí mismo, pero no sonaba como su voz. No podía creer que había dicho las palabras. White levantó la cabeza y miró directamente a los ojos del hombre que había sugerido el método de su último dolor. Miró a los ojos de su amigo, su agente, su torturador, su captor.

"Excelente", gritó alegremente el coronel Fujimoto. Dio la orden a los guardias que se encontraban fuera de las celdas de interrogación para que le trajeran unas uñas afiladas de bambú. "Mayor, ¿le gustaría darse el gusto?"

Nakata miró al alto oficial y sacudió la cabeza. "Desafortunadamente, fui convocado para presenciar una ejecución organizada por el coronel Oshiro más tarde hoy en la estación de policía. Él personalmente va por el record de ejecución de su unidad. Cien cabezas, entiendo.

El coronel parecía disgustado, pero aceptó que una citación previa de un oficial superior anulara su propio interrogatorio. "Entiendo, gracias Mayor. Les haré saber cómo progresamos con el tema ".

Nakata asintió y salió de la celda de interrogatorio. Casi había llegado a su vehículo cuando escuchó los primeros gritos de dolor del inglés. Le cortó como la hoja de una Katana.

———

Varias horas más tarde y fingiendo asuntos importantes en otras partes de la ciudad, Nakata despidió a su conductor por la noche y se dirigió a las estribaciones del bosque donde estaba escondido el aparato de radio. Lo recuperó, verificó la señal y envió un protocolo de contacto de emergencia a la sección de radio SIS. El comunicado hablaba de un oficial del SIS que había sido capturado y que Kempeitai estaba interrogando actualmente, y de un agente en el lugar para realizar un intento de rescate. Luego esperó, sentado en silencio en la penumbra del bosque. Una hora más tarde y la señal de retorno comenzó a llegar. El mensaje fue breve y con claridad:

RESCATE NEGADO. ELIMINAR AL OFICIAL POR CUALQUIER MEDIO NECESARIO EN LAS PRÓXIMAS 24 HORAS. FUERA.

Los británicos, pensó Yoshida Nakata, *eran un grupo tan despiadado como su propia gente.* Habían dictado una sentencia de muerte a su propio oficial.

Nakata hizo su movimiento más tarde esa noche.

Lo más fácil hubiera sido ponerse su uniforme militar y ordenar su entrada. Pero eso lo expondría a sus colegas y oficiales y ... ¿entonces qué? ¿Salir con un prisionero a cuestas? Además, no tenía autoridad para sacar a un prisionero, Kempeitai o no, y requeriría documentación firmada por su oficial superior antes de poder acercarse a la sala de interrogatorios. Así que recurrió a las prácticas que mejor conocía, el sigilo y la entrada encubierta. Solo que esta vez, sería contra el ejército imperial japonés. A pesar de tener recursos limitados, se había puesto la ropa oscura del *Shinobi,* su antiguo clan, manchándose la cara con tierra y barro y llevaba el cuchillo *Tanto* utilizado para eliminar silenciosamente centinelas y objetivos en espacios reducidos. Alrededor de su cintura, había envuelto un pequeño gancho con una cuerda de tres metros de largo. Estas eran las únicas herramientas que necesitaría. Se esperaba que el *Shinobi* pudiera improvisar en cualquier momento y ser ingenioso. Se vistió, usó sus armas y se rio de la idea de que tendría que irrumpir en un campo de prisioneros de guerra para rescatar al enemigo. La ironía no se perdió en él.

Las habilidades que había aprendido de niño llegaron a él tan fácilmente como un movimiento de su cabello o un rasguño de su nariz. Se había movido rápidamente en la oscuridad ... acercándose al muro perimetral de seis metros de altura donde sabía que los guardias estaban en su punto más débil. Utilizó el gancho de agarre para escalar la pared, trepando como una cucaracha sobre una cortina negra y se deslizó silenciosamente por encima. Se había arrastrado en la oscuridad, sintiendo el frío de la noche atacar sus ojos a través de la capucha sobre su cabeza. Desde su breve reconocimiento, supo que los prisioneros británicos, pobres desgraciados que eran, estaban encerrados en un ala al otro lado del complejo. Para completar su misión, tendría que cruzar algunos espacios abiertos y negociar el resto de las dependencias si quería llegar al inglés. Los primeros cientos de metros fueron fáciles, simplemente permaneciendo en las sombras y evitando la luz. Pero a medida que se acercaba al edificio de interrogatorios, la luz se hizo más brillante y la regularidad de los guardias aumentó. El primer guardia al que se había acercado silenciosamente desde atrás, lo derribó con un puñetazo en el grupo de nervios detrás de su oreja. El guardia cayó como una marioneta cuyas cuerdas habían sido cortadas y Nakata se apresuró a arrastrar su cuerpo inconsciente fuera de la vista y arrojarlo al espacio debajo de la cabaña más cercana. Con la intensidad del golpe, el hombre estaría fuera por al menos una hora.

Arrastrándose a lo largo de la oscuridad del muro externo, había sido el guardia parado directamente afuera del bloque de detención quien le había causado más problemas. Casi había llegado a una distancia mortal cuando el guardia lo vio por el rabillo del ojo. Nakata saltó en el último momento, Tanto, el cuchillo, se levantó y estaba listo para abrir la garganta del hombre, cualquier cosa para silenciarlo antes de que pudiera hacer sonar la alarma. Nakata cubrió la boca del guardia con su mano izquierda y empujó el cuchillo corto hacia arriba y hacia su garganta, desgarrándolo de lado para destruir las cuerdas vocales. El único ruido emitido fue un leve gorgoteo, apenas perceptible en el tranquilo recinto. Un rápido empujón con la cuchilla hacia arriba y debajo de la caja torácica y hacia el corazón, y el guardia fue silenciado permanentemente.

Sacó las llaves de la bolsa del cinturón del guardia y

entró en el bloque de detención. Después del frescor de la noche, el edificio de detención era un invernadero. Avanzó silenciosamente por el pasillo oscuro, mirando a través de las persianas para encontrar al inglés. Lo encontró en la quinta celda. Sabía que podría tener que cargar al inglés, tal era la fragilidad y la debilidad de su cuerpo. Sus colegas en Kempetai habían sido minuciosos en su tortura y su cuerpo era una sombra de lo que era. La muerte habría sido una liberación bienvenida si sus captores la hubieran concedido. Los soldados tuvieron problemas en las celdas, pero los presuntos espías habrían tenido un tipo especial de tratamiento a manos de sus interrogadores. Incluso para un asesino tan despiadado como Yoshida Nakata, la idea lo hizo estremecerse. Sabía que los Kempetai no tenían un nivel al que no se hundirían en lo que respecta a la tortura y la degradación de los prisioneros a quienes consideraban debajo de ellos. Los trapos miserables colgaban del esqueleto del agente del SIS, sus ojos eran demacrados y huecos, pero lo peor de todo era el olor a descomposición y muerte que impregnaba su cuerpo. Se aferró a él como la peste.

El hombre conocido como Alex White miró a la figura encapuchada en negro, de pie en la puerta de la celda. *Debe pensar que la muerte ha venido por él esta noche,* pensó Nakata. Yoshida Nakata dio un paso silencioso hacia la celda y habló en inglés. «¿Puedes caminar?»

Los ojos de los ingleses se abrieron con sorpresa, luego reconocimiento. Él dijo una palabra, "Yoshida". Él estaba a salvo,

———

Dos horas después de escapar del edificio de Stamford Road y ser llevado de contrabando al campo en el baúl del auto personal del mayor Nakata, los dos hombres se sentaron bajo la lluvia y el barro bajo un refugio improvisado provisto por el dosel de la selva. Entre ellos, tenían una cantimplora de agua y un poco de arroz que Nakata había traído con él.

"¿Les dijiste algo?" preguntó Nakata, poniéndose en cuclillas junto al espía harapiento.

"No ... no mucho ... no todo ... no".

"¿Les dijiste sobre mí? Tengo que saberlo. Es importante por el bien de ambos".

El inglés sacudió la cabeza. "No, lo juro. Me rendí con mi red de envío, con mis agentes de Tokio, pero no contigo... no a los grandes agentes ... todavía no. No me habían tenido lo suficiente ... pero supongo que lo habría hecho a su tiempo.

Nakata pareció aceptar esto con gracia. Nadie podía resistir la tortura física indefinidamente. Parecía que había rescatado a su oficial de casos justo a tiempo. Cerró los ojos y contempló su próximo movimiento. Estaba atado por una obligación con este hombre. Apagar su vida, sería tan fácil aquí en la inmensidad de la jungla, de alguna manera no se sentó bien con él. Después de todo, el espía inglés había arriesgado su propia vida para salvarlo hace tantos años. "Me ordenaron matarte. Matarte dentro del campamento, si era posible, descubrir lo que les dijiste y luego te silenciara antes de traicionar más operaciones británicas", dijo Nakata con dureza, ansioso por escupir las venenosas palabras.

El miserable del inglés se tensó y luego, por puro agotamiento, su cuerpo se desplomó y parecía listo para aceptar su presunto destino. Asesinado por su propia gente.

"¡Levántate! Te estoy dejando ir libre." Nakata señaló. "Diríjase en esa dirección. Muévase rápidamente, descanse lo menos que pueda. Pronto llegará a la frontera, manténgase fuera de la vista hasta que esté seguro. Tarde o temprano, te encontrarás a una patrulla aliada. Date a conocer a ellos. Toma, toma esto ", dijo Nakata, entregándole al inglés una pistola que había sacado de su mochila. "Ahora vete", siseó. "Diles que noqueaste a un guardia, mataste a otro y escapaste. Me protege y te protege a ti. Estás débil, pero puedes lograrlo si eres cauteloso y astuto".

Alex White parecía inseguro de qué hacer por un momento. Se paró en la oscuridad de la jungla y miró sin expresión a su agente y amigo. "Yoshida, yo ..."

"Solo ve. Este no es momento para discursos. Ten cuidado, amigo mío". Nakata había visto cómo el inglés se escapaba, adentrándose en la selva. Su oficial de casos sobreviviría o sería atrapado y devuelto al campo para reanudar su tortura. Si ese fuera el caso, entonces Yoshida Nakata sería un hombre muerto; de cualquier manera, estaba satisfecho de que la deuda vitalicia que le debía a este inglés había sido pagada en su totalidad.

———

PASARÍA MÁS de una década antes de que volviera a ver al espía inglés. Para entonces, por supuesto, el mundo habría avanzado. La guerra había terminado y los viejos enemigos se convertirían en nuevos socios comerciales.

A partir de 1945, Nakata fue cazado constantemente y solo sobrevivió debido a su entrenamiento en sigilo e infiltración. Durante semanas había vivido de la tierra, lejos de los soldados aliados que rastreaban a los criminales de guerra japoneses en sus listas. Finalmente, había oído hablar de las bombas que destruyeron Nagasaki e Hiroshima. El ejército imperial japonés había sido derrotado por los aliados. Hirohito se había rendido y esta versión de su guerra había terminado.

Desesperado, acechó y mató a un joven soldado japonés, enterró su cuerpo en las cañas y tomó su uniforme y sus tarjetas de identidad. El soldado era un hombre sin consecuencias. Era un soldado casi sin rango y, por lo tanto, es poco probable que sea perseguido por los Aliados o su propia gente. Pero este joven soldado tenía una cosa importante a su favor. No era Yoshida Nakata, traidor y asesino. Su nombre estaba limpio. Y así, durante un año, se convirtió en prisionero de guerra, rindiéndose a los interrogadores estadounidenses y respondiendo sus preguntas. Había sobrevivido con su ingenio, interpretando el papel del pobre soldado tonto cuya identidad había tomado. Hasta que finalmente, se había sentado ante un Capitán británico con la responsabilidad de la inteligencia y le dijo al joven, con un bigote de pelo en el labio joven, que había sido, durante la mayor parte de una década, un agente británico Inteligencia.

"Bueno, por supuesto, tendré que verificar su historia", dijo el joven capitán, mirando con recelo a su dudoso prisionero.

Yoshida Nakata, una vez un agente enemigo, había recibido inmunidad por sus crímenes de guerra por sus protectores dentro del SIS y el poder británico. No pasó mucho tiempo antes de que SIS recogiera a su agente, a quien habían considerado muerto hace mucho tiempo. Después de eso, había renacido con un nuevo comienzo y un registro limpio.

El ascenso de Yoshida Nakata había sido meteórico después de eso. Después de la muerte de su tío, el líder del clan Kenta Nakata, hubo una guerra interna dentro del clan Nakata en cuanto a quién debería tomar el control de esta sociedad secreta. Se trazaron líneas de batalla entre algunos de los más antiguos *Shinobi*, cada uno decidido a esperar a la oposición y atacar cuando estuvieran más débiles. Con astuta crueldad, Yoshida Nakata había abierto una brecha entre las facciones en guerra dentro de su clan y personalmente tomó las cabezas de los dos contendientes en una noche sangrienta y brutal. El asesino había cazado al asesino. Al día siguiente, había convocado una conferencia para los soldados de todo el clan y presentó las cabezas de sus rivales como un regalo a aquellos que permanecerían leales a él. Había gobernado sobre su clan, reunido a sus aliados y hermanos más cercanos a él y había tomado el control con un agarre de hierro.

Había reorganizado su clan, haciéndolo adecuado para el crisol de la Guerra Fría. Se enredó en el mundo de mercenarios internacionales, asesinos privados de alquiler y el movimiento de ventas ilegales de armas en Asia. Sus agentes fueron contratados a los rusos, los búlgaros, incluso los libios; cualquier persona que necesitaba un agente enemigo liquidado. Pero entendió que todavía tenía que ser parte de las sombras, su nombre no podía ser conectado de ninguna manera con las operaciones que estaba llevando a cabo. Tendría que ser una sombra, un espectro, un fantasma. Tomó el título de *Karasu-Tengu*, el legendario monstruo que era mitad demonio y mitad cuervo. El nombre pronto fue temido dentro del inframundo Yakuza ya que el *Karasu* se deshizo violentamente de cualquiera que se atreviera a desafiarlo o amenazarlo. Era rápido y despiadado. Ahora era el *Oyabun*, el líder, del *Karasu-Tengu* clan. Sus lugartenientes nunca se reunieron con él personalmente y en su lugar las órdenes fueron emitidas a través de su confiable *Saiko-Komon*, asesor jefe, el formidable Hokku. El Cuervo y su clan tenían, a su disposición, una red de mensajeros, agentes, contrabandistas y asesinos. Todos eran profesionales, y todos eran despiadados. Su alcance se extendía a lo largo y ancho dentro de las redes criminales internacionales. Era conocido y respetado y trataba con traidores de la manera más extrema. La muerte era su acción en el comercio. La riqueza que había acumulado se había derramado sabiamente en sus empresas legítimas, sobre todo en su corporación insignia; Industrias Nakata. A través de esto, fue capaz de comprar una instalación de investigación de vanguardia, laboratorio, vehículos y buques de transporte marítimo y aéreo.

El espía inglés también se había subido a las filas, para convertirse en parte del poder que había salvado a Yoshida Nakata hace tantos años. Ambos habían cultivado, a lo largo de los años, una capa de respetabilidad, pero ahora el inglés era un coordinador, en lugar de un agente de campo. Estaba en ascenso y subiendo rápidamente. Así que había sido una sorpresa para ambos hombres que en un día ordinario en el invierno de 1956, ambos, accidentalmente, se conocieron una vez más. Fue imprevisto e inesperado. El destino parecía, les había dado una mano y resultaría ser una reavivación fructífera y peligrosa de una relación tanto para el espía como para su agente de mucho tiempo. Ambos habían estado en Tokio visitando el Santuario Meiji, no había habido ningún subterfugio involucrado, sólo una oportunidad aleatoria, un encuentro pasajero. El santuario había estado moderadamente ocupado y los dos antiguos colegas simplemente habían pasado el uno al lado del otro. Ambos habían ofrecido sus respetos por separado y habían estado listos para irse. Yoshida Nakata había sido el primero en darse cuenta del hombre caucásico. Simplemente se había acercado con calma, se inclinó por respeto y dijo: "Hola mi amigo. Es bueno verte de nuevo"

El inglés, que una vez usó el nombre de trabajo de Alex White se había vuelto sorprendido, se tomó un momento para registrar al hombre frente a él y luego sonrió esa sonrisa abierta y cálida de él. "Nakata-San, amigo mío..."

———

SU CÁBALA se había formado por amargura y oportunidad. Fue un arreglo mutuo, producto de los días de su guerra secreta. Lo que había comenzado como una reunión amistosa en una casa de té entre dos viejos camaradas se había convertido, con los meses y con precaución, en algo más. Nadie había mencionado la palabra "traidor" a pesar de que ambos sabían que la traición contra sus respectivos países era en lo que estaban participando para promover sus propias descaradas ambiciones. En algunas empresas, hay casi un vínculo psíquico que conecta a los coconspiradores y para el inglés y el asesino japonés este fue sin duda el caso.

El inglés estaba amargado por su traición por parte de sus maestros del SIS, la captura, la tortura, el hecho de que se pudriera en un infierno japonés de un campamento, la orden de su asesinato. Había trabajado duro para levantarse dentro de su organización, pero aún así... en la parte posterior de su mente, había una persistente molestia de que alguien debería pagar por lo que había pasado y lo que todavía estaba sufriendo ahora; las pesadillas, los horrores, los años de trauma mental. Se había retirado del borde del suicidio muchas veces, se había vuelto a la realidad y a la cordura. Había pagado su tiempo y esperó... esperó la oportunidad de tomar algún tipo de venganza, por pequeña que fuera, en la gente, en el poder que lo había dejado para que muriera. Todas esas tonterías en el curso de nuevo agente de SIS, 'Siempre traemos a nuestra gente a casa'. Mierda. Había sido olvidado por un petimetre de un oficial de escritorio del SIS cuando las cosas se habían puesto difíciles... guerra o no guerra. Lo habían dejado... y cuando no pudieron rescatarlo, decidieron matarlo. Excepto que habrían usado un término oficial para ello ... eliminación, conveniencia, algo que ocultaba a las almas sensibles en la Oficina de Guerra de lo que realmente estaban hablando; El asesinato de uno de sus propios oficiales. Y los odiaba por eso ... los odiaba con una pasión que ardía. Necesitaba un camino de regreso y fue la reunión con su exagente lo que le brindó la oportunidad que necesitaba.

En cuanto a Yoshida Nakata, el ahora renacido señor del crimen y líder del clan asesino, su motivación fue lo que siempre había sido; La adquisición de riqueza, poder e influencia. Era un hombre respetable, un capitán del nuevo complejo industrial japonés. Su verdadero yo estaba escondido detrás de un velo de legitimidad. Pero Nakata, el Cuervo, tenía un plan, algo que estaba muy por encima de su contrato de asesinato, tráfico de armas y extorsión, algo que se jugaría en un escenario más grande y algo que enviaría ondas de choque en todo el mundo occidental. Una lenta venganza. Una unión de fuerzas. Viejos camaradas que se protegen las espaldas, se ayudan mutuamente para su beneficio mutuo, ganando poder e influencia en el camino. Fue a partir de este humilde comienzo que nacieron el Cuervo y la Salamandra; uno el planificador y otro el agente de influencia, capaz de manipular detrás de escena y en los pasillos del poder. La suya sería una asociación devastadora.

Y de este pacto embrionario surgió su plan a largo plazo, para mantener el control de los gobiernos más poderosos del mundo y cosechar las recompensas financieras, por medio de la último arma terrorista definitiva; *Kyonshi*. El Cuervo elegiría sus objetivos sabiamente. Por ejemplo, sabía que amenazar a la CIA o a los rusos provocaría su caída, por lo que cuando había llevado a la bancarrota a los británicos, y Salamandra tenía su sed de venganza contra ellos enfriados, pasaría a los alemanes, luego a los franceses. , los suizos y los italianos. En el transcurso de la siguiente década, el Cuervo revolotearía en su invencibilidad. Era un hombre sin esposa y sin hijos. Su único amor era el poder y la dominación sobre los que le temían. Cuando muriera, no dejaría nada de sí mismo. Sus huesos serían polvo e iría a enfrentar al señor Buda como un guerrero solitario.

CONFUNDIDO en el santuario de su pagoda, Yoshida Nakata se preparó para el combate. En la oscuridad de su sala de entrenamiento, permaneció inmóvil. Sus sentidos estaban despiertos, vivos y él podía oler cómo se acercaban sus objetivos. Podía oler el miedo y la desesperación en todos ellos. Se acercaron como una manada, tontamente pensando que los números los protegerían del Cuervo. Ellos estaban equivocados. Observó mientras se acercaban a él. Eran lentos, tontos, ni siquiera eran un desafío ... incluso para una sesión de entrenamiento, había esperado un mejor material que esto. Rápidamente dio un paso atrás y cortó con su espada, la hoja se arqueó hacia abajo, su acero emitió un leve siseo mientras cortaba el aire cálido a su alrededor antes de golpear la carne. Hubo un jadeo silencioso, un aroma a sangre fresca y el ruido de un cuerpo cayendo en la oscuridad. La espada de Yoshida Nakata apenas había dejado de moverse antes de que fuera angulada horizontalmente y cortando el cuello del segundo atacante ... él también cayó ... al igual que el tercero y el cuarto. La sala estaba llena de la carnicería de la muerte silenciosa y Yoshida Nakata apenas se había movido de su lugar. Se arrodilló en la oscuridad de la habitación y enfundó la espada en la vaina sobre su espalda. Respiró profundamente y se relajó. En unos instantes, las puertas del nivel de entrenamiento de la academia se deslizaron hacia atrás y la enorme masa de Hokku entró en la habitación. El japonés gigante miró los cuerpos desmembrados esparcidos por el suelo. Arrugó la nariz con disgusto por la sangre y luego dirigió su atención a su *Oyabun*. "¿Fueron satisfactorios?" él preguntó.

El Cuervo se paró lentamente y frunció el ceño, su único ojo claro se fijó en Hokku. "Eran de mala calidad, carne fácil".

"Castigaré al reclutador en el pueblo. El próximo lote estará a la altura. No dejaré que las habilidades de mi maestro disminuyan," respondió Hokku con seriedad.

El Cuervo sacudió la cabeza. "No, mi hermano, no me entiendes. No era a mí mismo a quien estaba entrenando ... era mi acero el que requería sangre para calmar su sed."

Hokku miró la espada de su maestro y asintió entendiendo. La espada no era más que una extensión del hombre, después de todo.

"Vamos, tenemos mucho de que hablar. Nuestro tiempo hoy es corto", dijo el Cuervo.

12

Hokku tenía la suficiente experiencia como para saber que el Cuervo desconfiaba implícitamente del teléfono en el mejor de los casos, y especialmente cuando era necesario discutir asuntos importantes relacionados con el funcionamiento del clan. Siempre fue una reunión mantenida en secreto y cara a cara. El Cuervo era un hombre cuidadoso, había sobrevivido a muchas conspiraciones y complots contra él. Es por eso por lo que Hokku, el *Saiko-Komon*, u organizador principal, del clan *Karasu-Tengu*, se vio obligado a dar sus opiniones directamente a su *Oyabun* sobre el empleo de un nuevo contratista *gaijin*.

No es que Hokku fuera convocado a las concurridas calles nocturnas de Tokio, para asistir a la sede central de Nakata Industries. Nakata Industries era una corporación respetada que se había formado en las brasas de la derrota de Japón en 1945 y había jugado un papel importante en darle a Yoshida Nakata una apariencia de respetabilidad. Nakata ahora era conocido como uno de los principales empresarios del Japón moderno, conocido por su ética de trabajo estoico y su determinación para hacer de la rama farmacéutica de Nakata Industries la mejor del mundo. Ya estaba desarrollando estrategias corporativas para expandirse en los mercados estadounidense y europeo.

Nakata se sentó calmado y en control en su escritorio en el nivel superior de la pagoda. Parecía el epítome de un exitoso director ejecutivo japonés. Traje de negocios oscuro, corbata sobria, elegante reloj de oro en la muñeca. Era un hombre que, a través de su negocio legítimo, había hecho muchos contactos en el Ministerio de Comercio Internacional e Industria y en varias ramas del *Kokkaii*, el Parlamento Nacional. Era respetado e influyente. Pero Hokku sabía que esa era solo la máscara exterior del hombre. En su bloque de oficinas de vidrio en Tokio, dirigía los negocios de Nakata Industries, pero era allí, en la pagoda, donde oficiaba sus verdaderos asuntos. Debajo de la respetabilidad, el verdadero corazón de Yoshida Nakata yacía en el mundo del tráfico de armas, el terrorismo a sueldo, el espionaje y el asesinato por contrato. Corría en su sangre, lo había hecho durante generaciones, y fue lo que lo impulsó hacia adelante; La aventura, la violencia y la intriga de ser el líder de uno de los últimos clanes asesinos.

Pero mientras que los otros clanes como el *Iga* y el *Koga* se habían negado a cambiar con las formas del Japón moderno, Hokku sabía que la brillantez y la planificación visionaria de Yoshida Nakata asegurarían que el clan *Karasu* continuaría por otros cien años. El Cuervo había respetado las viejas costumbres del *Shinobi*, pero había sido lo suficientemente sabio como para expandir y superar los límites de Japón. Hizo contactos con otras familias del crimen organizado en todo el mundo y, en muchas ocasiones, brindó servicios que ayudaron a sus negocios a prosperar. Y el hecho de que nadie fuera más sabio con respecto a su verdadera identidad, era un testimonio de sus habilidades como operador prudente y cuidadoso.

Se sentaron uno frente al otro y discutieron los detalles de su negocio como solo los guerreros que han luchado y matado lado a lado lo pueden hacer. Hablaron en voz baja, Hokku informó a su maestro y Nakata de vez en cuando hacía una pregunta pertinente si era necesario. Hubo un contrato por parte de un mafioso de alto rango, que estaba ansioso por eliminar a un rival en la red turca de la heroína ... trabajo que actualmente se está organizando. La capacitación de un Grupo de Derecha extremista en Perú ... trabajo que estaba siendo considerado. El pago de $ 20,000 de un alto funcionario chino que quería asesinar al amante occidental de su amada en París. El hombre también quería filmar el asesinato, para poder regodearse repetidamente. La organización de una campaña de bombardeos diseñada para desestabilizar una pequeña economía africana y así, por lo tanto, aumentar la necesidad de incorporar corporaciones "extranjeras" para administrar la operación de minería de diamantes del país. Y finalmente, el reclutamiento de un nuevo contratista *gaijin*, un exespía que tenía fama de ser un pistolero y asesino excepcional.

El Cuervo asintió, satisfecho de que su asesor principal atendiera bien las operaciones diarias del clan. Ahora quería centrarse en las operaciones más importantes y en la que le otorgaría la mayor recompensa y poder. Se recostó en la silla de cuero y miró a Hokku con una mirada de autoridad. "¿Y cómo estamos progresando con la operación *Kyonshi*?"

Hokku buscó la información que estaba secretamente guardada en su vasta memoria. Nada se comprometería nunca en el papel, no mientras Hokku fuera responsable de la trama más audaz del clan, una trama que llevaba años planeando. "Todo es como lo imaginamos. Los dispositivos técnicos se completan y pueden ponerse en práctica en una semana en cualquiera de los países y ubicaciones de destino que elija ".

"¿Y el conducto responsable de la transferencia de dinero, una vez que los británicos decidan pagar de nuevo?" preguntó el Cuervo. Su ojo bueno se fijó en su hermano del clan.

"Todo está en orden, *Oyabun*. La ruta de transferencia de dinero es impecable e imposible de rastrear. Salamandra se ocupará de cualquier problema de última hora, si el gobierno británico decide detenerse. Ejercerá un poco de presión aquí o allá; él está perfectamente ubicado para inclinarlos a nuestra voluntad ".

¿Y los arquitectos? ¿Todavía desconocen su inminente destino?

Hokku asintió con la cabeza. Los 'arquitectos' fueron los dos expertos técnicos que habían sido vitales para ayudar a que la operación *Kyonshi* se concretara. Uno era un experto en bio-toxinas que había ayudado a desarrollar el virus al amparo de la división química legítima de Nakata Industries, mientras que el otro era un ingeniero y experto en explosivos a quien se le había encomendado la tarea de desarrollar varios dispositivos pequeños para ayudar a administrar la toxina. en la una población más amplia. Ambos habían sobrevivido a su utilidad y pronto tendrían que ser eliminados. Cuanta menos gente supiera de la operación, mejor.

"Ambos siguen en Brasil, viviendo la buena vida y manteniendo un perfil bajo hasta que la operación haya sido completada... o eso es lo que se les ha llevado a creer", dijo Hokku.

El Cuervo reflexionó sobre la información. Su mente estaba trabajando rápidamente, uniendo todos los hilos y luego fusionándolos en uno. Sin duda, ese fue el signo de un gran líder, teniendo esa capacidad de tomar el resumen y hacerlo coordinado. "Tal vez haya una manera de que podamos combinar estas operaciones separadas, temporalmente", dijo, mirando profundamente a sus poderosas manos. "El *gaijin*, del que Trench está tan enamorado ... del nuevo contratista ..."

"Grant – su criptónimo es Gorila", explicó Hokku.

"¿Ha sido probado?"

Hokku sabía que el Cuervo esperaba lo mejor de sus contratistas. Antes de que se les diera algo importante, primero se les hizo pruebas para ver si podían vivir con los estándares del clan. Si no, ellos usualmente desaparecen. "Trench hizo que algunos matones chinos de gung-fu intentaran atacarlo en Hong Kong".

Pero ¿cómo reaccionó?

"Mató a uno e inhabilitó seriamente al otro... lo cegó y lo dejó con las manos rotas, por lo que estoy informado. Grant sólo recibió algunos cortes y moretones", respondió Hokku honestamente.

El Cuervo levantó una ceja a eso. ¡Un *gaijin* superando a dos artistas marciales en combate cuerpo a cuerpo! "Entonces, ¿no sólo tiene habilidades con un arma de fuego? ¡Aunque el protocolo dicta que debería haber matado a ambos!"

"Tal vez dejó que el otro hombre viviera para enviar un mensaje", respondió Hokku. Ese comentario trajo la mirada completa del Cuervo sobre él.

"¿Usted lo admira, como él incluso? Comparta sus

pensamientos conmigo como mi asesor principal", dijo el Cuervo.

Hokku consideró su respuesta antes de responder. "Para un *gaijin* de poca cultura, me gustó, sí. El hombre era honesto, directamente a veces, y sin duda es un asesino habilidoso de los hombres. Creo que trabajaría bien bajo el control de Trench, tal vez incluso tomando el relevo de Trench en algún momento en el futuro y dirigiendo a nuestros contratistas europeos".

El Cuervo asintió con la cabeza, después de haber tomado una decisión. "Envíalo a Brasil para eliminar a los dos arquitectos. Su tiempo ha llegado. Puede tomar el relevo de ese tonto, Reierson. El que cometió *seppuku*."

"Me ocuparé de ello de inmediato", dijo Hokku.

"Quiero que este contrato se complete lo antes posible. Debe tener un respaldo mínimo y una oportunidad pronta para llevar a cabo las ejecuciones. No le des el mejor equipo que tenemos, dale algo ... básico. Algo que hará que el contrato sea mucho más desafiante", ordenó el Cuervo.

"¿Quieres decir que fracase, *Oyabun*?"

"¡No, nunca! Simplemente deseo ver cómo un hombre con la reputación de este Gorila puede hacerle frente cuando tenga las posibilidades de trabajar en su contra ".

Hokku pensó que era un eufemismo: ¿respaldo mínimo, equipo deficiente, un contratista en solitario dando ambos golpes y todo en un corto período de tiempo? ¿Y si fracasara?

"Entonces habrá sido probado y encontrado con falta. Espero que no salga vivo de Brasil. Asegúrate de que el capitán de policía que tenemos en la nómina esté listo, listo para matarlo si necesitamos eliminarlo. Por supuesto, si este gorila tiene éxito, entonces ...

"Sí *Oyabun*?"

El Cuervo sonrió y estuvo listo para partir, su auto esperando para llevarlo a su vida legítima en el mundo de los negocios de Tokio. "Entonces tráemelo. Lo haría presentarse delante de mí, ya que desearía mirar dentro de su alma y ver un espíritu afín. Me gustaría ver a mi mejor hombre cara a cara ".

13

HONG KONG - OCTUBRE 1967

La primera inteligencia real proporcionada al equipo Centinela, por parte de su agente encubierto dentro del clan Raven, se entregó a un buzón de correo sin uso, preestablecido que estaba realmente detrás del tanque de un inodoro en uno de los muchos restaurantes anónimos en Kowloon. Gorila había llenado el buzón sin uso el sábado por la mañana, tan pronto como había regresado de Vientiane, y luego le dio seguimiento con una llamada al número de contacto seguro que lo dirigió directamente a su oficial de casos, Penn.

Cuando se abrió y se decodificaron los números, envió una onda expansiva de emoción a través del equipo. Estaban listos, preparados y dispuestos a entrar en acción en una operación que, hasta ahora, había sido lenta. Pero todo eso cambió cuando el mensaje codificado apareció en su base ad hoc en Hong Kong, un apartamento que habían alquilado durante varias semanas, a través de una compañía de fachada a la que Penn tenía acceso. Tenían nombres; tenían objetivos, ahora podían lanzarse a la acción.

"Hemos golpeado una mina de oro! ¡Y Gorila entró detrás de las líneas enemigas para conseguirlo! aplaudió Penn, siempre el leal agente ejecutor. "¡Tenemos los nombres de varios operadores en negro, que ya están en varias listas de los criminales buscados!"

"Y una vez que tengamos nombres, pronto podremos encontrar ubicaciones", agregó Masterman, pensando en su fuente no oficial dentro del SIS. Su pequeño lirón que tenía acceso a los archivos secretos de enlace del SIS, el Servicio de Seguridad y, por defecto, numerosas agencias amigables de inteligencia y cumplimiento en todo el mundo. Su pequeño lirón sería capaz de rastrear las ubicaciones de estas personas y luego se acabaría el juego para ellos.

"Eliminamos a los irlandeses, los mercenarios y ese viejo golpeador del Malaya", había decretado Masterman.

"Pero ¿qué hay del resto de ellos, jefe?" preguntó Penn. "¿No tenemos que dispararles también a ellos?"

Pero Masterman había puesto firmemente su pie en esta opción. "Nos dirigimos solo a nuestros propios traidores y operadores deshonestos; los otros pueden dejarlos solos ... por ahora.

Después de deliberar sobre los pros y los contras de esto durante varios minutos, Penn había visto rápidamente la sabiduría de la línea de pensamiento de Masterman. Eliminar a algunos mercenarios de cosecha propia cierta- mente reduciría la cantidad de oposición con la que tendrían que lidiar más adelante, cuando las cosas llegaran a un clímax inevitable. Y eliminar completamente a todo un equipo de personas del Cuervo pondría a Grant en un riesgo aún mayor como la posible fuga dentro de la organización. Sabían que Trench no era estúpido y habían adivinado correctamente que su mente sospechosa iría inicialmente a su nuevo chico, Gorila, como la fuente de la fuga. Pero con solo algunos de los contratistas muertos, el equipo de Centinela esperaba que Trench tuviera algunas reservas, algunas dudas sobre sus conclusiones. Quizás los contratistas estaban en los lugares equivocados en el momento equivocado; tal vez habían sido asesinados por los rivales del Cuervo como advertencia. ¿Tal vez tenía que ver con los 'contratos' privados de cada asesino? Cualquiera que sea la duda, Masterman esperaba que le ganaría a Gorila un poco más de tiempo para descubrir la ubicación del Cuervo y rastrearlo hasta su guarida. El siguiente paso fue darle los nombres a su pequeño lirón, ver qué podía descubrir y luego ... esperar.

Finalmente, con la nueva información incorporada en su planificación operativa, Masterman dio la orden a Penn de emitir las alertas. "Trae al resto del equipo aquí, Jordie, trae a mis muchachos y muchachas a casa. Envíales la palabra clave. Vamos a meterlos en el juego y ganar su dinero. ¡Es hora de armarlos!

———

MANCHESTER, INGLATERRA

Ya casi era hora de bajar las herramientas. Tommy Crane se levantó y se estiró, escuchando su espalda hacer clic siniestramente. Había estado en eso durante las últimas ocho horas, haciendo un trabajo agotador en el frío y la humedad. Trabajador general, moviendo basura, levantando ladrillos, cavando cimientos. Era lo mejor que podía obtener a corto plazo; efectivo en mano, fuera de los libros del capataz y sin preguntas. Les había dicho que era ex ejército y que necesitaba un poco de trabajo. No se habían molestado en preguntar qué regimiento, y dudaba que hubieran sabido de qué estaba hablando de todos modos, incluso si mencionara las Fuerzas Especiales: nadie en la vida civil sabía que existían los muchachos Hereford.

Se quitó los guantes de trabajo que había estado usando durante la última hora de excavación y se los metió en el overol. El resto de los muchachos en este turno en el sitio de desarrollo de viviendas eran en su mayoría comerciantes; albañiles, carpinteros, yeseros, chispeadores, fontaneros. Crane y los pocos de sus compañeros de trabajo estaban en el fondo de la pila: los cavadores de mierda, los lacayos son capaces de levantar madera y bolsas de cemento.

Caminó penosamente por el camino lleno de barro que sería el jardín delantero de alguien dentro de seis meses. Estaba a medio camino del baño de la obra, listo para esperar en la cola bajo la lluvia de orina cuando escuchó que llamaban su nombre desde la cabina del capataz a lo ancho del sitio de construcción.

¡Crane! ¡Llamada telefónica para ti! La áspera corteza del gran capataz de Ulster cortó el aire y llamó la atención de todos en las cercanías.

Crane cambió de dirección y se dirigió hacia la cabina. Cuando entró en la oficina, su jefe se quejó. "Tengo mejores cosas que hacer que ser tu mensajero, Crane. Las llamadas personales no están permitidas en el sitio, así que hazlo rápido y vuelve a trabajar ". El irlandés salió de la oficina y salió a la lluvia.

Crane levantó el teléfono y habló. "Este es Tommy Crane".

Reconoció la voz de inmediato; era Jordie Penn. "Estos son los Directores Funerales Centinelq de Lympstone", dijo Penn más adelante. "Lamento molestarlo en el trabajo, Sr. Crane. Lamentablemente, su tía abuela falleció y nos preguntamos si podría hacer arreglos para viajar a Lympstone y hacerse cargo de los arreglos del entierro, lo antes posible".

La llamada se desconectó abruptamente y Crane volvió a colocar el receptor en la base. Estaba contento de recibir la llamada, ya no trabajaría en un sitio de construcción por un tiempo. Había recibido el código de activación de CENTI-NELA. Estaba de vuelta en el juego.

———

CROYDON-LONDRES

"¡Y no regreses, maldito borracho!"

Andy Lang aterrizó en la cuneta, el hedor a cerveza rancia, cigarrillos y sangre fresca de su labio cortado en las fosas nasales. El propietario, un gran golpeador que trajo la Cervecería para resolver los "problemas" en uno de los bares del área del sur de Londres, había hecho personalmente el trabajo sucio y lo había expulsado. Había sido expulsado de la 'Corona y Rosas' por molestarse dos veces en el último mes. Esta noche, había golpeado una bandeja llena de cerveza volando, había comenzado una pelea, y su gloria suprema había sido agarrando el trasero de la casera y dándole un apretón no demasiado suave. Los inevitables gritos y puñetazos habían seguido... antes de que hubiera dejado el alcohol horizontalmente y aterrizó en la calle.

Se volcó en la cuneta; su cabeza nadando de la cantidad de alcohol que había consumido, así como el golpe que acababa de recibir. Su traje que una vez fue nuevo, que había comprado para sí mismo cuando firmó la salida del ejército, estaba cubierto de sangre, orina y lluvia. Él era un desastre. No era la primera vez, probablemente no la última. Se tambaleó por completo y el aire frío de la noche le golpeó como una bofetada aguda. Inspiró y exhaló, dejando que los acontecimientos de la noche se apoderaran de él. Desde el interior del pub, podía oír el sonido de la risa y la bebida.

Su alojamiento estaba en la calle Croydon High Street, un piso por encima de una lavandería automática. No era nada sorprendente, sólo dos habitaciones y un baño. Apenas vale la pena el dinero que pagó por él de su indemnización por despido del ejército, pero estará bien... por ahora. Durante el último mes había vivido una vida de aburrimiento e inactividad, que para alguien con sus antecedentes y experiencias era un camino difícil de recorrer. Había cazado terroristas en selvas y montañas, era uno de la élite del ejército británico, y ahora aquí estaba... un borracho, un vago y un alborotador. Eso lo estaba matando.

Pero era la mejor historia encubierta que había tenido.

¿Por qué lo había desechado o por lo menos parecía que lo había desechado, una carrera prometedora en las fuerzas de la élite de su país? ¿Por qué él participaba en lo que era para fines prácticos, una operación ilegal sin el conocimiento directo de su propio gobierno?

Era simple. Había perdido a varios de sus hermanos de armas por este Cuervo y su organización terrorista. Taffy Jones y Dave Shackley habían sido parte del equipo de guardaespaldas que protegía al Coronel Masterman, en la entrega de agentes abortada en los muelles en Australia. Tanto Taff como Dave habían salvado su cuello más de una vez en operaciones con el Regimiento. Estaba haciendo esto por probablemente la misma razón que su amigo Tommy Crane lo hacía; sentía que les debía.

Caminó a casa, sintiéndose triste y abatido. Cuando finalmente llegó a la puerta principal, estaba violentamente enfermo, vomitó las tripas por todo el pavimento. Respirando profundamente, dejó que el aire frío llenara sus pulmones. Dios, eso se sintió mejor. Sacó la llave de su bolsillo y pasó a través de la entrada tratando de meter la llave en la cerradura. En el sexto intento, lo consiguió y se entró en el pasillo húmedo.

Un folleto para un club nocturno local había sido empujado debajo de la puerta principal. Nada notable, un lugar en el que no se le vería muerto, lleno de maricas con el pelo largo y ropa rara. Pero fue sólo cuando dio la vuelta al folleto y vio las palabras 'Promociones de Centinela' escritas en la esquina superior derecha que sabía que esta noche sería su última sesión de bebida por un tiempo.

GOLDERS GREEN, LONDRES

Mori Goldman miró fijamente las piedras pesadas en su mano y sabía que podía conseguir el doble de lo que iba a pagar por ellas. En este trato, él tendría una gran ganancia.

No es que Hodges supiera cuánto, oh claro, él sabría que valían algo, pero no exactamente cuánto en el funcionamiento interno del comercio de diamantes de Londres. Hodges era, después de todo, sólo un ladrón.

Mori Goldman había utilizado a Bill Hodges varias veces a lo largo de los años, como mensajero para contrabandear diamantes de dudosa procedencia a sus contactos en Europa. Sabía que el ex soldado, algo secreto en las guerras de la selva, al parecer, era duro e ingenioso. También sabía que Hodges era un ladrón en su corazón negro, de pies a cabeza. Pero habían formado un acuerdo de comercio mutuo basado no en la confianza, per se, sino más realista, en la codicia mutua. Fue un caso de mejor lo viejo conocido que lo bueno por conocer.

Mori miró fijamente el collar de diamantes que Hodges

había liberado de algún lugar. "Te daré trescientos, lo mejor que puedo hacer en este momento", dijo

Vio la cara de Hodges oscurecerse; la ira se extendió por él.

"Jódete, Mori. Ni siquiera trates de cree que soy un tonto. Eso es al menos un botín de quinientos libras puesto allí en tus pequeños guantes sudorosos ", respondió Hodges. El botín había sido liberado de una caja fuerte en una dirección exclusiva en Mayfair, un árabe que era un sirviente de las familias reales. Había sido pan comido - vigiló hasta que los dueños se fueron, por la entrada de la puerta trasera y luego un poco de 'jalea' para encargarse de la caja fuerte. ¡Bingo! Y en ese momento Bill Hodges tuvo un pequeño cosquilleo por su robo, siempre llevaba el botín a la pequeña joyería de Mori Goldman en Golders Green. Mori era, después de todo, una de las mejores 'barreras' en el negocio. Podía mover cosas rápidamente, tenía los contactos correctos y sabía lo suficiente como para ser discreto.

"Muy bien, ya eres tú Bill, cuatrocientos. Más que eso y me estoy cortando mi propio cuello", dijo Goldman, pasando un dedo por su garganta.

Hodges dejó pasar el momento, dejó que Mori Goldman se balanceara en el viento unos segundos más y luego asintió con la cabeza. Momentos después, el trato se hizo con un apretón de manos.

"Ah, por cierto... Casi lo olvido. Apareció un mensaje para tí la semana pasada.

Hodges levantó la vista mientras contaba su pago en efectivo. Mori Goldman fue una de varias 'caras' que se alegró, por una pequeña tarifa, por recibir mensajes no oficiales para Bill Hodges, criminal profesional. El gordo comerciante de diamantes rebuscó en el cajón de su escritorio y sacó una postal con escenas de Margate en el frente, entregándola. Hodges vio la escena en el frente de un hombre fuerte de la calle en una feria local antes de darle la vuelta. Aparte de la dirección de la pequeña tienda de Mori Goldman, solo tenía unas pocas palabras más. Fue firmado 'Sr. Centinela'.

El juego está en marcha, pensó Hodges. Esta noche, abriría el paquete de emergencia escondido dentro del colchón en su cama y recuperaría el pasaporte falso y el efectivo. Pronto volvería a su antigua vida y volvería a la acción.

PARÍS, FRANCIA

"Y a la izquierda, tenemos el Arco del Triunfo, que es uno de los monumentos más famosos de París. Honra a los que lucharon y murieron por Francia en la Revolución Francesa y las guerras napoleónicas ... "

Miko tenía a su grupo de turistas siguiéndola como un grupo de cachorros perdidos. Se aferraban a ella en cada palabra y en el transcurso del último medio día, ella los había educado, informado y divertido con su presentación bien ensayada. Ella era su líder por el día. Habían viajado a lo largo del Sena en el autocar, más allá de la Torre Eiffel, disfrutaron de una larga visita al Louvre y pasaron un tiempo considerable contemplando el Sacré-Cœur. Era la misma rutina de siempre, el mismo diálogo de siempre, la misma ruta de siempre para Miko Arato, guía turístico para los ricos turistas japoneses.

Más tarde ese día, cuando el autocar dejó a su grupo en su hotel, Miko tomó un taxi a su propio hotel, un pequeño lugar en la Rue Lecluse donde siempre se quedaba cuando estaba en el trabajo de guía turística de París. Recogió la llave de su habitación de la recepción y estaba a punto de dirigirse hacia el ascensor cuando escuchó la llamada de la recepcionista. *"Excusez-moi, mademoiselle, vous avez un mensaje".*

Miko se volvió y sonrió dulcemente cuando la mujer de mediana edad corrió alrededor del mostrador y le entregó un sobre. La mano de Miko tembló cuando la tomó. Sabía lo que era al instante, de alguna manera podía sentir la gravedad de la información que ocultaba este sobre. Agradeció a la recepcionista y rápidamente se dirigió a su habitación en el tercer piso. Al entrar, revisó la habitación, cerró las cortinas y encendió la lámpara de la mesilla de noche. Respiró hondo y abrió suavemente el sobre con una uña bien cuidada. En el interior encontró un solo trozo de papel con una sola palabra escrita en el centro. Simplemente decía: *'Senchineru'*, que en inglés se traduce como Centinela.

———

VOLARON POR SEPARADO A HONG KONG, todos utilizando documentación falsa y todos llegando de países fuera de sus países de origen. Aunque Miko no estaba participando en las 'Redacciones' sobre los mercenarios, después de todo, solo se había comprometido a perseguir a los asesinos de su padre y no tenía ningún interés en la eliminación de los traidores británicos, todos estaban preocupados porque para la cohesión del equipo ella debería estar en *todas* partes de la planificación operativa.

"Vamos a acabar con estos insectores", dijo Penn en la casa de seguridad. "Uno a la vez, como cortar árboles en un bosque".

"Piense en ello como un calentamiento para el gran

objetivo", advirtió Masterman, apoyándose fuertemente en su bastón.

"Entonces, ¿a quién le gusta qué?" preguntó Penn.

El equipo había intercambiado miradas, viendo quién saltaría primero.

"Me llevaré a los Micks", dijo Hodges. "Tengo un par de ideas sobre cómo lidiar con ellos".

Penn asintió en aceptación.

"Tommy y yo tomaremos los mercenarios", dijo Lang. "Solo parece correcto, los británicos se enfrentan a otros británicos, ¿no?"

Masterman asintió con orgullo a los dos miembros de su antiguo Regimiento. "Estoy de acuerdo, muchachos, algo que apruebo de todo corazón. Nos ocupamos de los nuestros, ¡buenos y malos! Es por eso que haré un pequeño viaje a Singapur, para cuidar a ese baboso bastardo de Milburn. Algo que tengo muchas ganas, podría añadir.

––––––

MADRID - NOVIEMBRE 1967

Los dos irlandeses, Declan Sheehan y Seamus Corcoran salieron de su edificio de apartamentos en la calle de Caracas y caminaron hacia su automóvil, un nuevo Fiat. Estuvieron despiertos toda la noche, ya que salieron, tomaron unas cervezas, analizaron sus opciones y decidieron si quedarse en Madrid o mudarse. Habían pasado el día buscando trabajo y, hasta ahora, habían quedado en blanco. Existía la posibilidad de un trabajo de 'golpeador rudo' para un traficante de armas ilegal con sede en Madrid ... eliminando rivales comerciales, advirtiendo a la oposición, pero nada concreto en el momento. El traficante de armas había permanecido sin compromiso, pero prometió llamar a los exterroristas irlandeses si surgía algo urgente.

Sabían que siempre tendrían el contrato de trabajo de la organización japonesa en la que trabajaban, pero para hombres como estos, siempre parecía haber una mentalidad de "la hierba siempre es más verde del otro lado". En realidad, habían estado jugando con la posibilidad de liberarse del grupo del Cuervo durante los últimos meses. El trabajo pagaba bien, pero era estrictamente limitado ... tal vez dos veces al año, si tenían suerte y requerían un extraño viaje a América. Ambos acordaron que necesitaban algo propio, trabajo que pudieran elegir. No es que fueran malagradecidos, después de salir de Irlanda con la División Especial detrás de ellos, y de ser buscados por delitos terroristas contra la Corona, Sheehan y Corcoran habían tenido la suerte de ser contratados por los asesinos japoneses.

"Seamus, haznos un favor", dijo el alto y pelirrojo Sheehan, arrojándole al otro las llaves del auto. "Usted conduce; Me duele la cabeza después de escuchar al maldito español toda la tarde. Necesito una bebida/un trago.

El pistolero Derry, de pelo y corazón negros, cogió las llaves con una mano, abrió la puerta del pequeño Fiat y se acomodó en el asiento del conductor. Estiró la mano y abrió la cerradura de la puerta del pasajero, dejando que Sheehan se acomodara en su asiento antes de hablar. "¿Entonces a dónde vamos a tomar una copa?" preguntó Corcoran.

¡No en Franco's! ¡Esa meada que sirve, no se la daría a los Proddy's! No, iremos a ese lugar en ...

Sheehan nunca pudo terminar su oración, porque en esa misma fracción de segundo, Corcoran metió la llave en el encendido y la giró con un movimiento contundente, algo que había hecho varias veces antes. El giro de la llave desencadenó una reacción en cadena, provocando una corriente eléctrica hacia abajo a través del vehículo y hacia el detonador enterrado en el interior de bloques de explosivos plásticos que se habían asegurado en la parte inferior del vehículo en los arcos de la rueda.

La explosión levantó el vehículo a 5 metros en el aire, la nariz primero, y luego destrozó el tren de aterrizaje, junto con los dos seres humanos dentro. Cuando los restos del vehículo aterrizaron, había explotado en una bola de fuego. De los dos irlandeses dentro, quedaba muy poco para identificar positivamente los cuerpos.

––––––

AMBERES - NOVIEMBRE 1967

La fiesta había sido buena, demasiado buena. Cerveza, prostitutas y pastillas. Había sido una noche realmente salvaje. Richardson y Davies, ex-guardias galeses, eran buenos soldados, se dedicaron, tanto física como financieramente. Pero estaba bien ... siempre había trabajo nuevo y dinero nuevo para ellos.

Habían comenzado a divertirse temprano el día anterior, celebrando la finalización de un contrato en Sierra Leona para la organización Cuervo. El grupo japonés eran sus empleadores más prestigiosos, siempre listos con los grandes contratos y los trabajos más peligrosos. No es que Richardson y Davies temieran un pequeño peligro. No, ni mucho menos. Eran soldados profesionales que habían hecho el cambio al comercio de mercenarios con bastante facilidad. Habían trabajado en toda África, partes de Sudamérica y gran parte de Asia antes de ser reclutados para el negocio privado de asesinos a sueldo que supervisaba el Cuervo.

Con el trabajo terminado, los chicos bebieron y bailaron, follaron y se volvieron locos con cualquier droga que pudieran obtener de sus traficantes. Era una forma de relajarse, desahogarse. Desafortunadamente para ellos, también los hizo distraídos, descuidados y descuidados, y ambos habían perdido la vigilancia que los dos hombres con cara dura les habían estado observando durante los últimos dos días.

Así que tomó por sorpresa a los dos mercenarios cuando la puerta de su apartamento que daba al estuario de Scheldt entró de golpe y entraron dos sombras, una que se movía a la izquierda hacia el salón y la otra a la derecha. Richardson, para su crédito, hizo un intento torpe de alcanzar la pistola .45 escondida debajo de los cojines donde había estado durmiendo. No lo logró.

El fuego de la ametralladora destrozó los cuerpos desnudos de los dos hombres y las mujeres que yacían esparcidos sobre ellos. Las municiones modernas son muy implacables con la carne humana y el bombardeo de 9 mm de las MP40 los trituraron en segundos. La sangre, los tejidos y los huesos se mezclaron con el relleno del sofá y los cristales rotos, dando a la habitación, aunque solo sea por unos segundos, una cualidad casi etérea. En cuestión de segundos, el ruido había disminuido y las sombras desaparecieron, tan rápido como habían entrado. Su toque final fue lanzar un par de granadas M42 a la habitación empapada de sangre, solo para estar seguros.

———

SINGAPUR - NOVIEMBRE 1967

"Creo que, con el personal adecuado detrás de esta pequeña operación tuya, podrías tener un resultado bastante lucrativo para fin de año", dijo Milburn. Estaba en su tercer gin-tonic, feliz y seguro de haber convencido a este potencial 'cliente' para que lo contratara. El cliente estaba pagando las bebidas y el almuerzo, y Milburn estaba feliz de dejarlo.

Estaban en el Long Bar del Hotel Raffles, habían estado desde la hora del almuerzo. Se conocieron y se evaluaron mutuamente y luego se instalaron en un rincón tranquilo del bar. "Lejos de las miradas indiscretas y los oídos, qué viejo", dijo el cliente. *Obviamente, la discreción estaba a la orden del día,* pensó Milburn. Entonces habían conversado casualmente. El cliente, un caballero alto y de mediana edad, con una cicatriz en la cara, una cojera y un bastón, vestía un traje de verano y un sombrero de Panamá, y había dirigido la conversación. Y Milburn, renegado y asesino, lo había superado. Hablamos de un contrato a largo plazo, oportunidades de entrenamiento, enseñanza de insurgentes, tal vez un poco de corte de garganta personal además. En algún lugar de América Latina ... en algún lugar que necesitara personal encubierto para ayudar a las pobres fuerzas de seguridad locales. El cliente había buscado en Asia y se había encontrado con el nombre de Jasper Milburn, mercenario de alquiler. El cliente era el hombre del dinero; Milburn, esperaba, sería el controlador operativo en el suelo. Después de varias rondas de bebidas, Milburn se excusó para visitar el baño. El cliente asintió amablemente y dijo: "No hay problema, viejo, tómate tu tiempo. Si necesitas orinar, debes orinar, ¡qué!

The Raffles fue realmente un hotel excepcional, de fama mundial de hecho, pensó Milburn. Fue hermoso pasear por él. Muy bien de parte del cliente por cubrir sus gastos volando a Singapur y luego comprándole almuerzo y bebidas. Tal vez si este contrato se cumpliera, podría decirles a esos carniceros japoneses que se vayan al diablo de una vez por todas. Pagaban bien pero ... ellos enviaban escalofríos por la columna vertebral de Jasper Milburn. Eran simplemente *demasiado* despiadados.

Los baños estaban vacíos y encontró un cubículo al final de la fila y se acomodó. Demasiada buena comida y consumo excesivo de alcohol, especialmente todos aquellos G&T que el cliente había derramado en su cuello, habían pasado factura a su vejiga. *Y seamos sinceros,* pensó, *estás en medio de la negociación de un contrato comercial, un contrato comercial ilegal y mortal de seguro, pero no obstante un contrato comercial.* Necesitaba mantener una cabeza relativamente despejada. Minutos después, había terminado en el pequeño cubículo, abrió la puerta y se sorprendió al ver al cliente, el sombrero de Panamá y todo, parado justo afuera de la puerta del baño. La confusión cruzó la cara de Milburn, luego el miedo cuando el cliente extendió una mano engañosamente fuerte, cubrió la boca de Milburn y lo empujó con fuerza hacia el cubículo. Milburn aterrizó con fuerza en el tanque, el viento lo golpeó, pero antes de que tuviera tiempo de reaccionar, se dio cuenta de la otra mano del cliente, sosteniendo un cuchillo de aguja largo y delgado con un agarre firme. El cuchillo avanzó a gran velocidad, apuntó al corazón de Milburn, y se hundió una, dos, tres veces ... el dolor agudo y poderoso, intenso y que todo lo consume. Milburn dejó de contar la cantidad de veces que la espada entró en su cuerpo después de trece. Dejó de contar porque estaba muerto.

El cliente retrocedió para admirar su hábil trabajo. El acuchillar, siempre fue un asunto desordenado, pero luego, Masterman había recibido mucha experiencia práctica en matar personas con un cuchillo durante sus operaciones de guerra, silenciando a los centinelas en guardia, principalmente. Se limpió el estilete en la chaqueta del traje del hombre muerto antes de volver a meterlo en la funda que formaba el mango de su bastón. Un pequeño 'clic' y volvió a su lugar, para todo el mundo que parecía no ser más que un palo ornamental. Pateó las piernas de Milburn en el inodoro y cerró suavemente la puerta tras él. Pasarían horas antes de que se descubriera el cuerpo.

Masterman se miró en el espejo: sin sangre, corbata recta y el sombrero bajo para cubrir sus rasgos. Al salir, quitó el letrero "FUERA DE USO" que había pegado a la puerta antes de Redactar a Milburn. En cuestión de minutos, había salido del hotel y lo llevaban al aeropuerto en taxi.

Dos horas después, un limpiador descubrió el cuerpo de un veterano de la campaña de Malaya, brutalmente apuñalado. Los testigos recordaron a la víctima hablando con un inglés alto esa misma tarde. El alto inglés llevaba un sombrero de Panamá, sufría una cojera pronunciada y llevaba un bastón ... pero lo que le sucedió a él, nadie podía decirlo.

Las agencias internacionales de noticias de todo el mundo informarían más tarde sobre estos actos de violencia aparentemente aleatorios. Los asesinatos permanecerían para siempre sin resolver y la policía sabía que tenían pocas posibilidades de encontrar a las personas responsables. Nadie conectó los incidentes separados de ninguna manera. Los hombres violentos generalmente hacían algo para ganarse un final tan despiadado, y en verdad, a nadie le importaba realmente.

14

WHITEHALL, LONDRES - ENERO DE 1968

La reunión de los no oficialmente llamados 'Berserkers' tuvo lugar en un húmedo viernes por la tarde en Londres. Oficialmente, era conocido como el Comité de Gestión de Crisis de la Guerra Biológica y su lugar de reunión habitual durante este período sensible era una sala oscura en el piso superior de 70 Whitehall. Fue creado como resultado directo de la amenaza de la Organización Cuervo.

Asistieron, como lo habían estado haciendo a las reuniones anteriores durante la crisis, el Primer Ministro, su Secretario de Relaciones Exteriores, el Ministro del Interior y el Jefe del Estado Mayor de Defensa. En representación del brazo encubierto del Gobierno británico estaban los Directores Generales del Servicio de Seguridad (MI5) y la Sede del Código de Gobierno y Comunicaciones (GCHQ), así como Sir John Hart, un diplomático de carrera al que se le había asignado el cargo de Jefe del el Servicio Secreto de Inteligencia, así como el Presidente (interino) del Comité Conjunto de Inteligencia, el supervisor oficial de todos los aparatos de inteligencia y seguridad del Gobierno de Su

Majestad. El último miembro del comité era un pequeño pájaro, vestido con un traje de lana. Se llamaba profesor Maurice Barking y era uno de los principales expertos en biología y guerra de gérmenes de la Unidad de Investigación Microbiológica en Porton Down en Wiltshire.

La reunión había estado en pleno desarrollo durante veinte minutos, y se había preocupado principalmente por la nueva estrategia que se utilizaría para contrarrestar esta amenaza actual. Hasta ahora, ninguno de los miembros del comité había encontrado una solución tangible.

¡Necesitamos, primer ministro, lanzar una operación agresiva contra estos asesinos! ¡No deberíamos degradarnos intercambiando con ellos! dijo C.

"Pensé que este comité había decidido que el riesgo era demasiado grande", respondió el Secretario de Relaciones Exteriores.

"Especialmente si la amenaza es real ... y no un ... umm ... una estratagema solo para extorsionar dinero", advirtió la DG del Servicio de Seguridad.

"No tenemos evidencia de que este virus sea real, nuestros expertos dicen que no se puede hacer", respondió C en respuesta.

"¿Qué pasa con las imágenes ... el niño matando a ese animal ... festejando casi!" dijo el DG de MI5.

"Podría ser falso, diseñado para obtener una respuesta", aconsejó el Primer Ministro.

"O podría ser real ... y podríamos estar expuestos a una amenaza terrorista de proporciones apocalípticas. Después de todo, estas personas mataron a su predecesor por eso ", dijo el Ministro del Interior con tristeza, volviéndose para mirar al Jefe del SIS. El estado de ánimo en la habitación cambió drásticamente. Nadie quería cadáveres en las calles de Londres, Birmingham o Liverpool.

"¿Puedo interrumpir por un momento, primer ministro?" La voz era tranquila, relajante para escuchar y, sin embargo, tenía una clara autoridad. Su propietario era Sir Marcus Thorne, el vicepresidente del Comité Conjunto de Inteligencia. Era alto, su cabello arenoso canoso en las sienes, y su actitud era de una respetable antigüedad. Era un hombre que se sentía cómodo dentro de los corredores del poder. Por los fines de esta reunión, fue presidente interino de la JIC, luego del reciente ataque al corazón de Sir Bernard Cowley, el presidente oficial. Había sido Thorne quien había entrado en la brecha y ayudó a reorganizar el SIS, luego de la triste muerte de Sir Richard Crosby, el "viejo" C.

"Por favor, señor Marcus", dijo el Primer Ministro.

Gracias." Me parece que tenemos mucho que perder y no mucho que ganar al equivocarnos con inteligencia limitada", dijo Thorne.

"Sir Marcus, creo que una operación encubierta no está fuera del alcance de la posibilidad", sugirió C.

Thorne miró a su protegido. En el caos que siguió al viejo asesinato de 'C', había sido Thorne quien había defendido la causa de Sir John Hart, quien asumiera el cargo de jefe espía del Servicio Secreto de Su Majestad. Solo esperaba que su fe no se hubiera perdido. "¿De verdad?" ¿Tiene, tal vez, alguna información de inteligencia invisible que no conocemos, C? Espero que no, porque eso iría en contra de nuestras reglas de trabajo. Como yo mismo soy un viejo SIS, entiendo la necesidad de mantener inteligencia procesable limitada, pero no a este comité, seguramente".

"Yo ... um ... er ... por supuesto que no", se quejó C.

"¿Entonces tienes alguna información nueva?" preguntó el primer ministro

"¿O tal vez una fuente para esa información?" respondió Thorne.

Sir John Hart supo al instante que había quedado atrapado en una trampa, una trampa en la que había metido una mano a veces era tonto. Su valentía lo había vencido y él lo sabía. "Existe la posibilidad de que tengamos una fuente utilizable al margen de este grupo terrorista. Todavía es temprano, pero mis oficiales actualmente están evaluando su confiabilidad".

"¿Un agente ... un agente que SIS ha reclutado activamente?" preguntó el primer ministro, sentándose derecho.

"Un agente sin cita previa, primer ministro ... se acercó a nuestro hombre en Tokio, ofreciéndole información sobre un grupo por el que había sido contratado", murmuró C.

"Entonces, ¿quién es él, esta fuente?" preguntó el Ministro de Asuntos Exteriores. ¡Estaba ansioso por saber si un incidente diplomático estaba en perspectiva y cómo podría evitarlo! Los malditos espías siempre estaban molestando en su baile.

"Bueno, obviamente no hay nombres, Ministro. Todo lo que puedo decir es que está conectado al inframundo japonés y recientemente formó parte de un detallado transporte de seguridad con una carga de alto valor de una parte de Japón a otra ", dijo C.

"¿Cuál era la carga?", Preguntó el Secretario de Relaciones Exteriores

"Los detalles, hasta ahora, son imprecisos. Pero se envió en un camión que se parecía a lo que usaríamos para mover sustancias peligrosas como productos químicos ".

¿Crees que era el virus Beserker? Lo que llaman *Kyonshi* "los muertos vivientes", si mi japonés me sirve correctamente ", preguntó Thorne.

"Como digo, es muy temprano para decirlo. Todo lo que sabemos es que su equipo de seguridad solo fue responsable de la seguridad durante parte del viaje, después de lo cual fue entregado a otro grupo. Por lo tanto, sugiero que reunamos una fuerza de ataque, dirigida por oficiales de mi servicio ", dijo C.

Este último comentario fue dirigido al General que representa al Jefe del Estado Mayor de Defensa. Era un soldado profesional robusto, que había visto acción en todos los teatros de guerra durante los últimos treinta años. Él frunció el ceño. No le gustaba la forma en que "sus" hombres estaban siendo arrinconados en una representación de poder por parte de estos funcionarios; hombres que, que él sepa, nunca habían tenido que derramar sangre en un campo de batalla.

¿Sería eso posible, General? preguntó el Primer Ministro "¿Para armar una unidad capaz de lanzar un ataque rápido?"

El general sabía que, al tratar con políticos, era mejor mantener las respuestas vagas hasta que tomaran una decisión. Muchos soldados habían muerto debido a una gran cantidad de entusiasmo de parte de un cualquiera. "Ciertamente es posible, primer ministro; la gente de las Fuerzas Especiales en Hereford, por ejemplo, está más orientada hacia este tipo de trabajo ... al igual que los Royal Marines y el Regimiento de Paracaidistas. Pero, de nuevo, dependería del objetivo y del nivel de inteligencia que se nos proporcionara ". *La pelota está de vuelta en tu lado de la cancha, querido,* pensó el general, mirando a C.

"Bueno, hagamos que esto suceda, mueva la pelota", gritó el Primer Ministro. Lo hizo con entusiasmo por haber encontrado una acción positiva que pudieran tomar; le hizo sentir como si estuviera en control de situaciones que estaban más allá de sus fronteras.

"Mis oficiales esperan obtener acceso a esta fuente potencial en algún momento durante la próxima semana.

La comunicación en este comercio siempre es lenta", dijo C, con cautela.

"Y puedo alertar al oficial al mando en Hereford, lograr que presente algunos planes básicos y preparar a sus equipos", dijo el general.

Thorne de repente tuvo la impresión de que la reunión estaba siendo tomada por locos. Estaba fuera de control y necesitaba devolverlos a la realidad con un golpe explosivo. "Primer Ministro, creo que tenemos que hacer una pausa, dar un paso atrás antes de lanzarnos a algo demasiado apresuradamente".

¿Tiene dudas, señor Marcus? dijo el Primer Ministro, frunciendo el ceño. Odiaba tanto cuando un buen plan era mal visto por su gente, incluso uno tan talentoso como Thorne.

Thorne asintió con la cabeza. "Parece que hay una gran cantidad de 'tal vez' y 'peros' que se están discutiendo, pero nada concreto, ninguna información de ningún valor. Hasta que llegue el momento en que SIS pueda darnos algo tangible, algo definitivo, instaría a la precaución una vez más. ¡Cerrar las negociaciones con estos terroristas, o incluso peor, incumplir los términos que ya habíamos acordado podría resultar fatal!

"Seguramente no estás de acuerdo con pagar a estos terroristas un rescate; son delincuentes comunes ", C reprendió.

"Son delincuentes comunes, con un arma biológica altamente letal y de última generación", corrigió Thorne. Este nuevo C comenzaba a irritarlo. El hombre era tan denso y miope, especialmente en comparación con su predecesor, que había sido el epítome de un profesional de inteligencia moderno y siempre vio el panorama general. "Y de acuerdo a lo que sé, eso hace que valga la pena escucharlos. ¿Qué

piensa usted, Profesor? ¿Es factible que puedan crear seme-
jante arma biológica?

El profesor Barking se inclinó hacia delante y abrió la
carpeta que tenía delante. Sus gafas se posaron precaria-
mente en el extremo de su nariz mientras miraba al Presidente interino del JIC. "Bueno, teóricamente es posible, por
supuesto que lo es. Pero si lo que tienen es real y activo, es
diferente a todo lo que se nos ocurrió, o incluso a los
alemanes antes que nosotros, durante la guerra. Y fueron los
expertos de hecho en este campo".

"Pero ¿qué es, Profesor? ¿Cómo lo producirían? ¿Dónde
lo producirían? preguntó el Primer Ministro

El científico miró sus notas. Por primera vez en su
carrera, no estaba seguro de las notas y la información que
había acumulado durante su vida. Se dirigía a un territorio
desconocido. "Necesitarían instalaciones de investigación y
pruebas comparables a las que tenemos en Porton Down; Yo
diría que en todo el mundo, sólo hay un puñado de lugares
legítimos como ese. Entonces necesitarían las mejores
mentes disponibles, para crear y producir lo que sea, por no
mencionar un mecanismo de entrega de algún tipo".

"¿Como una bomba?" preguntó al Director General del
Servicio de Seguridad.

Enojado negó con la cabeza. "No necesariamente. Un
artefacto explosivo probablemente vaporizaría la toxina
instantáneamente, anulándola. No, lo más probable es que
sea algo tan simple como una lata de aerosol o un chorro de
una botella de perfume, cualquier cosa que fuera pequeña,
de cerca y personal".

"¿Y cuál sería el resultado de cualquier ataque planeado,
basado en lo poco que sabemos de esta toxina Berseker?"
preguntó Thorne.

De mal modo se encogió de hombros. "Nuestras mejores

estimaciones son que entre cien y mil individuos podrían ser infectados por una sola botella de perfume. Dentro de una hora después del primer contacto, podría infectar una pequeña ciudad. No estoy contando los daños colaterales en esto. La infección sin duda causará numerosas muertes, pero ¿qué pasa con la gente que los Berserkers matan una vez que se han infectado? ¿Ese número podría aumentar en miles? Has visto cómo los infectados se vuelven violentos y asesinos. La mitad de Londres podría ser atacada. También debemos tener en cuenta que si una persona no infectada es atacada por una persona infectada, ¿se infectará automáticamente y "se convertirá" también? Estas son todas las cosas por considerar, y por desgracia, no tenemos suficiente información para confirmar de ninguna de forma".

"¿Y estamos seguros de que tienen el qué para lograr esto, profesor?" preguntó el Primer Ministro

El profesor Barking asintió. "Así que *podría* ellos hacer todo eso? Sí, muy posiblemente, definitivamente de hecho. Tenerlos, sin embargo, es la pregunta principal, y eso, hasta el momento, aún está por verse. Hasta que tengamos una muestra en vivo del bioagente o un huésped muerto que podamos estudiar y examinar, podríamos decir que han inventado polvo de hadas. Simplemente no hay pruebas ".

"Entonces, en su opinión, Profesor", dijo Thorne. "¿Es mejor seguirles el juego y pagar por el momento, hasta que tengamos pruebas o información más concluyentes?"

"Estás condenado si lo haces y maldito si no lo haces, me temo, señor Marcus". Si no paga y liberan el virus, bueno, al menos tendremos muchos huéspedes muertos para usarse, para examinar el virus y quizás crear un antídoto. Usted paga, y todavía lo tienen con un barril indefinidamente", explicó Barking.

"Pero qué pasa si la prensa se entera de la noticia de que

estamos tratando con terroristas, o peor aún, de que nos estámos rindiendo y pagándoles", murmuró el Secretario de Relaciones Exteriores.

"Sería una apuesta, especialmente con una elección próxima", dijo el Ministro del Interior.

El Primer Ministro se recostó en su silla, inspeccionando el techo sobre él, perdido en sus pensamientos. Sabía que necesitaba tomar una decisión y pronto. La vida de su gobierno podría depender de ello, sin mencionar su propia carrera política. "Este... Creo que debemos parecer fuertes. Ya hemos realizado un pago y estos carniceros han regresado por más. Esto tiene que terminar. Sir John, haga todo lo que esté en su poder para encontrar e interrogar a esta fuente, ofrézcale lo que considere razonable para que hable. Se acabó el tiempo para que estemos atrás, ha terminado. Hoy, cerramos los lazos de negociación con el Cuervo y sus asesinos. General, organice una fuerza de ataque militar de reacción rápida para actuar sobre la inteligencia accionable del SIS. La próxima vez que quiera escuchar sobre este cuervo, es cuando esté muerto en una losa.

"Primer Ministro, creo que está cometiendo un error, deberíamos ..." Thorne comenzó, intentando una última vez dejar que las cabezas más sabias prevalecieran. Pero el primer ministro se mantuvo firme. No podría haber retroceso de su decisión.

"Sus objeciones están debidamente anotadas, señor Marcus, pero he tomado una decisión. Gracias, caballeros. Esta reunión se suspende ", dijo el Primer Ministro. Los miembros del comité se pusieron de pie para irse, recogieron sus papeles y comenzaron a regresar a sus respectivos departamentos. Al salir, Thorne vio que el Primer Ministro le daba a C una palmadita alentadora en la espalda, un director elogiaba a un prefecto escolar por su buen trabajo. Sir Marcus Thorne sacudió la cabeza ante la maravilla del mundo en el que vivía, un mundo donde un hombre de poder arriesgaría la vida de la gente de su nación por una ventaja política, y donde una toxina letal podría liberarse en las calles de la capital y no tenían forma de detener el derramamiento de sangre y la violencia que seguiría. Thorne solo esperaba que fuera una decisión que el Primer Ministro no viviera para lamentarla. Pero tenía miedo. él lo sabía.

———

LA RESPUESTA del Cuervo al cierre de los canales de comunicación fue rápida y violenta, como correspondía a un hombre de su reputación y astucia.

Las acciones del Primer Ministro británico y sus secuaces fueron ingenuas y estúpidas. Se comportaban como niños jugando fuera de su entorno seguro, tontos e ignorantes sobre las repercusiones de sus acciones. El Cuervo los atemperaría, les enseñaría y finalmente, los haría someterse e inclinarse ante él.

Llamó a sus asesinos al límite y dio la orden de desatar la muerte. Una semana después, varios incidentes aparentemente desconectados tuvieron lugar en diferentes partes del mundo. El primero fue el bombardeo de un avión de pasajeros BOAC que viajaba desde el aeropuerto de Londres a St. Helier, Jersey, en las Islas del Canal. El ataque del vuelo 767 fue luego juzgado por expertos en antiterrorismo como uno de los primeros casos de terrorismo aéreo en la era de la posguerra. El vuelo bajó quince minutos después del despegue, con restos esparcidos a lo largo de la costa de Dover. No hubo sobrevivientes.

Varios días después, el cuerpo de un encargado del equipaje que había trabajado en el aeropuerto de Londres fue encontrado apuñalado en su piso en Bermondsey. Faltaban su uniforme y su identificación de seguridad. También fueron encontrados más tarde, desechados en un cubo de basura a una milla de distancia del aeropuerto, el bombardero los arrojó durante su fuga.

Ese mismo día, en la ciudad de Panamá, varios jóvenes bien vestidos con rifles automáticos ocultos ingresaron al Banco Global Tower en la Vía España. El banco era de propiedad británica y hasta hace poco, uno de sus principales directores había sido el Primer Ministro británico. Los pistoleros entraron a media mañana, la parte más ocupada del día, cuando los clientes estaban en fila esperando que los cajeros individuales los atendieran. Los asesinos se pararon en un pequeño círculo cerrado en el centro de la habitación y abrieron fuego. Las balas penetraron tanto el vidrio como la carne. Cuando se vaciaron los magazines de los pistoleros, cada uno sacó una pistola y se dispuso a ejecutar a los sobrevivientes heridos antes de salir casualmente del banco en varios vehículos de escape que esperaban. Todo el golpe no había tomado más de tres minutos. La policía estaría desconcertada por qué no se había robado dinero durante el ataque.

Un día después en Tokio, varios cuerpos fueron sacados del río Sumida. Todos eran hombres de treinta y pocos años y todos tenían conexiones con varias organizaciones dentro del inframundo japonés. Más recientemente, las víctimas habían trabajado juntas como parte de un destacamento de seguridad para transportar un envío de alto valor a través de tierra desde Tokio a un lugar no revelado. Los hombres habían sido detenidos y todos tenían la garganta rajada. Se suponía que uno de ellos había sido informante de la policía, o una pandilla rival, tal vez un servicio de inteligencia,

¿quién sabe? El hecho de que todos los hombres fueran ejecutados solo confirmó que los asesinos fueron minuciosos y cautelosos. Después de todo, ¿por qué correr el riesgo de haber matado al hombre equivocado? Es mejor matar a todos los involucrados para asegurarse absolutamente.

Al final de esta semana de violencia, se entregó personalmente una carta a la embajada británica en Berlín. Fue dirigido personalmente al Jefe de Estación del SIS. En el papel había varias líneas cortas escritas a mano:

Vuelo 767 - 150 personas

Panamá - 35 personas

Virus Kyonshi - Estimado: 400,000 personas

El precio de remuneración ahora se duplica.

No había firma en la carta, solo un pequeño boceto, dibujado con tinta negra. Era una foto de un Cuervo.

LIBRO DOS: REDACCIÓN

1

HONG KONG - ENERO DE 1968

Jack Grant lo había estado tomando con calma en su suite del hotel cuando Trench irrumpió. Sus habitaciones casi se habían convertido en oficinas ad hoc para los dos en los últimos meses, y Grant rápidamente se estaba cansando de estar en el anzuelo esperando que sucediera algo. A veces, la paranoia del hombre encubierto se activaba y esperaba una bala en la parte posterior de la cabeza, o un cuchillo entre las costillas cuando estaba dormido. Hasta ahora, eso no había sucedido y suponiendo que ninguna noticia fuera una buena noticia, volvería a acomodarse en una rutina de aburrimiento constante. Su único contacto era Trench e incluso él solo estaba allí de forma esporádica, por lo general se marchaba en cualquier momento para tratar algún asunto no especificado antes de regresar sin previo aviso. Justo como ahora.

"Tengo un trabajo para ti", dijo Trench. "Una oportunidad de perder tu virginidad, por así decirlo".

Grant dejó el vaso que contenía su segundo whisky de la noche y respiró hondo. Este fue ... el punto de entrada a la operación. Trench se lo dio con todo detalle; trabajo en solitario, dos objetivos, Brasil, todos los recursos en su lugar, contrato privado desde la cima del clan, desde el propio Cuervo. Luego de eso, las cosas se movieron rápidamente. Trench le informó y luego le proporcionó un pasaporte falso y algo de dinero en efectivo para los gastos y le dijo que se iría dentro de unos días. Todo había sido arreglado, todo lo que tenía que hacer era presentarse y apretar el gatillo.

"Y luego trae tu trasero de vuelta aquí y recoge el dinero para gastar", ronroneó Trench.

En la primera oportunidad, Gorila Grant se puso en contacto con Penn y se le ordenó ir a una reunión de emergencia. Veinticuatro horas después, Grant, Masterman y Penn se apiñaron en una pequeña habitación en un hotel cerca del aeropuerto de Kai Tak. Masterman estaba sentado en la cama, apoyándose pesadamente en su bastón, mientras que sus dos hombres de operaciones superiores estaban tensos, mirando a la ventana en busca de signos de vigilancia. Los controladores de Centinela solo tuvieron una hora con su agente antes de que tuviera que tomar su vuelo, y desde ese momento, estaría fuera de su control hasta que regresara. *Si regresaba*, pensó Penn, corrigiéndose a sí mismo. Primero hicieron la limpieza; números de contacto, procedimientos de seguridad, horarios, fechas y, por último, planes de emergencia de respaldo. Cuando todos se pusieron al día, Masterman revisó la próxima misión de Gorila, dando a su agente sus órdenes con respecto a las Redacciones. Para Gorila, era algo que había escuchado al jefe hablar muchas veces en el pasado.

"¿Qué sobre la justificación de ella toda?" preguntó Penn, como siempre la conciencia del equipo de Sentinela. "Quiero decir, estamos eliminando efectivamente a varios no combatientes, incluso si fueran los arquitectos del virus

Berserker". Se lanzaron ideas sobre arrebatar a los objetivos de la calle, incapacitándolos de alguna manera, se consideró cualquier cosa y todo. Pero el equipo sabía que si el clan Cuervo aceptaba a Gorila en sus filas, tendría que cruzar la línea, y cruzar la línea significaba matar a los objetivos. No podía haber medias tintas, era todo o nada.

"Querrán saber que hablas en serio. No te permitirán acercarte a menos que tengas sangre en las manos y aun así, es solo un tal vez. Cuanto más hagas por ellos, más profundo estarás y más te poseerán ", razonó Masterman. "Pero si no quieres seguir adelante, ahora es el momento de hacérnoslo saber".

No hay por qué avergonzarse, Jack. Es un gran paso. Si no estás seguro de esto, podemos llevarte a un avión hoy y podrás irte", agregó Penn.

Pero Gorila Grant era un soldado, un tipo especializado de soldado, pero un soldado, no obstante. No estaba dispuesto a ensuciarse las manos cuando surgió la necesidad y la idea de abortar la misión en lugar de cometer un asesinato provocó una breve respuesta del pequeño pistolero; "Son tan culpables como ese maníaco que tomó la cabeza del Jefe. A la mierda. Poner una bala entre sus ojos es hacerle un favor al mundo ".

Y con eso, el trato estaba hecho. Masterman y Penn, ambos oficiales de casos con experiencia, sabían que no debía tratar de convencer a Gorila de lo contrario una vez que se hubiera decidido. Grant recogió su bolso, lo levantó en su mano y se dirigió hacia la puerta. Se fue sin mirar atrás. El tiempo de hablar había terminado; El tiempo para la acción apenas comenzaba. Lo siguiente fue el vuelo fuera de la ciudad a su nuevo destino: Brasil.

"¿Estará bien?" preguntó Penn.

Masterman miró a su agente corredor y se encogió de

hombros. "Está fuera de nuestro alcance por un tiempo, tenemos que dejarlo ir y dejar que encuentre su propia fuerza, especialmente si queremos que sobreviva a esto".

"¿Y lo hará?"

"Gorila siempre lo ha hecho antes; es lo que lo hace el mejor ".

2

EL VUELO BOAC DE HONG KONG A BRASIL (CON UNA ESCALA nocturna en París) aterrizó de manera segura casi veinticuatro horas después en el Aeropuerto Internacional de Galeão. En él había ciento trece pasajeros y un Redactor, recientemente retirado. El vuelo había sido una pesadilla. Largo, incómodo y había estado sentado al lado de una mujer de mediana edad que roncaba constantemente durante la primera parte del viaje. No había esperado que le dieran boletos de primera clase, pero cualquier cosa hubiera sido mejor que estar atrapado aquí en los asientos baratos. Se había quitado la corbata y se había desabrochado el botón superior de su camisa, que se pegaba a su piel en estas condiciones de bochorno. Cristo, incluso el aire acondicionado no funcionaba correctamente, durante todo el vuelo había sido intermitente en el mejor de los casos.

Una vez que el avión se detuvo en Galeão y los pasajeros habían escapado de su celda de prisión tubular, todos bajaron corriendo las escaleras hacia el asfalto y entraron en la terminal principal. Gorila notó la cantidad de soldados armados dispersos, antes de recordar que el aeropuerto también albergaba un contingente de la fuerza aérea brasileña. Pasó por las miradas habituales en el mostrador de Aduanas, y por esos breves momentos se preguntó si el pasaporte falso que Hokku y su gente habían proporcionado pasaría el escrutinio del oficial de guardia con cara de idiota. El hombre de seguridad miró el pasaporte, luego la cara barbuda de Gorila, luego de vuelta al pasaporte ... hubo un breve paréntesis tenso y luego alcanzó el sello oficial que proporcionaría la entrada a este pasajero. Un rotundo 'golpe' en la página del pasaporte con el sello y Gorila estaba adentro. O el pasaporte realmente era tan bueno, o la gente del Cuervo había pagado suficiente dinero a las personas adecuadas para engrasar las ruedas.

El taxi que logró señalar fuera del vestíbulo principal era conducido por lo que debió haber sido el taxista más viejo que existía. El hombre era de una época pasada, vestido con un traje oscuro de tres piezas, gorra de chofer y un bigote de manillar exquisitamente recortado. Gorila imaginó que alguna vez había sido el conductor de una familia acomodada y que desde entonces había caído en tiempos difíciles. Pero independientemente de su edad y vestimenta formal, el taxista manejó bien tanto el Mercedes como el tráfico y no hizo muchas preguntas. ¿Adónde? ¿Tu primera vez en Brasil? ¿Va a estar por mucho tiempo?

Esa fue la profundidad de su conversación y Gorila se lo agradeció, lo que le valió al conductor una buena propina. Su destino era el Hotel Grande, ubicado lejos de la franja principal de la playa de Copacabana y, a juzgar por su exterior de marcos de ventanas podridas y paredes grises desvaídas, era grandioso solo de nombre. El viejo taxista levantó la pequeña maleta de Gorila del baúl del auto y lo dejó para que subiera los escalones hasta la recepción principal. El interior resultó no ser mejor que el exterior. Gorila pensó que prácticamente podía escuchar a las cucarachas arras-trándose detrás de las delgadas paredes. Un hosco conserje con la camisa de la semana pasada tomó su nombre, verificó su reserva y le entregó una llave de la habitación. "¿Quieres una mujer?" preguntó el conserje, aprovechando la oportu-nidad de tratar de ganar un poco de dinero extra de un turista.

"No. ¿Algún mensaje para mí? preguntó Gorila, ya al final de su corta mecha después del largo e incómodo vuelo. Siempre existía la tentación de poner su puño en la cara de las personas que lo atrasaban y lo molestaban. Le costó controlar su ira.

El conserje se encogió de hombros como si no le impor-tara nada. "Un hombre te dejó algo. Está en tu cuarto. Todo está pago.

Gorila subió por la escalera de madera descubierta hasta su habitación asignada en el tercer piso y abrió la puerta. La habitación estaba al menos limpia y útil, con una vista impresionante de la pared de hormigón que formaba el costado del edificio de al lado. Revisó el armario y el baño, solo para asegurarse de que no hubiera sorpresas desagra-dables al acecho, listo para realizar una doble cruz y matarlo con un cuchillo. Una vez que estuvo satisfecho, dirigió su atención a 'algo' que le habían dejado. El clan Cuervo y Trench cumplieron su palabra. Debajo de su cama yacía una maleta a cuadros, sellada con un pequeño candado. Era el tipo de maleta que un vendedor ambulante podía llevar consigo de reunión en reunión, tratando de vender suscrip-ciones para enciclopedias.

Antes de irse de Hong Kong, Trench le había dado una pequeña llave a Gorila y le había dicho que la mantuviera a salvo. Obviamente, se ajustaba a este candado. Sacó la llave, la insertó en la pequeña cerradura y giró. El cierre emitió un sonido de "clac" cuando se rompió y abrió la tapa de la maleta. Dentro, enterrados a medio camino en una variedad de ropa y toallas, estaban los artículos que Gorila había estado esperando. Sus herramientas para este trabajo; una Beretta M1934 que había existido cuando Matusalén era un niño, una caja de municiones italianas baratas de 9 mm y una funda interior para cintura hecha de vinilo de mala calidad. ¡En conjunto, fue un mal esfuerzo por parte de sus pagadores que querían un golpe en el extranjero contra dos objetivos! ¡Ni siquiera había aceite o kit de limpieza para el arma! En el fondo de la caja había un sobre grande y sellado. Gorila sabía que este sería su paquete de información, que contenía toda la inteligencia sobre sus objetivos. Fotografías, direcciones, itinerarios, registros de vigilancia; todo lo que iba a necesitar. Abrió el sello, miró casualmente el contenido y luego los arrojó nuevamente dentro de la valija. Lo leería en su totalidad más tarde. Todavía era media tarde y el sol brillaba por la ventana; a lo lejos oía el sonido del océano. A pesar del calor, el ruido y el asesinato que estaría cometiendo durante las siguientes veinticuatro horas, reconoció que su cuerpo se estaba apagando y que necesitaba descansar. Cerró las persianas, se desnudó y se tumbó en la cama. En cuestión de minutos, él estaba dormido.

3

A LA MAÑANA SIGUIENTE, GORILA DEBÍA ENCONTRARSE CON SU conductor frente a la pequeña oficina de correos en la *Rua Tonelero* , que estaba a diez minutos a pie de su hotel. Estaba vestido con pantalones de color claro y una chaqueta, una camisa blanca de manga corta y un par de gafas de sol envolventes. La camisa con las faldas por fuera, cubría el área de su cinturón. También cubría la Beretta, metida dentro de la funda de la pretina en la posición de transporte del apéndice a la derecha de la hebilla del cinturón. Se había mirado en el espejo antes de salir de su habitación de hotel, girando en diferentes ángulos para ver si se notaban signos de la pistola. Satisfecho de que fuera tan bueno como iba a ser, salió de la habitación y salió a la calle. Le llevó menos de diez minutos caminar por la playa y salir a las calles laterales para llegar a su punto de encuentro. Solo quedaban unas pocas personas y no había signos evidentes de vigilancia. Los servicios de seguridad brasileños no se destacaban por su sutileza o por ser invisibles. Gorila pensó que sería capaz de distinguirlos al instante, pero no había nada que activara las alarmas para su ojo entrenado.

El automóvil era un Volkswagen Escarabajo negro y cargado de polvo, uno de los cientos que recorrían las calles de Río de manera regular. Era exactamente donde debía estar, estacionado mitad dentro y mitad fuera del pavimento en la esquina de la calle. Eso era una buena señal. Al menos su conductor era lo suficientemente profesional como para ser puntual. Golpeó el techo con los nudillos según sus instrucciones y casi al instante la puerta del pasajero se abrió de golpe, seguida de una voz femenina que decía "Entra". Sorprendido, se inclinó para trepar más allá del asiento delantero y hacia atrás. El asiento delantero volvió a su posición y la puerta del pasajero se cerró por un brazo delgado y marrón.

"Me gusta tu barba. Te queda bien ", dijo la chica. Gorila la miró a los ojos de color marrón oscuro mientras lo estudiaba en el espejo retrovisor.

Ella le dijo que se llamaba María y que estaba orgullosa de ser una de las pocas mujeres que conducían en Río de Janeiro. Hasta ahora, solo había visto sus ojos en el espejo y la parte posterior de su grueso cabello negro, que estaba atado en una cola de caballo y caía sobre sus hombros delgados. Llevaba una gorra de tela, encaramada en su cabeza en un ángulo despreocupado que la hacía parecer una revolucionaria y también lograba darle un aire de vulnerabilidad. Fue solo cuando ella se dio vuelta para mirarlo y le preguntó: "¿A dónde vamos, señor?" que finalmente pudo verla por completo. Parecía no tener más de veinte años, tal vez veintidós a lo sumo y tenía esa calidad ágil y hermosa de muchas jóvenes latinoamericanas. Gorila pensó que debería estar modelando las últimas modas en París o Milán, en lugar de conducir asesinos a sueldo por las calles de Río.

Gorila apartó los ojos de su rostro y estudió la dirección

que le habían dado y que había copiado en una pequeña hoja de papel de su habitación de hotel. "¿Qué te dijeron sobre este trabajo?" él preguntó. Sus ojos se encontraron con los suyos en el espejo retrovisor de nuevo. Gorila pensó que se parecían a piscinas de chocolate negro.

"Que debía llevarte a donde quisieras ir y luego llevarte de regreso a donde te recogí esta mañana", dijo.

¿Eso es todo? ¿Nada sobre lo que voy a hacer?

Ella sacudió la cabeza y permaneció en silencio. Luego, como una ocurrencia tardía, dijo: "No dormiré con usted, señor. No soy así ".

Gorila sonrió con tristeza. "La idea nunca cruzó por mi mente".

"¿Y no me vas a hacer daño?"

Escuchó la tensión en su voz y sacudió la cabeza. "Tienes mi palabra de que te trataré con respeto".

Ella consideró esto por un segundo o dos. "Entonces te creo, tengo la palabra de un caballero inglés. Entonces, ¿a dónde quieres que te lleve?

———

ENZO MARCELLO, el técnico, se sentó en una barra de pavimento en la favela 'Ciudad de Dios', disfrutando de un vaso fresco de cerveza local y viendo pasar el mundo. Era su asiento habitual en su parte habitual del bar. Él viene aquí una o dos veces por semana, para encontrarse con su contacto, el emisario del Cuervo.

Los lugareños habían llegado a conocer la cara de este moreno italiano, sabían que sus formas de mirar de reojo a las jóvenes eran suficientemente inofensivas y habían llegado a aceptar que él no era un espía policial o una amenaza para ellas. Se mantenía para sí mismo y siempre daba buenas propinas. En verdad, el técnico odiaba estar atrapado en este pozo negro de un país y odiaba tener que venir a este bar solo para recibir sus gastos como un trabajador campesino. Pero cuando el Cuervo dice que mantengas un perfil bajo durante un par de meses, haces lo que te dicen. Estaba resignado a su destino ... por ahora.

Algunas veces su contacto se mostraba, y otras veces no. Obviamente, hoy iba a ser un día en que él estaba comprometido. No importa, a Enzo Marcello le pagaban bien por sentarse en un bar en Río y beber tanto como pudiera. Tenía el tiempo justo para tomar una copa más, antes de regresar a su departamento para pasar la noche. Volviendo a contar otro día en el exilio, otro día más cerca de su regreso a Europa, donde podría gastar la recompensa que el Cuervo le daría por sus servicios.

Fue cuando estaba tomando su último trago de la botella cuando escuchó el pitido de la bocina de un automóvil. Levantó la vista para ver cuál era la conmoción y vio a un hombre bajo, fornido, de pelo rubio y barbudo que se dirigía directamente hacia él desde el otro lado de la calle. *Se ve tan enojado,* pensó Marcello. *¡Quién lo ha molestado!* Miró a su alrededor y, al no ver a nadie más prestando atención al hombre furioso, Enzo Marcello llegó a la rápida conclusión de que era él a quien el hombre rubio se estaba dirigiendo directamente. Vio que las manos del hombre se movían: una levantó la solapa de su camisa y la otra se hundió profundamente en la cintura donde se podía ver el mango de una pistola sobresaliendo. Enzo Marcello no sabía cómo él sabía que el arma estaba destinada a él. El solo lo hizo. Era tanta información como la necesitaba. Había trabajado para el Cuervo el tiempo suficiente para saber cómo funcionaban estas cosas, así que se apartó de la barra, arrojó su botella de cerveza medio vacía al hombre enojado y corrió como si el diablo estuviera detrás de él.

———

GORILA TUVO al técnico en la mira durante unos diez minutos antes de hacer su movimiento. Había dejado a la niña, María, en un cruce a unos quinientos pies de distancia. La última vez que la vio, ella estaba felizmente descansando y escuchando la radio mientras caminaba hacia su ubicación objetivo.

Él se había parado en un bar similar, al otro lado de la calle pequeña de su objetivo, esperando su momento, bebiendo un pequeño vaso de ron, buscando una oportunidad y mezclándose con la multitud de hombres que estaban de pie alrededor, hablando ruidosamente. Desde su conocimiento básico de portugués, podía distinguir fragmentos de la conversación a su alrededor; hablaban de trabajar en una fábrica, la maldita esposa de este hombre engañándolo, los niños, las facturas. Eran personas de clase trabajadora con problemas de la vida real. Era un ruido de fondo para Gorila, cuyos ojos miraban regularmente al otro lado de la calle hacia el italiano alto y delgado que se apoyaba contra la barra.

Luego se fue en línea recta, un ataque directo. Era la forma de Gorila. El sabia qué hacer; llegar rápido, sacar el arma y un disparo para botar el objetivo y luego vuelva a fundirse con la multitud. No fue nada difícil y él había dado golpes similares docenas de veces antes. Sabía que una vez que el arma había sido disparada, el ruido enviaría a la concurrida calle al caos y los lugareños se dispersarían como cucarachas cuando una luz brilla sobre ellas. Él también se dispersaría; "disparar y deslizarse" los viejos temporizadores lo llamaron. Estaba a mitad de camino cuando comenzó a acceder al arma escondida en la funda de la pretina. Esquivó un viejo camión que hacía sonar su bocina impacientemente, y luego el arma estaba en su mano, manteniéndola baja, aún oculta bajo sus palmas. Un rápido movimiento de seguridad con el pulgar y la Beretta estaba viva y lista.

Él se fijó en el objetivo. El hombre, que parecía confundido, miró a su alrededor para ver en qué se concentraba Gorila. Y luego sucedió lo inevitable, el italiano se dio cuenta de que era un golpe e hizo lo que hizo cualquier persona con instintos de supervivencia: ¡salió disparado! Gorila lo siguió mientras el larguirucho italiano se abría paso entre las otras moscas de bar y se alejaba. Aceleró su propio ritmo, primero como una caminata rápida y luego, cuando salió del borde del área del bar, echó a trotar y finalmente, cuando llegó a la esquina, estaba corriendo. Gorila no era corredor, nunca lo había dicho, así que si tuviera alguna posibilidad de atrapar a esta serpiente corredora del italiano, ¡tendría que trabajar muy duro! Tenía el objetivo de nuevo a la vista, a unos seis metros de distancia. En realidad, no es una gran distancia, pero en este tipo de ambiente cerrado lleno de ángulos rectos, puertas y callejones ocultos, bien podría haber sido un kilómetro y medio. Sabía hacia dónde se dirigía el objetivo. Corría hacia los callejones en forma de laberinto de la *favela*, los infames barrios marginales de Río. Las pasarelas, que ya estaban muy juntas, se volvían cada vez más pequeñas, con giros bruscos y escalones que conducían siempre hacia arriba. Los pies de Gorila golpearon los escalones de piedra mientras luchaba por mantenerse a la altura de su objetivo.

Llegaron a la base de un camino que conducía abruptamente hacia arriba y al final había un muro. Una pared que

el larguirucho italiano probablemente podría escalar cómo-
damente, pero Gorila, con todas sus fuerzas, lucharía. El
camino fue difícil y las piernas de ambos hombres se
estaban cansando. Había una brecha de más de tres metros
entre ellos ... lo suficiente como para importar, entre el
cazador y el cazado y el italiano casi había llegado a la
pared. Dio un salto, buscando a tientas desesperadamente el
borde que habría asegurado su escape. Pero no había esca-
patoria en este día. El salto fue muy inferior a lo que se
necesitaba y Enzo Marcello volvió a caer en la carretera,
aterrizando sobre su espalda, completamente exhausto. Era
todo lo que Gorila necesitaba. Se esforzó esos pocos metros
adicionales y cuando estuvo dentro del alcance, lanzó una
patada viciosa que conectó con la mandíbula del italiano.
Vio dientes y sangre explotar hacia afuera en un rocío de
blanco y carmesí.

Gorila agarró al objetivo con una mano, por el cuello de
su camisa y lo puso de rodillas. Una mirada rápida para
asegurarse de que no había nadie cerca y luego empujó la
boca del arma contra la sien del técnico, presionándola con
fuerza para que no se deslizara del cráneo del hombre
cuando disparó. Hizo presión sobre el gatillo, se apoyó en el
disparo y tiró. "Nada". Solo el clic de un muerto. ¡Mierda! *Un
fallo de tiro,* pensó Gorila. ¿Qué podía esperar? Era una
versión pobre de una Beretta y municiones espantosas.
Sabía que necesitaba eliminar el atasco del arma rápidamente, pero primero ... apretó el cuello del hombre y giró la
rodilla para golpearlo en la cara, rompiéndole la nariz y
aturdiéndolo. Luego movió el arma inerte hasta la cintura y
enganchó la mira trasera en el borde de su cinturón de
cuero, empujando furiosamente hacia abajo una, dos, tres
veces, haciendo que el cartucho se moviera y retrajera y
eliminara el atasco en el proceso. Observó cómo una bala

falsa salía y caía al suelo, rodando por la canaleta y hacia el desagüe.

Regresó la pistola a la sien del técnico y apretó el gatillo nuevamente, observó cómo la pistola se sacudía, escupiendo la bala en el cráneo del hombre, destrozándolo. El técnico cayó como un saco de patatas en el canal, rodando sobre el suyo detrás, sangre que fluía del tiro de la cabeza. Gorila dio un paso adelante, apuntó el arma con ambas manos y disparó cuatro rondas consecutivas contra el pecho del hombre, astillando su torso. Parecía que alguien había cortado su camisa de seda con un cuchillo sin filo. Gorila pasó una última mirada para confirmar que las balas habían hecho su trabajo y luego se alejó, lentamente al principio, pero luego aceleró. Nadie lo miró a los ojos; los lugareños, tal como eran, le abrieron paso. No hubo desafíos ni héroes de cinco segundos esperando para arrestarlo o derribarlo en un ataque de valentía. Metió el arma de nuevo en la funda de la banda de la cintura y salió libre.

Le llevó otros veinte minutos volver a bajar a la calle principal y otros diez antes de estar satisfecho de que estaba limpio. Solo entonces se dirigió al borde de la *favela* y localizó el VW Escarbajo. Abrió la puerta y entró, comprobando que el arma estaba oculta en su cintura. María seguía escuchando la radio cuando él regresó, con los pies en el tablero, tocando algún tipo de música de samba. "¿Estuvo todo a su satisfacción? ¿Se ha completado su negocio? preguntó ella.

Gorila sonrió, tratando de calmar su respiración. "Lo hiciste bien, gracias".

"Y su negocio ... no hubo problemas?"

"Todo salió bien, gracias, María", dijo cortésmente. "¿Podemos irnos por favor?"

Regresaron a su punto de entrega en silencio. Gorila observaba las calles mientras el auto las atravesaba, reproduciendo los disparos en su cabeza, buscando mentalmente cualquier cosa que pudiera haber hecho de otra manera. Era una situación desordenada y el hecho de que toda la planificación del golpe hubiera sido quitada de sus manos no le resultó fácil. Aún así, demasiado tarde para preocuparse por eso. Solo esperaba que mañana fuera sin problemas ... mañana era el "importante".

Varios minutos más tarde, el automóvil regresó a donde habían comenzado más temprano ese día en la *Rua Tonelero*. María se detuvo en un lugar de estacionamiento y apagó el motor. Tomó un sorbo de agua de una vieja cantimplora del ejército que mantenía a sus pies. ¿En qué tipo de negocio está, señor? ¿Usted es un hombre de negocios? Un hombre de negocios importante como usted debe tener mejores lugares para estar que las *favelas*".

Pensó que era mejor decirle algo; no decir nada despertaría sus sospechas aún más. "Trabajo en el negocio de la construcción. Solucioné los problemas laborales de las pandillas de trabajo. La compañía para la que trabajo espera obtener el contrato para reconstruir ciertos barrios aquí en Río".

Ella lo miró a los ojos y asintió. Parecía ser una respuesta suficiente para ella. Si ella le creía o no, él no tenía idea. "¿Entonces...mañana?" dijo ella, alzando una ceja curiosa hacia él. "¿Aquí? ¿La misma hora, el mismo lugar?"

Él asintió y le sonrió a través de su medio de comunicación: el espejo retrovisor. Le gustaba esta chica, le gustaban sus maneras callejeras y su conversación directa. "Lo espero con ansias, María".

"Yo también Señor, yo también", la escuchó decir mientras salía del auto y desaparecía en las calles.

Okawa Reizo, el químico, estaba irritado.

El químico delgado, canoso y envejecido estaba irritado, porque su mensajero no había aparecido a la hora habitual. Esto fue muy inusual y para alguien como Okawa Reizo, activó las alarmas sugiriendo que tal vez algo había salido mal. Los correos nunca llegaban tarde. Era la regla.

Había paseado por el piso de su villa, en la zona acomodada de *Ipanema* de la zona sur de Río. A lo lejos, pudo distinguir la curva arenosa de la playa de *Ipanema* y ver los cuerpos bronceados que se movían a lo largo de la costa. Había mirado la piscina, pensó en darse un baño y al instante descartó la idea. ¿Y si se perdía al mensajero en la puerta principal? Así que se paseó un poco más, preparó un poco de té y se sentó. Se sentó y esperó horas ... más horas de las que era razonable. Los mensajeros, uno diferente cada vez pero siempre japoneses, eran su línea de vida a casa. Trajeron noticias, dinero y cartas de lo que quedaba de su familia ... incluso comida de su tienda favorita en Tokio. En verdad, no le había ido bien viviendo en el exilio en

Brasil. Pero cuando habló el *Karasu,* Okawa Reizo sabía que no debía quejarse.

El destino del *Karasu* y Okawa Reizo había estado entrelazado durante muchos años. Con los años, el *Karasu* lo había alentado, protegido y le había dado el poder para lograr su mayor creación: el *Kyonshi.* Todo estaba bien en el mundo de Okawa Reizo. Excepto ... excepto por el mensajero perdido. Y fue cuando estaba a punto de darse por vencido por el día y hacer las tareas mundanas de su confinamiento aquí en esta villa de lujo cuando escuchó el sonido más hermoso que había escuchado en todo el día.

Era el timbre de la puerta.

――――

EL MENSAJERO NO ERA JAPONÉS. Raro.

Okawa Reizo estaba confundido. Estaba mirando al hombre a través de la ventana de cristal en la puerta principal. El era europeo. Rechoncho, barbudo, gafas de sol, traje de color claro, camisa abierta en el cuello. No es el tipo de empleado habitual del *Karasu.* Por un momento, hubo un impasse cuando ambos se miraron a través del cristal. El barbudo europeo se quedó allí impasible, sin moverse, simplemente observando. Finalmente, aparentemente había tenido suficiente, levantó un puño y golpeó directamente el cristal frente a la cara de Okawa Reizo. "Abre. ¡Soy tu nuevo mensajero!" él gritó.

Reizo se encogió de hombros, retrocediendo un paso del cristal. Su mano se asomó nerviosamente y alcanzó la perilla y giró la cerradura. Apartó la puerta y estaba en el proceso de decir: "¿Cómo te llamas? ¿Dónde está Saburo? Desafortunadamente, solo obtuvo la primera parte de la oración cuando el hombre enojado y barbudo se abrió paso y golpeó a Reizo en la cara con un puño carnoso. El hombre observó a Reizo derrumbarse y golpear el piso, con sangre saliendo de su nariz.

Gorila cerró la puerta detrás de él y sacó el arma de la funda. El japonés intentó volver a levantarse y Gorila lo golpeó nuevamente, esta vez con el puño izquierdo. No fue un golpe tan bueno como el primero, pero transmitió el mensaje y Reizo cayó al suelo una vez más.

Gorila agarró a Reizo por el cuello de su camisa, arrastrándolo y jalándolo hacia el área del salón, antes de empujarlo sobre un sofá de cuero, manchando con sangre de su nariz rota a lo largo de uno de los cojines. Era un lugar fantástico con muebles y decoración modernos y Gorila cerró rápidamente las persianas, en caso de que alguien de las villas adyacentes pudiera ver lo que estaba sucediendo. Metió la mano en el bolsillo trasero, sacó el recorte que había arrancado del periódico de esa mañana y se lo entregó al hombre japonés que sangraba en el suelo. El arma de Gorila nunca flaqueó ni un centímetro. "Léelo", dijo. Observó cómo el hombre miraba la cara de la imagen y la foto secundaria del cadáver tirado en una canaleta. "¿Conoces a este hombre?"

"Sí, lo conozco", tartamudeó Reizo, con los ojos fijos en la imagen del cadáver acribillado a balazos del italiano Marcello.

"Me lo imaginaba. Le puse cinco rondas ayer. Está muy muerto", dijo Gorila.

"¿Y vas a hacer lo mismo conmigo?"

Gorila sacudió la cabeza. "Voy a ofrecerte un trato, un trato único en la vida, así que escúchame con atención. Me das la información que quiero y te dejo salir de aquí. Te encontrarás con un hombre; él puede sacarte del país, conseguirte papeles falsos, hacerte desaparecer y reaparecer en cualquier parte del mundo que quieras estar ".

"Qué es lo que ...".

"Información sobre el Cuervo," interrumpió Gorila. "Quién es realmente y qué has estado haciendo por él".

El japonés de repente se volvió cauteloso y una sonrisa maliciosa pasó por su rostro. "Esta es una prueba, una prueba de mi lealtad. Pero no, el *Karasu* y yo, hemos pasado por demasiado. ¡No tiene necesidad de ponerme a prueba!

Gorila sacudió la cabeza. "Esto no es una prueba. Viste la foto del hombre que conocías y lo que le hice. El Cuervo ha decretado que seguirás el mismo camino antes de que termine el día ... eso es lo que me han enviado a hacer aquí, para matarte y atar los cabos sueltos. Esto no es una prueba, no es un juego; se trata de tu supervivencia ahora.

El químico japonés miró horrorizado al pistolero y sacudió la cabeza. "No, me encontrarían y matarían ... el *Karasu* me encontraría donde quiera que vaya".

Gorila gruñó por lo bajo. "Él ya te tiene, idiota ... "Estoy aquí." Al menos de esta manera tienes la oportunidad de sobrevivir. Me ayudas, y vas libre. ¡No lo haces y te acabo aquí, ahora mismo! Mi gente puede darte una ventaja. Corres lo suficientemente rápido, él nunca te alcanzará.

Reizo miró fijamente el arma que se encontraba a centímetros de su rostro y luego al hombre barbudo furioso detrás de él. Respiró profundamente una vez: era un hombre de lógica y entendía la necesidad de pragmatismo. Miró una vez más desde el arma a su posible asesino y habló con claridad.

"Se llama Yoshida Nakata. Él es el Cuervo.

———

EL QUÍMICO LE CONTÓ TODO. Gorila sospechaba que era el hombre que limpiaba su alma, descargando toda la culpa que había sufrido a lo largo de los años. Fue un asesino en masa, un torturador y sádico. Él habló de su trabajo con los Kempeitai, su reunión con Nakata durante la guerra, su vida en el exilio y, finalmente, su reclutamiento para el clan Cuervo. Se había convertido efectivamente en un mercenario, vendiendo su conocimiento al mejor postor. Luego, por supuesto, estaba el secreto más grande del Cuervo, lo que mantenía enterrado por encima de todo lo demás y lo que él, el químico, había ayudado a llevar a buen término ... el *Kyonshi* - el 'muerto viviente' - el arma definitiva de terror para la era moderna, que era el dispositivo del fin del mundo del Cuervo.

"Comenzó durante la guerra, cuando formaba parte de un equipo que realizaba experimentos para la Policía Secreta Japonesa, el Kempeitai. Mi área de especialización fue en la promoción de agentes neurológicos y la guerra biológica. Me pusieron a cargo de un departamento conocido como *Konbājensu* ... convergencia. Su objetivo era reunir a varias ciencias para crear nuevos virus para la guerra. Integraríamos varios sueros, experimentando para ver qué podíamos lograr. Luego los probaríamos en nuestros sujetos vivos en los campos. Muchos de los sueros eran inútiles y con frecuencia mataban o deformaban a los anfitriones. Hubo muchas fallas ..."

Gorila podía imaginar a las pobres almas, atadas a sillas y mesas antes de ser inyectadas con un cóctel vil de quién sabe qué. Había sido lo mismo para los nazis en los campos y, por lo tanto, se parecía a la policía secreta japonesa que tenía fama de barbarie.

Reizo continuó. "Pero luego, por casualidad, encontramos algo interesante ... una combinación de varias drogas. Juntos, crearon un suero poderoso diseñado para hacer que el sujeto no fuera consciente de lo que estaban haciendo, así como extremadamente agresivo. Estábamos bien com nuestras pruebas de proyecto cuando sucedió algo ...

"¿Qué?" preguntó Gorila.

"La derrota de Japón en 1945. Fui capturado y puesto en prisión. Todas mis notas de investigación para todos mis proyectos fueron confiscadas. Los aliados fueron muy minuciosos. Todo, excepto mi trabajo en el proyecto *Kyonshi* , esto todo estaba en mi cabeza, nada escrito. Esas fueron las órdenes del *Karasu* - quiero decir, Capitán Nakata.

"Entonces, ¿qué te pasó después?

"Finalmente fui liberado y después de la guerra, fui a trabajar en un pequeño laboratorio para el gobierno, analizando muestras de bacterias. Para alguien de mi calibre, era una posición de baja categoría. Muchos años después, un hombre se me acercó y me ofreció un trabajo, la oportunidad de venir a trabajar para una compañía farmacéutica privada. Me dijo que mi salario se triplicaría y me ofrecían un equipo completo de asistentes. No mencionó los detalles de mi contrato, solo que era para Nakata Industries en su programa secreto de investigación y desarrollo ".

¿Y lo tomaste? ¿Sin cuestionar lo que tenías que hacer? preguntó Gorila.

Reizo sacudió la cabeza. "Oh no, yo sabía exactamente lo que estaba haciendo. Lo había hecho mucho peor en el pasado; era mi deber. Pero el *Karasu* me estaba ofreciendo mucho más, la oportunidad de volver a vivir: riqueza, influencia, libertad ... más la oportunidad de completar lo que no había logrado terminar durante la guerra; el proyecto *Kyonshi* ".

"Entonces, ¿una droga que causa explosiones violentas?

Cuéntame sobre eso ... cuéntame todo ", exigió Gorila, apuntando con el arma al hombre encogido.

Reizo asintió con la cabeza. "Me dieron rienda suelta para revivir mi proyecto de guerra. Tenía instalaciones, asistentes, la última tecnología y, por supuesto, dinero. Mis órdenes eran tomar la idea original y mejorarla. El *Karasu* quería que diseñara una droga sintética, un suero, que volviera al sujeto delirante y violento, capaz de atacar cualquier cosa a su paso, aumentando la fuerza y permitiendo que el sujeto experimentara un dolor limitado. Su visión era que este suero de alta resistencia funcionara en dos niveles. En primer lugar, como una droga de agresión mejorada y, en segundo lugar, como un conducto para infectar a la población civil. El *Kyonshi* atacaría, mordería y arañaría sus objetivos y en cuestión de horas, esos objetivos se infectarían y se debilitarían ".

"¿Cuál fue el virus que usaste?" preguntó Gorila, tratando de comprender a dónde iba esto.

"Era algo en lo que habíamos estado trabajando durante años, parte de los proyectos originales para el Kempeitai, una combinación de enfermedades propagables virulentas. Probamos muchos, pero la combinación que mejor funcionó fue la convergencia de algunas cepas de tétanos, tuberculosis y virus del herpes simple. Estos trabajaron extremadamente bien juntos. Afectaban los sistemas nervioso y muscular y causaban dolor crónico, vómitos, náuseas, fatiga, generalmente la muerte. Fue particularmente desagradable.

"¿Qué planeaba hacer el Cuervo con eso?"

Reizo se limpió la sangre de la nariz. "No sé qué planeaba hacer con eso. Escuché detalles de que se usaba como arma de terror, para usarse en un golpe revolucionario. Esto tiene más sentido para mí. Los anfitriones de primer nivel ... los *Kyonshi* ... difundieron el miedo y el pánico con su violencia. La infección que transmiten a través de las picaduras a los anfitriones de Nivel Dos causa una disminución de recursos médicos y de emergencia del país. Dentro de un día, el *Kyonshi* moriría, si aún no hubieran sido asesinados, pero las consecuencias de los anfitriones 'infectados' tendrían consecuencias de gran alcance para el país contra el que se iba a usar. Supongo que sería en ese momento cuando un despiadado golpista podría tomar el control del poder y tomar el control del país ".

"¿Entonces obviamente tienes el virus *Kyonshi* funcionando en algún momento?" preguntó Gorila.

Reizo sonrió. "Oh sí ... logramos lo que queríamos hacer, bastante rápido. La tecnología y la ciencia detrás de esto habían avanzado desde la guerra. Además, teníamos las facilidades para hacerlo de vanguardia. Una vez que tuvimos los elementos básicos en su lugar, el proyecto se desarrolló rápidamente. El *Karasu* es un hombre al que no decepcionas ... nunca. Él adquirió docenas de sujetos de prueba para nuestros ensayos. Eran principalmente vagabundos y escoria del bajo mundo de toda Asia. Muchos de ellos murieron en las pruebas, pero una vez que manipulamos los fundamentos del virus, comenzamos a lograr éxitos cuantificables. Los drogaríamos y controlaríamos su comportamiento violento para ver cuánto duraba, el nivel de agresión y ese tipo de cosas".

"¿Y qué harías con ellos?"

"Ah, tendríamos un equipo de armas listo para eliminarlos en sus celdas. No podíamos correr riesgos, los *Kyonshi* eran extremadamente fuertes y extremadamente violentos. Ni siquiera los guardias entrarían en sus celdas. Simplemente empujarían los cañones de sus armas a través de la reja en la puerta y dispararían. Una vez vi a un guardia vaciar un magazín entero en uno de los sujetos *Kyonshi,* un adolescente, antes de morir ", explicó Reizo.

"¿Y no hay cura? "¿Nada?" preguntó Gorila. Ya podía imaginar el caos que algo como esta arma terrorista causaría en las calles de la mayoría de los países civilizados. Era casi un terrorismo de diseñador, una operación de bajo riesgo y alta recompensa para los conspiradores involucrados en la liberación del virus *Kyonshi.*

Reizo sacudió la cabeza. "No inicialmente. Finalmente, alguien habría encontrado el nivel correcto de medicación para tratar a los infectados. Pero para entonces, el daño ya estaría hecho. Supuse que el *Karasu* planeaba venderlo al mejor postor. Pasé muchos meses trabajando con Marcello, el italiano: era un experto en la fabricación de dispositivos explosivos improvisados, probablemente como método de entrega del virus, pero nunca se nos permitió conocer los detalles de lo que estábamos haciendo. Fuimos observados en todas nuestras reuniones, observados por las *personas* de Karasu. Fue con base en una necesidad de saber ".

Gorila lo consideró. ¿Y los suministros de este medicamento, los frascos? ¿Dónde los guarda? ¿En la sede de Nakata Industries, tal vez?

"No, ahí no".

Gorila no le creyó y dio un paso adelante, listo para golpear con la pistola y comenzar a golpear a este asesino en masa en espera, si tuviera que hacerlo. Estaba cansado de ser jodido por estas personas.

"¡Espera! Permítanme explicarle... ¡No lo sé, solo sospecho! gritó Reizo.

Gorila gruñó. "Comienza a hablar rápido, antes de que empiece a disparar en tus articulaciones ... ¡Puedo hacerte sentir dolor como nunca lo habías imaginado! No todos pueden morir de inmediato ".

Reizo se sentó y comenzó a cantar. "Bueno... bueno... Una vez que se completó y probó el virus *Kyonshi* , todos los frascos se sacaron del sitio y se transportaron a un lugar seguro y secreto ". Gorila levantó el arma un poco más arriba, listo para empujar al japonés y Reizo sacudió la cabeza frenéticamente con las manos en alto frente a su cara. Espera, espera! No sé dónde está esta instalación ... pero una vez escuché al *Karasua su* asesor, el gran hombre ... "

"Hokku", dijo Gorila.

"Sí, el sumo gigante que es el hermano del clan *Karasu's* - lo escuché dando instrucciones a su gente, matones y criminales, responsables de la seguridad en el transporte. Todo lo que escuché fue que viajarían a la pagoda , que así lo llamaba, el *Karasu* privado *Dojo*. Se dice que es el santuario _1665 de Karasu y la instalación más secreta. Tuve que refrendar el manifiesto, autorizando la liberación del envío. Había un mapa en el tablero del camión con una ruta a través de Matsumoto, en la Prefectura de Nagano. En una hora, el envío completo de frascos se había ido en un camión refrigerado de Nakata Industries".

¿Cuándo fue eso?

"Hace menos de tres meses No mucho después, me dijeron que viajaría a Brasil y me dijeron que mantuviera un perfil bajo. Dijeron que estaría protegido. Me dieron esta villa y tengo una criada y todo lo que necesito. *Sake*, mujeres, dinero ... Me dijeron que los correos me contactarían y me dirían cuándo era seguro regresar a Japón. Cuando el mensajero no apareció hoy, estaba preocupado, no sabía qué pensar, y luego viniste", dijo Reizo apresuradamente.

Gorila lo asimiló todo, tratando de descifrar si este

pequeño monstruo decía la verdad. Al final, no tenía forma de saberlo, pero al menos tenía una nueva inteligencia que podría abrir de golpe las partes ocultas de la operación. Información que Masterman y Penn podían rastrear, volver a los secretos que C se había llevado consigo a la tumba. El problema ahora era que, aunque tenía respuestas a sus preguntas, todavía tenía un objetivo vivo y un testigo que ya debería estar muerto como paloma. El químico había sobrevivido a su utilidad en todo tipo de formas y mantenerlo con vida, a pesar de las promesas de custodia protectora de Gorila, era demasiado arriesgado. Sin duda, un riesgo para la operación, pero también un riesgo para las posibilidades de supervivencia de Gorila. Si regresó sin que un cuerpo fuera encontrado muerto a tiros, entonces era probable que no lograra sobrevivir hasta la puesta del sol. Trench y su equipo de asesinos se encargarían de eso.

"Levántate ... vístete. Empaque una bolsa de viaje, solo algunas cosas; viajarás ligero ... cambio de ropa, cepillo de dientes, ese tipo de cosas. Mi gente resolverá el resto ", ordenó Gorila. Vio a Reizo revolotear rápidamente por la villa, agarrando ropa, calcetines, dinero y metiéndolos en un pequeño bolso de cuero. Gorila sabía lo que iba a hacer y cuándo lo haría. Estaba esperando el momento adecuado. El baño, lo haría allí cuando el objetivo fuera al baño a recoger su bolsa de lavado.

Reizo entró por la puerta del baño y se inclinó sobre la gran bañera para recoger una maquinilla de afeitar y una brocha de afeitar, y fue entonces cuando Gorila se colocó detrás de él, levantó la pistola y disparó una vez detrás de la oreja derecha del químico. El evento hizo eco en la pequeña habitación de azulejos y el cuerpo del químico japonés se dejó caer en la bañera, su cuerpo se sacudió en su caída. Aterrizó casi en posición fetal, su cuerpo acurrucado, con una pierna colgando casualmente sobre el costado del baño. Gorila apuntó la pistola hacia abajo y disparó tres veces más en el pecho del hombre. Sabía por experiencia que no era realmente necesario; el disparo en la cabeza ya lo había acabado. Pero cuando la gente del Cuervo viniera para asegurarse de que el trabajo se había completado, Gorila quería que se mostrara tanta sangre y vísceras como fuera posible, para que pareciera que el químico había sido asesinado a tiros sin piedad.

————

"NO TAN RÁPIDO ESTA VEZ", dijo María, con un toque de alegría en su voz. Habían estado conduciendo solo unos instantes, serpenteando por la carretera de la costa. ¿Ahora a dónde? preguntó ella.

"De vuelta a donde me recogiste ayer, gracias", dijo Gorila gratamente.

"Así que hemos terminado por el día, su negocio está hecho, ¿sí?"

"Sí Todo completado".

Condujo durante unos segundos más y luego, lentamente, detuvo el automóvil en un descanso. Ella giró el freno de mano y se giró en su asiento para mirarlo. Su gorra todavía estaba levantada en ángulo, haciéndola parecer aún más joven. "Cuando el trabajo estuviera terminado, me dijeron que te diera esto", dijo. Ella se volvió y sacó un sobre de debajo de su asiento, pasándolo a él.

Gorila lo miró fijamente. El sobre estaba sellado. Rápidamente se cortó el labio con el dedo y sacó la pequeña nota dentro. Escrito en él había tres palabras:

MATAR A LA CHICA

tenía sentido, Si bien los éxitos fueron definitivamente

trabajos genuinos, los contratos que quería el Cuervo se llevaron a cabo, también fueron una prueba de lo bueno que era Gorila como contratista. Querían ver si tenía temple, era adaptable y versátil, pero, sobre todo, querían ver lo implacable que era. El arma de mala calidad, munición pobre, ningún supresor para mantener el ruido bajo, una funda terrible, inteligencia irregular y ahora, usando un aficionado para conducir al contratista, todo golpeaba a Hokku y su maestro dando un duro viaje a su nuevo recluta. Pero eso estaba bien. Gorila había estado en situaciones mucho peores que esta y sobrevivió.

MATAR A LA CHICA Sería tan fácil ... simplemente sacar la pistola de la funda oculta, y un disparo terminaría con todo. Ni siquiera sabría lo que había pasado. Podía dispararle y alejarse. Él tamborileó su pierna con los dedos mientras jugaba con qué hacer.

El momento de la indecisión pasó. Había decidido y estaba nuevamente operativo. Gorila echó un último vistazo al cabello negro azabache de la niña. Metió la mano dentro de su chaqueta, con una mano, y retiró el artículo que sellaría el destino de la niña. Se inclinó hacia delante y le susurró al oído. "Toma este dinero y vete, sal de aquí. No vuelvas con las personas que te dieron este trabajo. Estaba destinado a matarte, una vez que hubiera terminado. Si vuelves a tu contacto, seguro que te matarán. Sal de Río, comienza de nuevo en otro lugar. ¡Conduce y conduce rápido!

Había hecho lo que tenía que hacer, con lo que podía vivir, y luego dejó el auto por última vez. Se paró a un lado de la carretera y observó cómo ella se alejaba. Cuando el auto no era más que un brillo en la distancia, comenzó a caminar hacia la ciudad.

5

BANGKOK - FEBRERO 1968

En los días en que había sido empleado de la Unidad de Redacción para el Servicio de Inteligencia Secreto, el cripónimo de Frank Trench había sido *Iago*. Era un nombre que le quedaba perfectamente, ya que, al igual que el personaje de la obra de Shakespeare, siempre conspirando, tramaba e involucrado en cualquier cantidad de engaños. Era un hombre que prosperó en el arte de la conspiración y los secretos y esto, estaba seguro, le dio la mentalidad perfecta y la experiencia práctica para resolver el misterio de lo que le había sucedido a su equipo de contratistas.

Estaba sentado en la cama en su apartamento de Bangkok, desnudo, excepto por un trapo suelto atado alrededor de su cintura. Tenía todos sus juguetes a su alrededor. La botella de Chivas Regal a medio terminar, la joven, probablemente demasiado joven, tailandesa que había comprado para la noche y el opio que estaba ahorrando para el final, ahorrando hasta que habuera desenredado el misterio que le martillaba la cabeza. El opio era su recompensa, su regalo para sí mismo cuando había ordenado toda la evidencia en su mente. Pero aún no, eso era para más tarde, por ahora, necesitaba analizar lo que sabía sobre la muerte de sus hombres.

Trench conocía a sus hombres. Sabía cómo pensaban, trabajaban y operaban. Además, sabía que todos sus contratistas europeos hacían trabajos paralelos, un pequeño ingreso extra, por supuesto que sí. Esto fue a pesar de las reglas establecidas por el clan, exigiendo que fueran los únicos empleadores a menos que se acuerde lo contrario. Trench había discutido contra esto con Taru Hokku, pero el hombre japonés había sido rígido en sus órdenes.

Trench sabía que era más fácil seguirle la corriente a la larga, decirle al clan lo que querían escuchar y hacer de la vista gorda a los contratos de trabajo a corto plazo "alternativos" de sus hombres. Después de todo, no podía esperar tener la calidad de los hombres que había reclutado, y no permitirles perseguir sus propios contratos privados cuando pensaban que el jefe no estaba buscando. *La pregunta era,* pensó, *¿era esa la razón de su reciente desaparición masiva?* ¿Trabajar para el clan Cuervo, o trabajar para sus empleadores extracurriculares?

Si hubiera sido uno de ellos, Trench podría haberlo atribuido a un accidente aleatorio, único. Pero sucedían muchas cosas demasiado rápido. Primero Reierson aparentemente se había volado sus propios sesos en Amsterdam, luego el asesinato de los dos hombres armados irlandeses en Madrid, seguido por el disparo de sus dos principales soldados en Amberes, y ahora la noticia de que Milburn había sido encontrado muerto, apuñalado, en los baños de un hotel en Singapur. ¡Casi la mitad de sus contratistas desaparecieron en los últimos meses!

Sabía a dónde era conducido, o al menos, lo que le decía su instinto. Gorila Grant.

Hasta que llegó Gorila, Trench estaba haciendo una pequeña operación agradable para sus empleadores. Sin fugas, sin compromiso, nada. Gorila Grant estuvo en la escena durante cinco minutos y todos sus mejores bateadores repentinamente viajaban en un tobogán hasta el infierno. ¿Grant todavía estaba ligado con SIS? ¿Había sido solo una operación a largo plazo: ser despedido, vivir la vida de un vagabundo antes de que su cubierta fuera rastreada en Hong Kong, con la esperanza de que Trench lo recogiera? Tenía que ser el nuevo tipo en el equipo ... pero aún así ... había un pequeño pero significativo problema en su teoría, y ese era el hombre que Gorila había matado en el camino. Primero los dos rompe piernas en Hong Kong y ahora los 'golpes' que había realizado para el Cuervo en Brasil ...

Trench estaba seguro, no, él estaba seguro de que el SIS en su forma actual nunca sancionaría tal operación. Poner a un hombre encubierto del SIS en su lugar era una cosa, pero tenerlo asesinando para el enemigo ... ¡nunca! SIS ya no tenía las bolas para eso. Habían sido neutralizados de manera efectiva durante el último año más o menos. Gracias en parte a su búsqueda y aniquilación de sus antiguos colegas en Redaction, pero más importante porque Salamandra había empezado a destruir la capacidad de acción encubierta del SIS desde dentro. Todo era parte del plan maestro a largo plazo del Cuervo, lo que sea que fuera ...

Sabía que nunca llegaría tan alto como el Cuervo, pero Hokku le daría lo que necesitaba para ayudarlo a llegar al fondo de este misterio. Sabía lo que implicaría. Significaba volver a su antiguo terreno. Para él personalmente, era un riesgo, ahora estaba clasificado como un agente enemigo, incluso si había fingido su propia muerte y había sido declarado oficialmente muerto. Aún existía la posibilidad de que alguien pudiera reconocerlo.

Aún así, se las arreglaría; un poco disfrazado, papeles falsos: el Cuervo tenía excelentes falsificadores en la nómina. Se las arreglaría para ingresar al Reino Unido, realizar su investigación y salir sin que ninguno de sus antiguos colegas se enterara de su presencia. Pero si su teoría de lo que había sucedido con Gorila Grant era correcta, entonces necesitaría acceder al más alto nivel de información de inteligencia que el gobierno británico tenía sobre operaciones secretas. Y para eso, Trench necesitaría la ayuda del secreto más guardado del Cuervo: la Salamandra.

6

LONDRES - FEBRERO 1968

Una semana después, el hombre conocido como Salamandra se quedó mirando el río Támesis, esperando que su contacto se acercara. Nunca había conocido a este hombre, Trench, pero sabía todo sobre él; De hecho, había coordinado su exitoso reclutamiento como asesino independiente en la organización del clan Cuervo. Conocía la cara del hombre, sus peculiaridades, sus gustos y sus debilidades. Especialmente sus debilidades ...

Salamandra estaba sentado en un banco de hierro fundido, un poco alejado de Westminster, cerca del Puente Blackfriars. Echó un vistazo perezosamente a la edición de ese día de The Times. Oculto dentro de las páginas del periódico y sostenido en su lugar por una pequeña tira de cinta adhesiva, estaba el sobre que contenía la información que Trench había solicitado. Le había tomado a la 'gente' de Salamandra, fuentes confiables todas ellas, varios días de investigación para encontrar lo que quería. Era un riesgo, pero valía la pena, especialmente si tapaba la fuga y lo mantenía protegido. La Salamandra lo tenía todo; influen-

cia, riqueza y respeto, y todo con el apoyo de su esposa de
buena crianza y su amplia gama de amantes. Su fachada era
la de un hombre que no anhelaba nada más que ser respetable y un sirviente, aunque sea secreto, del país que afir-
maba amar.

Pero Salamandra era el más raro de los animales políticos, ya que era completamente honesto, para sí mismo, si no
para el resto de la comunidad de inteligencia y Whitehall,
sobre el hecho de que no ansiaba nada más que poder. Se
había movido a través de las filas de la máquina de inteligencia de la posguerra, eludiendo a los rivales, eliminando a
los tontos que estaban fuera de sus profundidades y unién-
dose a los jugadores de influencia notables que podía usar y
luego descartar. Había subido y subido rápido y, de hecho,
había recorrido un largo camino desde sus humildes
comienzos como soldado de infantería de la guerra de inteligencia, para convertirse en uno de los ejecutivos más influyentes en el mundo del espionaje secreto. No es que todavía
hubiera alcanzado el cenit en sus ambiciones; aún quedaba
algo de distancia por recorrer. Pero al menos estaba escondido en lo alto; no en la parte superior, sino a uno o cinco
centímetros detrás del hombre con el poder. Salamandra
era un hacedor de reyes y lo consideraba el lugar más
seguro para estar, para alimentar sus ambiciones y permanecer oculto.

Su relación con el Cuervo era simbiótica. Se habían
ayudado y protegido mutuamente durante muchas décadas.
Lo que comenzó como un acuerdo clásico de agente / oficial
de caso se convirtió rápidamente en la Salamandra convir-
tiéndose en cómplice y socio voluntario en las operaciones
del clan Cuervo. Salamandra proporcionó información que
ayudaría al clan a llevar a cabo una operación (mover un
cargamento de armas o llevar a cabo un ataque terrorista) y,

a cambio, el Cuervo le daría a su fuente una parte de las ganancias y eliminaría a cualquiera de los rivales políticos de Salamandra. Muchos agentes antiguos, nombrados por el gobierno o incluso en una ocasión, un rival pasional, habían sido "golpeados" por los asesinos del Cuervo. Esto era algo que el Cuervo alentaba porque sabía que beneficiaría la supervivencia del clan en los años venideros. El Cuervo haría cualquier cosa para mantener a la Salamandra protegida y segura.

La última persona en desafiar el poder dual del Cuervo y la Salamandra había sido el Jefe del Servicio de Inteligencia Secreto, Sir Richard Crosby. C, con su astucia habitual, había comenzado a sospechar quién estaba detrás de la operación *Kyonshi* y quiénes eran los autores intelectuales y los arquitectos. El viejo espía era demasiado inteligente para su propio bien y se había acercado demasiado para su seguridad. Solo habría tenido una fuga o deslizamiento más, y toda la casa de naipes se caería. Entonces tuvo que ser silenciado. En parte para tapar la fuga, pero también para enviar un mensaje a otros que quieran desafiar tanto al Cuervo como a su compañero, la Salamandra. El mensaje fue simple; "Enfréntanos y enfrenta a la muerte".

Salamandra miró su reloj, eran las once y media de la mañana. El ajetreo y el bullicio de la ajetreada hora pico de Londres había retrocedido varias horas antes y ahora había una serena calma. Dobló el periódico y lo colocó cuidadosamente en el asiento a su lado. Luego estiró sus largas piernas y esperó. Solo unos momentos más antes de que tuviera lugar el encuentro. Entonces, en el momento exacto, allí estaba el contacto. El hombre se parecía a cualquier otro hombre de negocios en Londres en un día laborable. Un traje elegante, cabello quizás demasiado largo para el gusto de la Salamandra y un maletín. Se sentó, ignorando a su compañero de banca y observó los pequeños botes moverse estoicamente por el río por unos momentos.

"¿El periódico?" preguntó Trench, murmurando por el costado de su boca y mirando al frente.

Salamandra asintió con la cabeza. "Sí, el periódico".

Trench tosió, tomó su maletín y su copia recién adquirida de The Times y se puso en camino, caminando enérgicamente contra el frío en el aire.

Bien hecho, pensó Salamandra mientras veía a su contacto alejarse. Natural y nadie había notado nada. ¿Y por qué lo serían? Para el resto del mundo, solo eran dos hombres de negocios que respiraban aire fresco antes de regresar a las oficinas y reuniones y la rutina diaria de la vida oficial. Cuando, en cambio, lo que realmente eran, era un traidor y un asesino trabajando en conjunto.

————

UNA HORA DESPUÉS, Trench estaba sentado en su pequeña habitación de hotel, hojeando la información provista en la carta de Salamandra.

Trench había vislumbrado brevemente las facciones del hombre. Era alto, bien arreglado, bastante poco notable, de verdad. Podría haber sido cualquiera de los cien mandarines de Whitehall. Trench no sabía quién era realmente, incluso ahora. Pero quienquiera que fuera Salamandra, debe haber tenido excelentes fuentes. La información solo podría haberse originado en una ubicación: dentro del Servicio Secreto de Inteligencia.

Los archivos dieron todos los detalles que tenían sobre sus contratistas muertos y lo que SIS y el Servicio de Seguridad sabían sobre ellos. Habían sido señalados como recientemente solicitados al Registro; nada reciente para algunos de ellos, pero varios tenían el mismo código de acceso de 'IIS', que Trench sabía significaba 'Investigación / Inteligencia secreta' y solo podía provenir de la Sección de Archivos en Century House, la sede del SIS.

Entonces, ¿alguien en los archivos?

La segunda hoja de papel dio una lista de varios posibles miembros del personal en la sección IIS. Dos tenían sus nombres resaltados. Un hombre y una mujer. Bien, eso redujo las posibilidades.

Trench llegó a la conclusión que había sido mecanografiada, supuso, por el propio Salamandra. El hombre era uno posible, ciertamente tenía acceso y oportunidad en los días en que las carpetas habían sido eliminados de los Archivos. Pero era la mujer la que le interesaba a Salamandra. Él había revisado sus antecedentes y sus períodos de servicio que se remontan a muchos, muchos años.

Palestina, herida en el bombardeo del Hotel King David en 1946. Su prometido había sido asesinado durante la explosión inicial. Después de eso, realizó varias giras en el extranjero en varias estaciones, siempre en la trastienda, la administración o la investigación, antes de recibir un ascenso y convertirse en parte del Equipo de Registro en Broadway, antes de que SIS se mudara a su ubicación actual de Century House. Pero entonces, hace varios años, había sido parte de un equipo unido a la Unidad de Redacción ahora desaparecida, bajo el control de Stephen Masterman. El comandante operacional había sido un Jack 'Gorila' Grant. Según todos los informes, el equipo de investigación había sido de primera clase y descubrió una inteligencia excepcional que había ayudado al equipo de Redacción a derribar al enemigo que estaban cazando. *Sí,* recordó Trench. *Como ese pequeño tiroteo que tuvimos en ese prostíbulo en Marsella.* Pero lo más revelador fue que en los años intermedios, Masterman había solicitado personalmente a este Archivista particular de IIS que se uniera a la Redaction para varias otras operaciones que estaba llevando a cabo.

No era concreto y sabía que no sería válido en un tribunal de justicia, la buena inteligencia nunca lo hace, pero al menos tenía un posible vínculo de sus contratistas muertos, a Grant, a Masterman, a este archivista posiblemente actuando como una fuente de información dentro del SIS. Alguien estaba alimentando a un equipo de inteligencia para eliminar a sus hombres y este era el mejor líder que tenía en este momento.

Trench cerró la carpeta y se sentó en la oscuridad por unos momentos más, pensando. Luego tendría que hablar con este archivista y hacerle algunas preguntas difíciles. Y Frank Trench era bueno para hacer preguntas difíciles a personas poco dispuestas, muy bueno de hecho.

7

Nora Birch se apresuró, bajando la cabeza contra la lluvia torrencial, agarrando la bolsa de compras más cerca de su cuerpo en caso de que el contenido, su té de salchichas y huevos para esta noche, se derramara en la calle fría y húmeda. Las calles estaban mal iluminadas en esta parte de la ciudad y ella apresuró su paso, ansiosa por estar en casa a salvo. Ya había perdido el autobús a su apartamento solitario en Ealing, y decidió caminar hasta la siguiente parada de autobús. Mejor eso que estar parada en el frío helado de una noche oscura; al menos al moverse, ella se mantenía caliente y se acercaba a su casa.

Todos los días se levantaba y se dirigía al nuevo bloque de oficinas que era la sede del Servicio de Inteligencia Secreta. Se encerraría con sus colegas igualmente sosos en la Sección de Investigación / Inteligencia Secreta. La sección estaba perdida en los corredores laberínticos de Century House. No tenía ventanas y las puertas estaban bloqueadas y atornilladas desde el interior. El acceso se otorgaba por medio de un timbre. Habían pasado muchos años desde que ella había sido parte de alguna operación de valor para SIS. Fue entonces cuando su talento como investigadora y buscadora de pistas vagas había sido su fuerte. Ella había ayudado, en esos días embriagadores, a atrapar espías, cazar terroristas y evitar el asesinato. Ella había sido valorada y respetada. En los viejos tiempos ... antes del asesinato de C y la aniquilación de los brazos operativos del Servicio por parte de los políticos y los traficantes.

En estos días, ella era solo otra archivista y manipuladora de papel. Allí para puntear las 'I' y cruzar las 'T'. En unos pocos años, las cosas habían cambiado en el SIS. Había sido un lugar de belleza y esperanza para ella. Ahora, era como vivir dentro de los restos podridos de un cadáver muerto por largo tiempo. Su vida se había convertido en una rutina de aburrimiento y trabajo pesado, cada día tan soso como el siguiente.

Por lo tanto, su reclutamiento por el coronel Masterman para una operación privada había sido fácil. El coronel era tan encantador cuando quería serlo. Conocía los botones correctos para presionar y mantener a las personas leales a él. Sería alimentada con nombres, fechas, lugares y para el Coronel, buscaría profundamente en los secretos más oscuros del SIS y sus departamentos de enlace dentro de una serie de servicios de inteligencia amigables en todo el mundo. Hasta el momento, supuso que había estado haciéndolo en forma perfecta, ningún oficial de la Rama Especial había estado golpeando su puerta, arrastrándola para que fuera acusada de filtrar información secreta y, por lo que sabía, no estaba bajo vigilancia hostil. de los equipos Hawkeye de SIS o de los cazadores de espías del Servicio de Seguridad. Ella era Nora Birch, el Lirón, y el espía de Centinela dentro del SIS, la mujer a la que nadie miraba dos veces, a la que los oficiales masculinos compadecían debido a su rostro marcado. Un don nadie, un nada. Una espía perfecta.

Pero eso solo había sido parte de su misión. La otra parte, mucho más valiosa y peligrosa, era buscar pistas sobre el demonio supremo, el traidor, el hombre del Cuervo dentro de la máquina de inteligencia de Whitehall que durante mucho tiempo había sido sospechoso pero nunca encontrado. Había sido un camino largo, plagado de muchas salidas en falso y callejones sin salida. Había tenido dudas sobre su papel, siendo efectivamente una informante para alguien ahora clasificado como ajeno al Servicio, pero su fortaleza moral la había mantenido comprometida. Todos se lo debían al recuerdo de su Jefe asesinado. Una vez que la información obtenida de Gorila Grant había llegado, sobre la verdadera identidad del Cuervo, el resto había sido fácil. Rastreando archivos, viejos informes de campo, notas de casos hasta que ella lo redujo a cinco posibles oficiales, luego tres ... luego otro descontado ... hasta que finalmente, solo quedó un hombre ... el espía del Cuervo. Y su identidad estaba ubicada, en un código escrito para Solos Ojos de Centinela, dentro de la pequeña caja de cigarrillos que tenía en el bolsillo de su abrigo.

Apenas había atravesado la puerta de su sótano cuando un golpe con guantes de cuero le pegó directamente en la mandíbula. La fuerza la llevó a caer en la oscuridad de la habitación, mareada y descoordinada; aterrizó de costado e inmediatamente experimentó otro dolor agudo cuando la patearon con fuerza con un zapato pesado en su costado.

"Levántate, pequeña perra, levántate", dijo la voz de la manera más tranquila y reflexiva. Era como si en su estado mareada, la voz, su manera gentil y la violencia, vinieran de dos personas separadas. Pero Nora era lo suficientemente astuta como para saber que no lo eran. Entonces el hombre la agarró por el pelo y la levantó y ella sintió que el grito se alzaba en lo profundo de su garganta ...

———

FRANK TRENCH TENÍA todo lo que quería. La mujer se había doblado fácilmente. Por supuesto que sí, no era una agente de campo ni particularmente dura. Era una solterona triste, de mediana edad, marcada, deformada y solitaria. No le había costado mucho doblegarla.

Había comenzado con las cosas rudas, los golpes y las patadas. Luego la calmó y habló con ella. Ella había sido buena, aguantó un poco hasta que él se cansó de que ella se demorara. Luego sacó el cuchillo, un fino cuchillo de filetear largo y delgado que había comprado en una tienda de departamentos. Él había amenazado con cortarle los dedos, ella había gritado, y fue solo cuando él tomó sus pulgares y al atravesar el hueso con la cuchilla, que ella le contó, con lágrimas, toda la historia. Había sostenido su mano en el lavabo de su pequeño y limpio baño y la había cortado. Ella había peleado al principio pero luego se sometió. A través de sollozos de vergüenza y dolor, él le gritó preguntas y ocasionalmente le golpeaba la cara cuando ella no respondía lo suficientemente rápido.

Ella dejó salir hasta sus tripas rápidamente. Masterman la está reclutando ... trabajando dentro del SIS como su informante ... una operación privada para acercarse a la organización Cuervo ... Redactar al hombre superior, el Cuervo ...

"Pero ¿quién?" él había susurrado suavemente en su oído

momentos después de torturarla con el cuchillo. "¿Quién se va a acercar a nosotros?"

"U-u-no de los hombres de M-masterman ... jubilados, en el exterior", tartamudeó, su ojo izquierdo casi cerrado por los golpes que había sufrido.

¿Tiene nombre?

"So-solo un ... n-ombre clave ... ¡Gorila! Se llamaba Gorila ..."

Trench le creyó. "¿Y después, ¿qué?" ¿Qué pasa después de que este hombre, Gorila, entre?

"Yo... Yo ... creo que el plan era destruir la organización ... tenían algún tipo de arma terrorista ... algún tipo de control sobre el gobierno ... tenían que ser eliminados ... todos ellos ... asesinados ".

"¿Pero no por SIS?"

Ella sacudió la cabeza y el sudor de su rostro y su cabello se extendieron por el baño. Trench pensó que podría haber frito un huevo en su piel en ese momento, tal era el nivel de miedo en ella. "La redacción fue desmantelada. Masterman se había encargado de luchar por C. La mayoría no quería saber, hizo un intento poco entusiasta de iniciar algún tipo de ... investigación ... pero se tambaleó y murió ". La última parte la había visto estremecerse mientras la sangre brotaba de sus heridas.

"Entonces, ¿cómo conoces a Masterman?" preguntó Trench.

"Trabajamos juntos, años atrás, una operación en Europa. Fui parte del equipo de inteligencia. El coronel se había acordado de mí, dijo, dijo que yo era buena para localizar pistas ... dijo que necesitaba mi ayuda ... que era importante ".

Trench se echó a reír. "¡Ja! ¿Y eso no te molestó, vender a tus empleadores en una misión privada?

Ella lo fulminó con la mirada y el fuego volvió a sus ojos. "Nunca pareció molestarte, Trench ... Sé quién eres y qué hiciste. Estuviste en la lista de agentes corruptos que ayudé a compilar.

Ese comentario le había ganado otro dedo perdido y se había desmayado después de eso. Trench había ido a la cocina a buscar una cacerola y luego la llenó hasta el borde con agua fría. Entonces, fue una operación privada organizada por ese lisiado, Masterman. No es de extrañar que Salamandra no haya sido alertado de ello: había caído por las grietas en la comunidad de inteligencia británica. El inteligente bastardo. Y, por supuesto, ¿quién más elegiría Masterman sino ese pequeño asesino que había vigilado su espalda durante años y había hecho su Redacción por él? Gorila Grant. Regresó al baño y la encontró desplomada en el piso de baldosas, sangre por todas partes. Disgustado, le echó el agua fría en la cara para volverla en sí otra vez.

"Entonces este tipo Gorila se infiltra, y entonces qué. ¿Y luego que? Él gritó.

"Un e-equipo... un equipo no oficial ... irrumpieron y mataron a los mejores hombres", farfulló.

«¿Quiénes son esos?»

"Yo no..."

«¿Quiénes son esos?»

"¡No *sé, maldita sea!*"

Trench le creyó. La seguridad operativa dictaría que el espía en el interior estaría en el lado equivocado del flujo de información y que cualquier cosa que ella supiera solo estaría en la periferia de la operación. Él la miró fijamente; Cristo, ella era débil y patética. Apretó la mano alrededor del mango del cuchillo y sintió que se apretaba. Él agarró su cabeza, la obligó a volver al suelo y acercó la hoja del cuchillo a su objetivo.

Ella sabía lo que se avecinaba, había visto y sentido el cuchillo. Más importante aún, había visto la cara de Trench y sabía cómo funcionaba. Ella lo había visto, sabía que estaba vivo y, en consecuencia, tendría que morir. Entonces, cuando Trench la agarró por la cabeza y la forzó contra el suelo frío, supo que estaba sucediendo ahora. No habría ningún héroe irrumpiendo para rescatar a Nora Birch. Sin fanfarria, sin medalla, tendría una muerte cruel y solitaria ... y aun así sonreía. Ella sonrió, porque sabía que aunque su final sería brutal y doloroso, todavía había ganado. Oh, tal vez no la batalla entre Trench y ella misma, pero ciertamente la guerra. Le había dado los detalles mínimos, nada realmente, sobre lo que sabía de la operación de Masterman. Realmente, ella no podía manejar la tortura y la violencia contra ella ... haría cualquier cosa para que se detuviera ... y sabía que no hablar nunca sería una opción. Todos hablan.

Pero el pequeño lirón, la espía, mantuvo la cosa más preciosa escondida dentro y lejos de la vista ... ni el nombre de los agentes en el campo, ni el plan de ataque, ni el hecho de que Masterman estaba en una operación privada. No, mantuvo oculta en el fondo de su corazón la información que había dejado en el buzón fuera de uso en la parada del autobús, para Jordie Penn, su oficial de casos. La información contenida en el pequeño paquete de cigarrillos, que había sido dejado entre dos ladrillos en una pared derrumbada al lado de la parada del autobús, se había encontrado ese mismo día en un oscuro archivo del Registro SIS que ella había desenterrado, manteniendo los detalles del único hombre en la comunidad de Inteligencia del Reino Unido que tenía conocimiento íntimo de Yoshida Nakata, el Cuervo. Este hombre había sido el oficial de casos del SIS en tiempos de guerra del Cuervo, quien finalmente fue rescatado por el Cuervo de un campo de interrogatorio japonés en Singapur ... pero, por supuesto, Trench nunca lo sabría ahora porque había mordido el anzuelo y pensó que había la beta de oro, cuando todo lo que realmente tenía eran unas pocas migajas '. *Jaque mate, Sr. Trench,* pensó. *Te he superado a ti y a tu mafia asesina.*

Nora sintió que la punta fría de la hoja se apoyaba contra su cuello, justo detrás de la oreja. Luego sintió una explosión de luz y dolor cuando la cuchilla se insertó rápida y violentamente, sintió que su cuerpo se tensaba y luego se debilitaba y luego rodó sobre su espalda y se deslizó.

TRENCH MIRÓ EL CUERPO.

La vaca loca, ¿por qué estaba sonriendo así? pensó. Incluso en la agonía de la muerte, ella todavía tenía esa estúpida sonrisa en su rostro. Casi como si supiera algo más: ¿la había matado demasiado pronto? No lo sabía, en realidad no le importaba. Había logrado obtener información útil para sus empleadores, bueno, con la ayuda de Salamandra, por supuesto. Información que vería al pequeño bastardo Grant clavado en un árbol y al hijo de puta Masterman muerto en una zanja en alguna parte. Masterman *Quizás debería visitar a su antiguo jefe aquí en Londres,* pensó Trench. Visitarlo y terminar lo que había comenzado en los muelles en Australia hace más de un año.

Trench miró el cuerpo de la mujer muerta por última vez. Algo no estaba del todo bien. Él se agachó y le abrió la blusa, dejando al descubierto su sostén y luego sacó suavemente un seno perfecto y lo dejó colgar. Luego le levantó la falda y le bajó las bragas. Cuando finalmente se encontrara el cuerpo, la policía pensaría que estaban buscando un atacante sexual, en lugar de tener algo que ver con su trabajo. Un pequeño detalle, tal vez, pero podría comprarle algo de tiempo.

Pero aún así, esa sonrisa en su rostro ... Sí, esa sonrisa lo preocupaba.

8

_____

Cinco días después del asesinato de Nora Birch, Salamandra y Trench se encontraron nuevamente, esta vez el lugar fue el Royal Botanic Gardens en Kew. Estaba lo suficientemente lejos del área principal de Londres como para que pudieran considerarse razonablemente seguros. También sería la última vez que tendrían contacto. Caminaron uno al lado del otro, Salamandra golpeando su paraguas bien atado en el camino de piedra y Trench, con las manos metidas profundamente en su abrigo, caminando tras la estela del Salamandra mientras admiraban la fauna en la ruta.

"¿Obtuviste todo lo que necesitabas de la mujer?" preguntó Salamandra.

Trench asintió con la cabeza. «¡Ha sido perfecto! » Ella renunció a todo sin demasiados problemas. Estaba jugando juegos en los que no tenía derecho a entrometerse".

Salamandra hizo una mueca. Había visto los recortes de prensa sobre el descubrimiento de la mujer y leyó los informes de prensa, revelando lo que Trench le había hecho. Muy desagradable, pero necesario. "¿Y qué fue eso?

Trench se encogió de hombros. "Es un golpe, ¿qué más podría ser? Ellos no son nada, si no predecibles. Planean derribar al Cuervo. Evidentemente tienen una ubicación y creen que están a la altura del desafío ".

"Compañeros ambiciosos, entonces", comentó Salamandra.

"De hecho ellos lo son. Recuerde que solía trabajar con estas personas, sé lo que son capaces de llevar a cabo ", advirtió Trench.

"Entonces, ¿qué hará el Cuervo? ¿Pelear o huir?"

"No es mi departamento, me temo", dijo Trench. "Solo me ocupo del trabajo sucio y paso los mensajes hacia arriba. Pero si estuviera en su lugar, sabiendo lo que sabemos ahora, les daría la cuerda suficiente para que se ahorcaran. Traerlos y terminarlos".

Salamandra sabía que el Cuervo era un táctico brillante. No esperaría nada menos de su viejo amigo y compañero. Dios ayude a Masterman, Grant y a quien sea que haya estado involucrado en esta estúpida operación. Lo que le recordó. "Toma, ten esto", le dijo a Trench, entregándole un sobre sellado.

Trinchera, confundido, frunció el ceño. No necesito tu dinero. Estoy bien atendido ".

"No, maldito tonto, no es un pago", gruñó Salamandra. ¿Era este hombre estúpido? "Llámalo una póliza de seguro adicional, en caso de que lo peor le pase al Cuervo o a mí. En ese caso, puedes contraatacar personalmente".

Trench abrió el sobre y miró las dos direcciones escritas a mano en una tarjeta. Él sonrió, una sensación de euforia lo embargó. La primera fue la dirección en Chelsea de la señora Elsa Masterman, esposa del coronel retirado Stephen Masterman. La segunda era la dirección de una pequeña casa en Arisaig, Escocia, que pertenecía a un tal Willie McHugh, pescador local y cuñado de Jack Grant.

9

—————

Barney Upwright había sido uno de los mejores observadores de vigilancia del Servicio de Seguridad en el negocio. Eso había estado en su apogeo durante la Segunda Guerra Mundial, buscando agentes enemigos y quinto columnistas, y luego durante los primeros días de la Guerra Fría en Londres, arrastrando a los agentes soviéticos de una fuente a otra.

Ahora era un detective privado desmoronado que ocasionalmente hacía trabajos "extraños" para esos muchachos al otro lado del río en Lambeth y su antigua mafia en el Servicio de Seguridad. La mayor parte de su trabajo diario era el trabajo mundano; proceso de entrega de documentos judiciales, seguimiento de cónyuges engañosos ('Matrimoniales' lo llamaron en estos días) y rastreo de personas que debían dinero. Pero de vez en cuando, solo de vez en cuando, recibía una llamada de su antigua empresa o de su servicio hermano, preguntándole si a Barney Upwright no le importaría asumir el extraño trabajo 'no oficial' y muy discreto.

Tome el número de hoy, por ejemplo. Barney había recibido una llamada telefónica en su lúgubre oficina encima de un restaurante italiano en Battersea. La persona que llamó fue el coronel Stephen Masterman, recientemente retirado oficial del SIS que era conocido por Barney en los viejos tiempos. ¿Cómo le gustaba a Barney un trabajo de vigilancia de tres días? Gastos por adelantado, bajo riesgo, fácil, solo husmeando un poco para ver a dónde iba un 'caballero' en particular. Bueno, ¡a Barney le gustaba mucho gracias Coronel! El coronel siempre fue un encantador, un caballero decente, y en una hora, Barney estaba planeando su trabajo de vigilancia recién adquirido para el día siguiente.

A la mañana siguiente había cargado su pequeño moto-carro Lambretta con su kit para el trabajo; mapa, binocula-res, cámara con lentes desmontables de largo alcance, libreta y lápiz.

Barney parecía un bibliotecario. Pequeño, delgado, orde-nado, no descriptivo. Podría perderse en una multitud de dos, por eso había sido uno de los mejores observadores de vigilancia que el Servicio de Seguridad había tenido, por lo que no tenía dudas de que se mezclaría con el entorno que visitaba el objetivo. Esa primera mañana, se había dispuesto en la calle hacia la dirección conocida del objetivo, una propiedad exclusiva en Mayfair. Había visto cómo salía el objetivo y se dirigió a su automóvil, un Mercedes Coupe, y se fue. La descripción que le habían dado era perfecta; alto, patriota,, confiado y canoso. Barney pensó que el objetivo parecía un hombre en control de sí mismo. También pensó que parecía un operador. Tendría que ser cauteloso siguiendo a este hombre.

Los primeros dos días habían sido monótonos, sin nada fuera de lo común. El objetivo salió de su casa a las 7.30 de la mañana, subió al automóvil y se dirigió a un edificio anónimo en Whitehall, un paseo a un restaurante cercano a la hora del almuerzo y luego una hora más tarde en camino de regreso a la oficina. El día de trabajo terminó para él a las 6.30 p.m. y luego el objetivo se dirigió a su club privado, Barney supuso, por unos tragos antes de regresar a casa. Barney se había quedado cerca, pero el objetivo no hizo ningún intento de abandonar la propiedad nuevamente. Pero fue al tercer día cuando el objetivo apareció e hizo algo completamente fuera de lo común. Ese miércoles por la mañana, el objetivo abandonó su propiedad un poco más tarde, una hora más tarde, de hecho, se dirigió a su Mercedes y se fue, con Barney en su pequeño motocarro en un seguimiento cercano, pero discreto. Las cosas dieron un giro extraño cuando el Mercedes se alejó de la ruta habitual de Whitehall y se dirigió en dirección oeste, dejando atrás la expansión urbana del centro de Londres y dirigiéndose a los suburbios.

La mayor preocupación de Barney era que el Mercedes simplemente acelerara y dejara atrás su pequeño motocarro, pero afortunadamente, su objetivo parecía tener la intención de dar un paseo tranquilo hacia donde fuera que se encontraba su destino. Esto fue bueno y malo para el operador de vigilancia solitario. Bien, porque al menos podría mantener un 'seguimiento' decente de su vehículo objetivo, pero malo porque significaba que Barney tendría que ser un poco astuto, dejando a tres vehículos entre ellos, especialmente si no quería ser visto.

Fue cuando entraron en el distrito de Richmond y dieron un giro hacia Kew que Barney comenzó a pensar que hoy iba a ser interesante. El gran Mercedes giró a la izquierda por la calle principal y se dirigió hacia los Jardines Botánicos de Kew, todo el tiempo con Barney a toda velocidad, intentando mantenerlo a la vista. Cuando vio que el automóvil giraba hacia el estacionamiento, redujo la velocidad del motocarro y frenó, acercándose al costado de la acera. Contó hasta cincuenta en su cabeza, luego encendió el motor y se dirigió hacia la entrada de la Puerta del León del Jardín Botánico.

Después de estacionar el motocarro en el pequeño aparcamiento de grava, se puso en marcha en busca de su presa con la cámara en la mano. Para el observador casual, se vería como un horticultor más, aquí para tomar un registro fotográfico de sus arbustos y plantas favoritos. *No debería ser demasiado difícil de encontrar,* pensó Barney. Un funcionario alto y distinguido que camina por los jardines a mitad de semana no puede ser demasiado difícil de detectar. Barney supuso que su objetivo tenía una ventaja de cinco minutos sobre él y en algún lugar dentro del laberinto de los jardines, sabía que lo encontraría. El truco era evitar ser visto. Fue cuando se acercó a los terrenos principales que los vio, sentados uno al lado del otro en un banco, admirando a las plantas perennes y hablando, claramente, pero sin mirarse directamente. *Como un par de malditos espías que alguna vez he visto,* pensó Barney. Se movió hacia atrás hasta quedar oculto detrás de algún tipo de seto de hoja perenne y cambió la lente estándar de su cámara a una de largo alcance. El objetivo y su amigo estaban a diez metros pies de distancia y con esta lente a esta distancia, podría identificarlos en detalle.

Barney acercó la cámara a su ojo y hizo clic, escuchó el zumbido del veloz obturador del motor mientras se disparaba un par de fotos. Unas pocas instantáneas de los dos objetivos juntos, el mayor hablando y el ligeramente más joven asintiendo con la cabeza en comprensión. Luego, el paso de algún tipo de sobre de su objetivo principal al hombre más joven ... click... click ... click ... antes de abrirlo y mirar el papel dentro. Click, click, click. Barney hizo algunos disparos más y observó cómo los dos hombres se iban por caminos separados, uno hacia el norte y otro, su objetivo, por donde había venido originalmente. Barney no sabía, solo podía adivinar, que esto era exactamente lo que buscaba el coronel.

Barney calculó que esas pocas fotos probablemente le habían valido un bono encantador.

———

MENOS DE VEINTICUATRO HORAS DESPUÉS, Masterman miró la serie de fotos de vigilancia en blanco y negro. Él conocía a los dos hombres. Trinch, él ciertamente lo reconoció, a pesar del cabello más largo y el estilo diferente. Pero era el otro hombre. Esta fue la confirmación del traidor del Cuervo dentro de la inteligencia británica.

Gorila había logrado comunicarle a uno de sus agentes, una prostituta llamada Nancy Lo en Hong Kong, sobre lo que había descubierto en Brasil del químico Okawa Reizo. Tenían un nombre: el respetado hombre de negocios, Yoshida Nakata. Penn había puesto en funcionamiento el pequeño lirón, rastreando para ver con quién se había afiliado a Nakata durante la guerra. El día después de que Nora desapareció, Penn había vaciado el buzón en desuso y leyó la inteligencia escondida allí. Fue alucinante, por decir lo menos. El equipo de Centinela ya tenía una "posible" confirmación de la información que Nora había rastreado sobre Yoshida Nakata, sobre quién era el espía. Pero esto ... esta fotografía de vigilancia definitivamente lo confirmó.

"¿Entonces ese es él?" preguntó Penn.

Masterman asiente. "Definitivamente".

Penn se pasó una mano por el pelo y silbó. "Maldita sea,

jefe ... contra el que hemos estado compitiendo todo el tiempo y , tenemos evidencia de que se ha asociado con un conocido agente enemigo: ¡El maldito Trench! - Bien, ¿qué haremos ahora?

Masterman pensó por un momento y luego, como lo había hecho varias veces antes en su vida, tomó la decisión correcta para la misión en cuestión. "No hacemos nada."

"Nada". ¡Pero él está ahí! "¡Podríamos hacer... algo?"

"Y lo haremos, a tiempo. Pero por ahora, mantenemos el status quo. Puede que sepa algo sobre nosotros, especialmente después de lo que le sucedió a Nora, pero sabemos muchísimo más sobre él. Sabemos quién es, a quién conoce y en qué participa. Lo que no sabemos sobre él, aún, es cuán lejos está conectado y quién más está en su nómina. Ir tras él es un lujo en este momento; nuestra principal prioridad es acercar al equipo Centinela al Cuervo y destruir sus posibilidades de liberar un arma biológica de proporciones apocalípticas. Creo que eso es suficiente en el manual de cualquiera."

"¿Y luego?" dijo Penn.

Masterman sonrió y aplastó su bastón contra el suelo. "Entonces lo encontramos y aplastamos al pequeño bastardo, como un insecto".

10

LA PAGODA - FEBRERO 1968

"Deberíamos ejecutarlo de inmediato", dijo Toshi Goto. Goto era el mejor asesino del Cuervo *Shinobi* , un hombre pequeño y ágil, y un alumno personal del *Oyabun* mismo. Anhelaba el honor de matar a este infiltrado personalmente. Hubo murmullos de acuerdo alrededor del círculo que habían formado. La reunión secreta de los maestros asesinos del Cuervo tuvo lugar en un dojo oscuro, iluminado solo por linternas, en el tercer piso de la pagoda que era su santuario. Solo los confiables *Shinobi* del clan podían estar presentes y las puertas estaban vigiladas por los aprendices guerreros de las sombras. Morirían defendiendo el *Oyaban* y la seguridad de esta reunión.

"Oyaban, déjame viajar para despachar este gaijin. Su cuerpo estará durmiendo en el fondo del río ese mismo día", continuó Toshi Goto, con la cabeza baja en honor a su superior.

Hokku se sentó lejos del aluvión de ira, al margen, y dejó que el *Shinobi* peleara sobre quién iba a ser el que completara la matanza por el *Oyaban*. ¡Todos lucharían por el honor, para ver quién sería elegido por el *Karasu*! El asesino elegido sería elevado en el orden jerárquico. Habían recibido la noticia de Trench en Inglaterra sobre la operación encubierta que se estaba planeando contra el Cuervo y su gente. Cuán profundo los había infiltrado un agente enemigo y cuál era su verdadero propósito. Las cosas se estaban volviendo complicadas, reflexionó Hokku.

"¿Y a dónde nos llevaría este asesinato?" La voz que cortaba la chusma de ruido era la del Cuervo. Calmó la atmósfera en la habitación al instante. "No nos llevaría a ninguna parte, un asesino muerto, un espía muerto. ¿Y que? ¿Por qué destruir una serpiente cuando podemos tomar todo el nido? Si los dejamos tranquilos, volverán una y otra vez ... pero de esta manera, si los atraemos, podemos eliminarlos a todos", continuó el Cuervo.

El resto del *Shinobi* todos inclinaron sus cabezas avergonzados. El Cuervo, siempre el brillante estratega, les había mostrado el verdadero camino de buscar un enemigo.

¿Dónde está ahora, este... pistolero británico? preguntó el Cuervo.

"Está en una casa segura en Hong Kong, *Oyabun*. Tras los asesinatos en Brasil, lo hemos mantenido bajo vigilancia y contención. Al menos, hasta que la investigación del asesinato haya terminado", dijo Hokku.

"Bien. Entonces tráemelo. Vamos a sacar a estos asesinos ".

"¿Aquí a Japón?" preguntó Hokku.

El Cuervo sacudió la cabeza. "No solo a Japón, sino aquí a la pagoda, al santuario. Hágale saber que lo encontraré aquí, en mi ubicación más secreta. Alertará a sus compañeros mercenarios ... abrimos las puertas, los dejamos entrar y luego ...

"Entonces nunca se irán", dijo Hokku, asintiendo.

"Dile a ese *gaijin* Trench que encuentre a los controladores de este equipo. Él sabrá qué hacer. Son su gente, después de todo. Vamos a enfrentar el acero japonés y la astucia contra la potencia de fuego occidental y la estupidez de la base. Enviaremos sus cabezas a los británicos. Me río de sus débiles intentos de asesinato. Son perros ", gruñó el Cuervo.

¿Y entonces...?" preguntó Hokku.

El Cuervo lo miró con una mirada fulminante, su ojo blanco lechoso y dañado miraba al frente. Cuando habló, fue con la convicción de un hombre que sabe que sus años de planificación están a punto de cumplirse. "Y luego, cuando los asesinos hayan sido asesinados, los británicos habrán pagado y habrán sido completamente deshonrados, liberaremos el *Kyonshi* en las calles de Europa como una advertencia para aquellos que intenten desafiarme nuevamente".

11

PICO VICTORIA, HONG KONG - FEBRERO 1968

Jack Grant se recostó en la cama y miró vagamente las grietas en el techo de su habitación. Había estado así durante la mayor parte de una hora, trazando la telaraña de yeso roto con sus ojos. Estaba frustrado, enojado y listo para apagarle las luces a alguien.

Tan pronto como bajó del avión desde Brasil, Trench lo recibió y le entregó una bolsa llena de dinero en efectivo y las llaves de un apartamento con una magnífica vista de Victoria Peak. La bolsa contenía su primer pago de bonificación de $ 5000 en efectivo. El apartamento estaba limpio y casi vacío: una cama, un sofá, una mesa de comedor, algunos libros, algunas revistas y una radio, pero nada más. Pero fue la vista desde la ventana del dormitorio lo que compensaba su vacío.

Trench le dijo que "se guardara y mantuviera un perfil bajo hasta que Hokku y su gente lo declararan apto para el trabajo otra vez", que era la forma en que Trench decía que debía seguir siendo persona non grata operacionalmente, hasta que el calor se hubiera calmado. Las ejecuciones en

Río. Así que hizo lo que le habían dicho, se quedó cerca del apartamento, de vez en cuando tomaba un taxi hacia la ciudad para salir y respirar aire fresco, comer, tomar una copa, ir a un club. Pero siempre fue el hombre solitario en las sombras en la mesa del fondo, o en la cabina oscura en un bar. Se quedó escondido. De vez en cuando, recibía una llamada de una voz masculina anónima para ver si necesitaba algo: alcohol, drogas ... ¿mujeres? Sobre todo le diría a la voz del otro lado de la línea que se alejara. De vez en cuando, pedía una mujer y una botella de Black Label. La bebida generalmente era de buena calidad y las chicas eran bonitas y dispuestas. Entonces hizo lo que siempre hacía cuando estaba aburrido; jodido y bebido.

Fue al final del primer día de encierro cuando encontró el micrófono.

Había estado paseando por el apartamento, aburrido, después de pasar la hora anterior haciendo ejercicios de boxeo en la sombra. Necesitaba quemar algo de energía, desangrar la ansiedad de las últimas semanas. Era una vieja rutina, una que practicaba cuando estaba encerrado en habitaciones de hotel en todo el mundo. Una hora de estiramiento, juego de pies, golpes, cruces y ganchos en cualquier cantidad de oponentes imaginarios, al menos lo mantuvieron en forma y lo ayudaron a sudar el alcohol que había estado metiendo en su cuerpo durante la semana pasada. Con eso fuera de su sistema, había hecho lo que todos los hombres hacen cuando están atrapados efectivamente dentro de un departamento extraño: había buscado y hurgado para ver qué podía descubrir. Había comenzado con lo básico; el teléfono, la cabecera de la habitación, los accesorios de iluminación, los lugares habituales donde las personas que escuchaban a escondidas en forma electrónica tendían a escoger a sus dispositivos. Sabía que estaban allí en alguna parte y alguien sin duda escuchaba sus ronquidos, meando por la mañana y los ruidos de la habitación cuando las prostitutas venían a visitarlo.

Fue detrás del espejo de la pared del dormitorio donde confirmó lo que sospechaba que había estado allí todo el tiempo. Un dispositivo pequeño, del tamaño de un centavo, muy delgado con dos cables cortos que sobresalen y envían una señal ... ¿hacia dónde? No muy lejos, supuso. Probablemente, el equipo de escucha se instaló de forma segura en un apartamento encima de él, allí para monitorear sus acciones y ver si hizo algo que sus maestros de pago considerarían sospechoso dentro de la organización del Cuervo. Entonces hizo lo sabio y lo dejó donde estaba. Ahora que sabía dónde estaba al menos uno de ellos, podía jugarlos en su propio juego.

Estando fuera de circulación por un tiempo, sabía que necesitaba desesperadamente ponerse en contacto con su oficial de casos. Solo para hacerles saber que estaba vivo y todavía en juego. Cuanto antes pudiera arreglar pasar desapercibido, mejor ... necesitaba alejarse de sus observadores durante una hora más o menos y escribir todo lo que el químico japonés le había dicho, antes de que se volviera loco. La oportunidad llegó al día siguiente, cuando una tormenta eléctrica dejó sin electricidad a todo el complejo de apartamentos. Un minuto había estado mirando por la ventana las ominosas nubes negras y los relámpagos que chispeaban en la distancia ... al momento, las luces se habían apagado y el suave zumbido de la nevera se detuvo. Saltó rápidamente y probó los interruptores, enchufes y luces. "Nada". ¿Todo estaba muerto? Sabía por experiencia que volver a conectar la energía sería un proceso largo, y también sabía que si se cortaba la energía, cualquier equipo de detección de micrófonos y cámaras encubiertas también serían eliminados. Fue una oportunidad demasiado buena para desperdiciar.

Tomó su chaqueta y un bolígrafo y papel del escritorio y salió corriendo del departamento. Pensó que tenía tal vez una hora, como máximo. Corrió hacia el hueco de la escalera, saltando de rellano en rellano, empujándose de la barandilla y golpeando el suelo con un ruido sordo. En la planta baja, pasó apresuradamente el mostrador de recepción, seguridad y salió a la calle. El viento y la lluvia lo golpearon de inmediato y comenzaron a empaparse con su traje de verano. Bajando por la carretera principal, llegó a la esquina y encontró a un conductor *dik si* esperando sentado en un viejo Humber. Grant empujó un fajo de billetes por la ventana del conductor y subió. El hombre parecía sorprendido de que este hombre mojado le hubiera dado tanto dinero.

"¡Wan Chai! Y rápido". Grant le gritó al conductor, tirándose al asiento trasero y esperando que el conductor disparara el motor.

El conductor sabía que el un buen trato cuando veía uno. ¿A quién le importaba lo que este demonio extranjero enojado estaba haciendo, siempre que pagara bien? ¿Tal vez incluso habría una propina al final? El auto se deslizó y se abrió paso a través de las calles vacías y cubiertas de lluvia, aumentando la velocidad en los tramos largos y rectos. En el asiento trasero, Grant estaba escribiendo furiosamente todo lo que podía recordar tan concisamente como podía de lo que había conocido en las últimas semanas. *Era un maldito desastre,* pensó. Tratando de escribir la inteligencia de grado 'A' con un lápiz romo en dos hojas de papel en la parte trasera de un taxi en ruinas en la oscuridad. Pero lo intentó ... solo esperaba que Penn pudiera descifrarlo a tiempo.

Les dio todo lo que pudo ... los dos hombres a quienes

había matado en Brasil ... los detalles del virus *Kyonshi* ... y la posible ubicación de la pagoda, el santuario y la zona segura del Cuervo.

Acababan de pasar por el hipódromo de Happy Valley cuando el conductor preguntó: "¿Dónde quieres Wan Chai?" Su ceño se frunció en concentración mientras lanzaba el auto en las curvas, esquivando a los peatones.

"El Pussycat Club. ¿Lo conoce?"

"¡Ja! Todos conocen el Pussycat, señor ", sonrió el conductor. "Espera".

El viaje les llevó unos quince minutos y pronto las carreteras principales dieron paso a la zona bulliciosa y animada de Wan Chai, llena de bares, prostitutas y marineros en busca de un buen momento. El Pussycat Club se encontraba en la esquina de Lockhart Road y era una guarida de iniquidad en el primer piso. Su letrero colgando afuera mostraba a una mujer en topless agachándose para acariciar a un gato siamés. Era uno de una miríada de bares idénticos en el barrio rojo de Wan Chai. Grant saltó del taxi y observó cómo se alejaba hacia el tráfico antes de subir las estrechas escaleras hasta la recepción del primer piso. Podía escuchar el ritmo de la música incluso desde la mitad del camino. En la escalera superior, había un portero chino sonriente que lo dirigió al mostrador de recepción. Una hermosa joven china le sirvió.

"¿Nancy está esta noche?" preguntó Grant.

"En el bar ... creo que está con un tipo", dijo la recepcionista, señalando hacia el interior del club.

El club en sí estaba lleno. La pequeña pista de baile llena de marineros, hombres de negocios borrachos y chicas ansiosas por ganar un dólar rápido. La vio de inmediato. Fue difícil no hacerlo. Tenía una mujer fatal escrita sobre ella. Gorila pensó que ella modeló su aspecto en las viejas heroínas del cine negro de la década de 1940. Era pequeña y delgada y parecía diez años más joven que su verdadera edad. Nunca volvería a ver cuarenta, pero se llevaba bien y con gracia. Llevaba un vestido rojo que abrazaba la figura, cabello negro peinado y un llamativo lápiz labial rojo. Tenía un pie equilibrado en el peldaño de su taburete, lo que le permitió revelar un toque de sus muslos delgados.

Jack Grant se deslizó a su lado en el bar, donde estaba escuchando su "cita" para la noche, quien, por lo visto, había bebido demasiado champán barato de imitación que el club servía a sus clientes. Estaba de espaldas a él, pero él llamó la atención al hablar en voz alta cuando el camarero se acercó para tomar su orden. "¿Sirves vodka Centinela aquí?"

El camarero, para su crédito, no parecía confundido: solo sacudió la cabeza y señaló la marca de la casa en la óptica. "Eso servirá en su lugar", dijo Gorila y observó mientras el barman le servía un vaso lleno. El asunto era asqueroso ... pero había cumplido su propósito. Había llamado la atención de la indomable Nancy Lo, que echó una mirada por encima de su hermoso hombro al hombre que había dicho su palabra clave de activación. Gorila la escuchó decirle a su cita: "Disculpe, cariño, no te retendré ni un momento", antes de girarse para enfrentarlo por completo.

"Hola Nancy, ¡qué gusto verte! Ha pasado un tiempo ", dijo Grant, al completo desconocido frente a él. "Veo que dejaron de servir ese Vodka Centinela que me gustó".

Nancy Lo miró al hombre frente a ella con un ojo crítico. Ella era una prostituta de la vieja escuela, con sentido de la calle, así que no confiaba en ningún hombre. Ella había sido un viejo activo del SIS que, en más de una ocasión, había forzado a un empresario o diplomático a que le diera algunos datitos después de sus esfuerzos entre las sábanas con ellos. Había pensado que sus días de espionaje habían quedado atrás, hasta que un Mayor Meadows del Servicio Secreto Británico se le acercó, ofreciéndole un trabajo en efectivo, sin riesgo. Escuchar la palabra clave y pasar mensajes, nada que no haya hecho mil veces antes, para un espía u otro. Eran en su mayoría hombres ancianos elegantemente vestidos, "primitivos y apropiados", su *amah* los habría llamado. De vez en cuando, uno de ellos hacía un esfuerzo débil para seducirla, pero ella siempre los mantenía a distancia ... después de todo, los negocios eran negocios. Pero este hombre fornido y barbudo frente a ella no se parecía a su contacto habitual. Parecía un matón, como algunos de los marineros más rudos que entraban al club, excepto que llevaba un traje de buena calidad y estilo.

"Centinela" preguntó ella. "Vodka Centinela ... No he oído hablar de esa marca en mucho tiempo ".

"Espero que la empresa siga en el comercio. Me gustaría escribir a su oficina central. Tal vez podría darles un consejo al cliente. ¿Supongo que no tienes su dirección? preguntó Grant. Estaba ansioso por continuar con el intercambio, ansioso por volver a The Peak antes de que se notara su ausencia.

"Siempre puedo ser persuadida para transmitir un mensaje para mis amigos", dijo, abriendo su bolso discretamente. Grant rápidamente buscó en el bolsillo interior de su chaqueta el sobre y lo metió en el bolso. La cerró con un chasquido discernible . Grant la miró directamente a los ojos. Estaba confiando en esta maldita mujer, no solo con el éxito de esta operación, sino con su jodida supervivencia. Se inclinó hacia delante para ofrecerle un beso en la mejilla y le susurró: "Nancy, amor, sé que eres una mujer ocupada, pero este mensaje debe llegar a mi gente rápido ... tan rápido como puedas".

Ella aceptó el cepillo de su barba contra su mejilla y le

sonrió de nuevo. "Mi cielo..." Siempre cuido a mis amigos. No hay nada de qué preocuparse. ¿Estás en buenas manos... tal vez cuando tengas algo de tiempo libre, puedas volver y comprarle un trago a Nancy?

Grant asiente y se aleja. Sólo esperaba que Nancy Lo fuera buena con su palabra y ella le devolviera el mensaje a Penn y al Centinela antes de que la siguiente ronda de balas comenzara a volar. Encontró un taxi fuera y estaba de vuelta en el complejo de apartamentos treinta minutos más tarde, feliz de descubrir que la energía todavía estaba fuera. Los operadores de vigilancia del Cuervo secretamente en algún lugar en los pisos por encima de él estarían caminando furiosamente, esperando a que la electricidad volviera a poner en marcha su transmisión en vivo. *Sí bueno, jódanse,* pensó. Se había escapado de la red, justo debajo de sus narices y durante esas pocas horas había sido un afortunado hijo de puta.

———

AL FINAL de la segunda semana estaba rebotando en las paredes, no tanto por su aislamiento en el apartamento, sino porque estaba atado a Hong Kong. Quería salir y encontrar su propio lugar... en cualquier lugar, donde ojos y oídos no lo tuvieran bajo vigilancia. Era como estar aplastado y estaba harto de ello.

Destrozó el apartamento, levantó el sofá, destrozó la vajilla en la cocina y generalmente se iba de una violenta oleada. Eso les daría algo para escuchar, a los bastardos. Fue al final de la tercera semana, cuando los oyentes de vigilancia pensaron que el 'Gorila' iba a hacer otro de sus alborotos cuando llegó un visitante. No había fanfarria, no había recepción VIP. El gran hombre simplemente entró en el apartamento, su bulto llenando el marco de la puerta, se acercó a Jack Grant, que estaba acostado desnudo en la cama, medio borracho de la noche anterior, y miró al pequeño Redactor.

"Así que señor Grant, he oído que ha estado ocupado", dijo Hokku, luciendo su aspecto más temible. Necesitamos conversar. Tenemos algunas preguntas serias que necesitamos que respondas".

"Vete", gruñó Grant, haciendo el papel de borracho enojado. Se incorporó sobre su codo y miró al enorme hombre japonés al final de la cama.

Hokku sonrió lentamente y Grant sabía que se había metido bajo su piel. Hokku no estaba acostumbrado a que los subordinados le hablaran así, especialmente "demonios extranjeros" como este. Grant, perdóneme, pero si no se levanta, se viste y me dice lo que necesito saber, te levantaré de esa cama y te tomaré la cabeza en las manos y te aplastaré el cráneo hasta que te salten los ojos".

Grant miró las manos del gigante y sabía que eso sería lo menos que esas manos eran capaces de hacer. "Donde carajo está Trench", gritó, decidido a recuperar alguna iniciativa.

"Trench está fuera por un tiempo, un pequeño trabajo que está haciendo por nosotros. Usted puede tratar conmigo por el momento.

"Trabajo para Trench. Hablaré con él", gruñó Grant.

Hokku negó con la cabeza y se rio. "No, señor Grant trabaja para mí, al igual que Trench. Te pago tus honorarios y tomo las decisiones. Ahora podemos hacer esto de la manera difícil o de la manera fácil".

Grant sonrió; era el tipo de línea que se había usado él mismo con el incauto. Así que lanzárselo a él este oponente formidable fue un poco desconcertante. "Bien, hablemos", dijo, levantando la mesa del comedor y las sillas que había tirado por la habitación la noche anterior en una de sus 'rabias'. Ambos hombres se sentaron junto a la ventana con vistas a la bahía, el sol de la mañana temprano bañó la habitación de un color naranja turbio.

"No completaste los términos del contrato", dijo Hokku, compuesto una vez más. El asesino gigante había sido apartado y el contador razonable estaba una vez más en control de las negociaciones.

Grant estaba confundido. Esperaba que la confusión enmascarara, incluso momentáneamente, el hecho de que sabía que había cometido un error al dejar que la chica, María, fuera a Brasil. "Tienes dos objetivos muertos, ¿no? Trabajos completos."

"Pero había un testigo, señor Grant, uno a quien no pudo eliminar." Hokku forzó una sombría mirada en dirección del hombrecito.

El gorila Grant se fue con la mirada de la pupila tonta. No devolvió nada. Sólo silencio de la insolencia.

"El conductor ¿La chica? Tenías órdenes de matarla después de que se llevaran a cabo los golpes", explicó Hokku.

"Yo no mato a los no combatientes. Tengo los objetivos, los dos hombres. Ese era el trato, el contrato."

Hokku sonrió. "Señor Grant, ¿cree que nos importa los no combatientes? Nos preocupamos por que nuestra gente cumpla con las tareas que se les han dado. No es complicado".

"Yo haría lo mismo de nuevo. No te gusta eso, luego dejame irme, nosotros vamos por caminos separados", dijo Grant.

Hokku lo miró como si se hubiera despegado de sus sentidos. "¿Crees que eso alguna vez sucedería? ¿Que te dejaríamos vagar, después de que hayas sido parte de algo en lo que estábamos involucrados? No, te mataríamos."

"Pero ¿por qué no lo has hecho entonces?"

"Porque veo un gran potencial en usted, señor Grant; podrías llegar lejos en nuestra organización, tienes un talento. Su reputación, como lo ha proporcionado Trench, me ha demostrado que sería un activo valioso para nosotros. Y no destruyo el talento. Lo mantengo cerca, lo nutro y guio su potencial. Incluso admiro su postura de no matar a transeúntes inocentes, es para ser elogiado. Después de todo, somos civilizados y no bárbaros", respondió Hokku con cautela.

Grant inclinó la cabeza, reconociendo el cumplido.

"Por supuesto, no cambia nada, si no matas al conductor", dijo Hokku sin problemas.

"¿Qué quieres decir?" preguntó Grant, temiendo lo que sospechaba que se acercaba.

Hokku sonrió. "Uno de nuestra gente recogió a la chica, una hora después de que te dejó. La mataron y la arrojaron a la carretera en algún lugar del país. Era lo mejor. Ella habría sido un peligro para usted".

La cara de Grant se sostuvo, no traicionó ninguna emoción, pero su estómago se desató con repulsión y rabia.

"Pero ese es el pasado... ahora al futuro", dijo Hokku. "Ha pasado suficiente tiempo y la investigación en Brasil se ha estancado, gracias a nuestros contactos que obstaculizan los procedimientos policiales. Dos criminales de poca monta han sido arrestados por los crímenes. Ambos fueron baleados mientras intentaban evadir el arresto. Así que usted está limpio, señor Grant.

¡Genial! Era todo lo que Jack Grant podía manejar a través de la gratitud. Podía sentir amargura y bilis subiendo en su garganta y tragaba fuertemente contra ella.

Hokku se puso de pie para irse. "Aséate. Voy a enviar un coche para usted dentro de una semana.

"¿Por qué?" ¿Voy a algún lado?" Grant preguntó, confundido.

Hokku se volvió y enderezó su chaqueta escrupulosamente. "Usted debe ser honrado con una audiencia de nuestro *Oyabun*. Ha expresado su deseo de conocer al hombre que ha resuelto nuestros problemas recientes. Su trabajo le ha impresionado mucho.

"¿Qué?" ¿El Cuervo, aquí? ¿Aquí en Hong Kong?" Grant estaba asombrado. Tal vez este golpe iba a ser más fácil de lo que pensaba.

Hokku se rio en voz alta. "No, el Cuervo rara vez sale de la seguridad de su patria. Todos los arreglos han sido hechos. Tienes que viajar a Japón. A la pagoda."

———

LA NOCHE SIGUIENTE, Grant dio un paseo por la ciudad. Se sentía libre, como si se hubiera levantado un peso de sus hombros y la larga caminata le ayudó a relajarse. No tenía pruebas, pero sospechaba que después de la llegada de Hokku, la vigilancia en el apartamento había sido cancelada. Nada concreto... sólo un sentimiento, un instinto intestinal. No sabía cuánto tiempo más estaría en Hong Kong, podrían ser horas, o días, pero adivinó que no más de una semana. Grant se dirigía a un pequeño bar que conocía cerca de la bahía de Kowloon para celebrar. Iba a cualquier parte excepto a Wan Chai, con la posibilidad de que todavía hubiera algún tipo de vigilancia callejera sobre él. Así que mientras que el paseo era una buena manera de estirar las piernas y sangrar los confines de las últimas semanas, también era una forma astuta de que él dirigiera una contravigilancia en la posibilidad de que Hokku les hubiera puesto a algunos hombres de a pie locales.

Cenó en un lugar *Dim Sum* en el camino de Kowloon, se tomó un par de whiskys caros e hizo un par de llamadas telefónicas desde el teléfono privado del restaurante. El primero fue en el Pussycat Club, donde pidió hablar con la señorita Nancy Lo, anfitriona habitual en el turno de la noche. El resto eran números aleatorios... sastres, una zapatería, una parada de taxi... cualquier cosa para ocultar el número del Pussycat Club en un bosque de números y cualquier cosa para ralentizar cualquier rastreador corriendo rastros o vigilancia.

"Nancy, es Jack... de la otra semana... me gusta un tipple de Vodka Centinela, cuando lo tienes en el bar... ¿Cómo estás? Lo siento no podré hacer nuestra cita la próxima semana... voy en un pequeño viaje de negocios... ¡Japón, sí, de verdad! Así que no te preocupes, pero por favor siéntase libre de dejar que los muchachos en Vodka Centinela sepan que estoy fuera... tal vez podrían reunir al viejo equipo y podríamos reunirnos. Sí, si pudieras pasar el mensaje palabra por palabra, ¿estoy seguro de que los jefes te darán algunas muestras gratis... tal vez la marca Pagoda que llevan?

Y ese había sido el final de la llamada. Había puesto el teléfono suavemente abajo, pagó su cuenta y saltó en el primer taxi que encontró. Estaba borracho y listo para dormir. Pero en el momento en que pensó en Japón y en lo que podría implicar, el alcohol en su sistema parecía disiparse. Sólo tenía que confiar, de nuevo, en que Nancy Lo, prostituta y espía extraordinaria sería su salvavidas una vez más y haría el mensaje.

LIBRO TRES: RONIN

1

EUROPA/ASIA - MARZO 1968

Fue en medio de la noche cuando el equipo finalmente recibió la señal del código que iba a traerlos de vuelta a la vida. Después de los 'golpes' en los jugadores de Cuervo se habían reunido en una casa segura en París, un gran apartamento en la Rue de la Paix. Habían vivido frugalmente, en silencio, como si mentalmente se estuvieran preparando para lo que estaba por venir. Los hombres habían compartido el dormitorio principal, las 'barracas' como las llamaba Hodges, mientras que Miko tenía exclusividad sobre el segundo dormitorio. El teléfono había sonado y Masterman gritó por la línea. "¡El Centinela está listo!" Tenían una ubicación: Matsumoto, Japón. Tenían un marco de tiempo difícil: durante la semana.

Un día después, Jordie Penn estaba parado en su puerta para confirmar los detalles. Se prepararon a abandonar las vidas que habían conocido en los últimos meses y prepararon sus papeles falsos, dinero y cualquier otra cosa que pudieran necesitar. El equipo se dirigió al este, arrastrado a la zona de matanza como una mosca en la trampa de una araña. La pregunta era, ¿quién era la araña y quién era la mosca? Ahora que les habían dado luz verde, estaban listos para lo que fuera les esperara en Japón.

Con el equipo en movimiento, la otra parte importante fue la transferencia de sus armas para la operación. Las armas vendrían de Macao a Japón, a través de un ex veterano de Borneo llamado Roper. Roper estaba ladrón e hizo un poco de carrera de armas al lado, por lo general pequeños envíos, cosas discretas, negable. Roper conocía a todo el mundo y dónde conseguir equipo. Pero lo más importante es que podría obtener las armas dentro y fuera de la mayoría de los países de Asia. Barcos, aviones, incluso burros habían sido utilizados en el pasado. Roper había estado en espera durante semanas, el envío listo, sólo esperando una dirección de "entrega" para completar el acuerdo. Ahora que la operación era Roper 'adelante' estaría traficando el kit en el país en este mismo momento. Iban a ser recogidos de los muelles del Puerto de Tokio y enviados a una casa segura por un contacto de Hodges, un joven llamado Takai. Takai hizo trabajos para Roper y se podía confiar en que no hiciera preguntas. Era lo más confiable que se podía obtener a corto plazo y sería el conductor del equipo, el factotum general, el intérprete y el hombre en el campo mientras se disparaba.

"¿Y es suficiente?" preguntó Penn. Estaban sentados alrededor de la mesa en el apartamento de la casa de seguridad de Hong Kong, antes de que Crane, Lang, Hodges y Miko salieran para volar a Japón. Penn había mirado la lista; escopetas, metralletas, explosivos, temporizadores y granadas, además de municiones suficientes para iluminar el cielo.

Crane y Lang asintieron. "Para el tamaño del objetivo con el que estamos tratando y el hecho de que no nos esperan en absoluto, sí, eso será más que suficiente".

¿Y tú Bill? ¿La munición es suficiente? Penn preguntó. Hodges levantó la vista de su periódico donde descansaba en el sofá. "Oh, no se preocupe, Sr. Penn, con todo esto podría aplastar el Kremlin. Así que una pequeña cabaña de madera en los palos no será un problema en absoluto".

Penn dudaba que la magnífica pagoda que había pasado los últimos días investigando pudiera clasificarse como una "pequeña cabaña de madera", pero decidió no cuestionar a su hombre de demolición. Penn había leído el archivo de Hodge y sabía que el viejo temporizador era un experto en destruir todo tipo de estructuras y personas con explosivos.

"¿Qué pasa con Grant?" preguntó Lang. "¿Qué va a usar?"

"Ah, el coronel ha incluido algo especial para él en el inventario. Algo que Gorila apreciará, algo de los viejos tiempos ", dijo Penn enigmáticamente. ¿Y usted, señorita Arato? ¿Todavía estás segura de que no podemos pedirte algo más ... moderno?

Miko le sonrió dulcemente desde su asiento al otro lado de la mesa. "Señor Penn, créame cuando digo que solo hay un arma para mí. Es el arma correcta; Es mi arma. Puede ser viejo, pero es mortalmente preciso.

2

El día después de la última reunión de Centinela, Miko Arato alquiló un automóvil y condujo a visitar a su único pariente restante en todo el mundo. Condujo hacia el noroeste de Tokio, hacia la prefectura de Ishikawa.

El granjero Hiro Arato había estado en el campo, atendiendo sus cultivos de batatas, verduras y arroz seco en los meses de primavera, cuando vio acercarse el automóvil. Lentamente caminó hacia la pista de tierra que diseccionaba sus campos, curioso de ver quién había conducido todo este camino para verlo en su granja. Cuando el auto llegó a la pista, pudo ver la silueta del conductor y supo al instante quién era. Era la chica que él había ayudado a criar; su sobrina, Miko. Se abrazaron, como lo hace la familia cercana, y Hiro Arato retrocedió para admirar a su bella sobrina. "Deberías haberme advertido que vendrías. ¿Condujiste todo este camino?

Miko asintió y miró amorosamente a su tío. *Parece cansado,* pensó ella. *Viejo. Golpeado.* Entraron juntos y se sentaron en la cocina de su pequeña casa con vistas a las hectáreas de sus tierras de cultivo. Fue su mayor logro trabajar en estos campos. Era todo lo que le quedaba, excepto esta joven que venía a visitarlo solo ocasionalmente.

"Siempre fuiste diferente, Miko, siempre terca. Voluntariosa. Me recuerdas mucho a tu madre. Tienes la locura de tu madre y las costumbres occidentales de tu padre ", dijo. Él estaba hablando de su trabajo como guía turística extranjera, su viaje a partes del mundo que él sabía que nunca vería, y sus maneras y modales occidentalizados. "¿Cómo está Europa, los turistas?"

"El trabajo está bien, tío. Gracias" —dijo ella cortésmente.

"Eso es bueno, estoy tan-"

"Necesito el rifle, tío".

Había esa brusquedad que odiaba. Ella era una mujer tan moderna o tal vez, él era solo una vieja reliquia que estaba demasiado fija en sus caminos. "¿Para qué, Miko? ¿Por qué necesitas el Arisaka? él preguntó. No había usado el rifle durante varios meses, no desde su última visita, antes de irse a Inglaterra para asistir al funeral del inglés que había sido su padre.

Ella dejó su pequeña taza de té y lo miró directamente a los ojos. En verdad, ella necesitaba el rifle porque era más fácil usar su arma favorita, que hacer que Masterman y el equipo intentaran pasar de contrabando un arma 'limpia' a Japón. Además, el arma era casi una extensión de ella; ella se había entrenado con eso y lo sabía bien. Pero sabía que su tío necesitaría más información que eso; necesitaría una razón para dárselo, no solo una excusa. Entonces, ella jugó con su sentido del honor. "Es un honor ser respetado. Estoy cazando bestias y cuando uno caza un animal salvaje, es mejor tener un arma de confianza ".

"¿Es esta tu oscura búsqueda, Miko? ¿La búsqueda del

hombre que mató a tu padre? preguntó con tristeza. Su largo momento de silencio lo confirmó.

"*Giri*", dijo ella finalmente, con firmeza.

"Sí, tu obligación; El voto que has hecho para honrar a tu padre y vengar su muerte. ' Entiendo. Pero te ofrezco esta advertencia, Miko, de alguien que es mayor y más sabio. Debes tener cuidado por buscar la muerte. Lo he visto al alcance de la mano; he sentido su sabor. Siempre deja huella y perdura en tu espíritu. Ninguna cantidad de lavado puede limpiar esto".

Ella lo miró fijamente, sin revelar sus pensamientos de ninguna manera.

Hiro inhaló profundamente antes de continuar. "Miko, eres la nueva generación, una generación de nuestra gente que debería y debe aprender de los errores de nuestros padres. No puedes asumir la carga de la muerte de tu padre. Era un hombre de secretos. Deberías preocuparte por vivir, no por vengarte de un fantasma. La miró con atención, a esta joven que, no hace mucho, había entrenado en el uso del rifle, cuando era sólo una adolescente. Había dicho lo que pensaba y sólo podía esperar que, por última vez, escuchara la sabiduría de su tío. Él esperaba disuadirla de lo que ella había decidido hacer.

Ella se adelantó y de una manera muy occidental, lo besó cariñosamente en ambas mejillas, una sobrina favorita del patriarca de su familia. Entonces ella lo miró una vez más a los ojos, extendió sus manos y habló sin rodeos. "El rifle, tío. Démelo."

"Y si me niego a hacerlo?" él preguntó bruscamente, pero sin mucha convicción. La convicción en su voz lo había conmocionado y de repente sintió cada año de su edad.

Ella sonrió, la dulce sonrisa que le dijo que aún podía hacer lo que quisiera con él. Siempre había tenido esa habilidad, al igual que su madre antes que ella. Suspiró profundamente, resignado a la derrota, y le hizo señas para que lo siguiera. Ella sabía dónde guardaba el rifle, donde siempre lo había guardado. Había estado encerrado en una caja en el sótano de la granja, desde que podía recordar. Ella lo siguió por los escalones mohosos y agrietados. La bodega estaba muy parecida a la última vez que había estado allí. Aseado, compacto, todo almacenado en cofres y cajas. Luego espió lo que buscaba. Abre la caja El viejo la adelantó, rebuscó en su bolsillo buscando un juego de llaves y se arrodilló para abrir la vieja caja donde guardaba el rifle. Yacía resplandeciente sobre una cama de sábanas de algodón. Encerrado, olvidado, como una fotografía de un amante muerto hace mucho tiempo. Aún impecable, pero descartado. Miko pensó que se veía hermoso y mortal.

El rifle Tipo 97 había sido una vez el arma favorita de los tiradores dentro del Ejército Imperial Japonés. Diseñado para francotiradores ocultos en los juncos, arbustos y bosques, el arma le había quitado la cabeza a muchos enemigos, desde disparos a larga distancia en las islas, hasta los combates callejeros en Singapur. Miembro de la familia de armas Arisaka, el rifle Tipo 97 venía con un visor fijo, que extrañamente no podía ser alterado o ajustado. Hiro Arato había pasado de contrabando el arma a casa cuando regresó a Japón por convalecencia en los meses previos a la ocupación aliada. Había permanecido oculto, enterrado en el bosque, a salvo y protegido de los elementos y los ojos penetrantes de los soldados estadounidenses y británicos que cazaban criminales de guerra. Pasaron más de dos años antes de reunir el coraje para salir al bosque y recuperar el rifle. Lo había limpiado, engrasado y probado en los campos que rodean su granja. Al principio, había luchado por alcanzar sus objetivos, pero lentamente, en el transcurso de muchos meses, las habilidades que había aprendido durante la guerra volvieron a aparecer; las habilidades en el campo, la respiración, el control del arma y la sensación de poder cuando el objetivo era alcanzado. Había cazado con él durante muchos años y embolsó muchos trofeos para su olla. Entonces vino la llegada de la niña, y él le había enseñado tan bien que ahora podía superarlo fácilmente.

"¿Lo has usado recientemente?" preguntó ella.

Él sacudió su cabeza. El cabo Hiro Arato se había sentado en las colinas, selvas, juncos y trincheras con los Arisaka durante la guerra. Si nunca lo volviera a sostener, sería un placer. "Ya no es una cosa que deseo sostener. He matado a suficientes hombres con armas de guerra. Los instrumentos de muerte ya no me interesan. Soy un humilde agricultor. Es lo más valioso que hay. Lo ha sido durante mucho tiempo ".

Ella se inclinó con respeto y gratitud. Él estaba silenciosamente complacido de ver que ella podía adaptarse a su herencia cuando lo necesitara, cuando sirviera a sus necesidades. Quizás no todo estaba perdido con ella. Pero ahora, después de todos estos años de aprendizaje, estudio y tiro, ella estaba aquí para quitarle el rifle. "¿Deseas practicar?" él preguntó.

"Sí, por favor, tío, por los viejos tiempos".

Él frunció el ceño. "¿Cuántas municiones llevaremos? No queda mucho en la caja.

Ella levantó su bolso y lo palmeó. "Traje el mío".

———

LLEGARON a la pequeña colina que dominaba la granja. Su tío había completado su truco habitual de colocar una vieja lechera en un pedazo de tierra baldía. Era su vieja rutina de entrenamiento. El tío Hiro estableció el objetivo, caminó los trescientos metros hacia atrás y actuó como su observador cuando Miko comenzó a concentrarse en la lechera de metal. Era algo que habían hecho juntos desde que era una niña, en los días de verano, los días de invierno, cazando con el rifle, practicando acostarse y disparar a objetivos improvisados. Ella había comenzado pequeña; conejos y alimañas, antes de subir a ciervos y jabalíes.

Hiro supo en pocas sesiones que la niña tenía talento. Era inconfundible y también le preocupaba. Una niña, una niña mestiza *gaijin* , lo que era aún peor, porque ese tipo de talento llamaría la atención. Sabía que tendría que esconderlo para que no se conociera entre los otros aldeanos. Con los años, la niña había venido disparando con él cada vez que visitaba la antigua granja, hasta que finalmente se convirtió en una mujer joven y comenzó a superarlo con sus habilidades. Había sido inevitable. Hiro Arato había sido un soldado y francotirador de primer nivel, por la necesidad del combate en tiempos de guerra. Pero su sobrina podía dispararle fácilmente con su viejo rifle, ella era un talento natural.

Miko se acomodó, había llevado una bolsa de arroz a la colina que usó como descanso para el rifle, su peso formando una ranura en la bolsa. Comenzó a disminuir la velocidad de su respiración, inhalando y exhalando, cada vez más lento hasta que pudo sentir que los latidos de su corazón se relajaban. Suavemente movió su ojo hacia el telescopio; ella sabía cómo funcionaba, había tomado esta foto cientos de veces antes.

El metal de la lechera parecía grande a través del visor, y vio que ya estaba perforada y acribillada con heridas de bala de años pasados. Miko sabía que, debido a la colocación del visor en el rifle, tendría que compensarlo, sabiendo que tiraría hacia la derecha. Ella centró el rifle, exhaló lentamente, nada más que un susurro de aire, y apretó suavemente el gatillo. Miko escuchó el chasquido de la bala cuando salió del arma, sintió el golpe del rifle al empujarlo en su hombro y reaccionó instantáneamente para controlarlo. Luego, el ruido distante cuando la bala 'zumbó' en el metal de la lechera. Incluso a esta distancia, a través de la mira, Miko podía ver que estaba a escasos centímetros del centro. Pero los centímetros importaban. Cada centímetro del centro muerto se clasificaba como un fallo. Ella retiró el cerrojo y cargó otra ronda. Del lado, escuchó al tío Hiro, con sus viejos binoculares aún fijos en sus ojos, diciendo: "Demasiado a la derecha, tienes que moverte a la izquierda".

Miko asintió, recostándose y respirando lenta y superficialmente. Hizo el movimiento más imperceptible con el rifle y disparó. De nuevo, sintió el golpe hacia atrás del arma, escuchó el estallido de la bala. Oyó al tío Hiro resoplar de risa. "*Hai*, perfecto. ¡Tienes tu cero!"

Ella disparó de nuevo ... y golpeó.

De nuevo ... y el golpe.

Tres, cuatro veces. Todos los golpes. Todos tiros que matan.

Hiro Arato miró a su sobrina y vio la confianza y determinación en el rostro de ella. Ella estaba lista. Para lo que fuera que ella estuviera lista, él no lo sabía exactamente, ni tampoco lo deseaba. Mañana volvería a la gran ciudad de donde había venido. Solo esperaba que algún día pudiera volver a mirar a la cara a su querida sobrina y ver que el fuego de la venganza en sus ojos se había apagado para siempre.

3

TOKIO - MARZO 1968

Jack Grant había estado en Tokio por menos de un día.

Un chofer lo recogió del aeropuerto y lo condujo al exclusivo Hotel Hilton, donde le habían reservado una suite. Una vez que se había registrado e inspeccionado la habitación, inmediatamente salió a la calle y encontró un taxi. Con un poco de japonés de un libro de frases que había comprado, logró, se las arregló para pedirle al taxista que lo llevara a otro hotel. Usaría el Hilton para revisar los mensajes de la gente de Hokku, y el hotel alternativo como su base para dormir y conectarse a Penn de manera segura.

El nuevo hotel pertenecía a una cadena occidental, la Osaka. Era lo suficientemente agradable, útil y no ostentoso. Se ocupaba del mercado empresarial occidental cada vez mayor. Grant pensó que se mezclaría perfectamente aquí, entre los altos ejecutivos de Alemania, Bruselas y Australia. Su primera tarea fue hacer contacto telefónico con Penn y hacerle saber que estaba en el país y todavía en juego. Llamó al número de contacto de Hong Kong en su cabeza, recordado todos esos meses atrás. Escuchó el clic del otro extremo de la línea.

"2308 Hotel Osaka. Aún activo. Estoy libre ", dijo Grant.

Escuchó a Penn murmurar: "Vuelve a llamar en una hora". Entonces oyó el teléfono siendo colgado.

Entonces caminó, explorando las calles de la ciudad. Mayoermente se apegó a las sombras y la oscuridad, no queriendo atraer atención innecesaria. Para el japonés promedio, estaba seguro de que con su barba, su arrogancia y su mirada deslumbrante sería el epítome de un europeo, un gorila, un animal, un bruto, un asesino, memorable. También sabía que, a pesar de su atmósfera exteriormente amigable, había una buena posibilidad de que en los próximos días, Tokio pudiera convertirse en un lugar muy peligroso para él, perseguido tanto por la policía como por la gente del Cuervo. No quería atraer el interés de nadie.

Una hora después, regresó a Osaka y usó la cabina en el vestíbulo del hotel para llamar al número de contacto. Penn debe haber estado esperando, pendiente del teléfono, porque escuchó el primer timbre. "¿Cómo está el clima?" Preguntó Penn.

"Muy frío. ¿Creías que así debía ser Asia? gruñó Grant.

"Parece que se avecina una tormenta de invierno, viejo, al menos según los informes meteorológicos", dijo Penn.

"No me digas", dijo Grant, consciente del doble significado. "¿Tenemos más inteligencia sobre esta pagoda?"

"Solo que está en el medio del campo, aislado y protegido. Lo malo es que puedes tener un poco de pelea, algunos guardias con los que lidiar".

"¿Y lo bueno?"

"No te esperan, así que puedes golpearlos mientras están más débiles y, debido a su ubicación aislada, puedes causar tantos estragos como quieras sin atraer demasiada aten-ción", dijo Penn.

Ojalá fuera así de simple, pensó Grant. "¿Cómo está el equipo, están listos?"

"Están bien Jack, todo está en su lugar. Están en el país. Saben lo que tienen que hacer y estarán cerca de ti con todo. Solo prepárate para que te saquen. No estarán muy lejos".

"Bien", dijo Grant. "La gente del Cuervo aún no ha estado en contacto, probablemente manteniéndome preparado para la visita del gran hombre. Tan pronto como lo sepa, lo sabrás. "¿Está bien?"

"Entendido. Ah, y por cierto, espera la visita de uno de nuestros representantes esta noche. Le pediremos a alguien que se ponga en contacto con usted en Osaka, solo para informarle sobre los detalles de última hora", finalizó Penn, antes de finalizar la llamada.

Entonces Grant había regresado a su hotel y esperó. Estaba esperando ... a alguien. Desde el momento en que cambió de hotel y le dio su nueva ubicación a su número de contacto, supo que el contacto prometido sucedería pronto. Su familia fantasma siempre miraba desde las líneas laterales.

Estaba desempacando cuando llamaron a la puerta y una voz llamada "Servicio de habitaciones". No había espe-rado que fuera ella. Aunque, al pensar en ello, era perfecta para el papel de una empleada doméstica: hablaba inglés con fluidez y era tan occidental en cultura como asiática. Ella se mezclaba perfectamente en un hotel occidental.

"Tu orden", anunció. Miko estaba vestida con el uniforme estándar para el personal del hotel (blusa, falda corta, zapatos planos e identificación) y empujaba un carrito de comida. La cubierta perfecta. Nadie mira dos veces a una camarera que hace un servicio de habitaciones.

La dejó entrar en la habitación y luego cerró la puerta detrás de ella. Ella se volvió hacia él y sonrió, mientras retiraba un archivo delgado de debajo de la campana de plata en el carrito antes de entregárselo. De debajo de la tela de lino que cubría el carrito, sacó una pequeña bolsa. Contenía varios equipos que Penn pensó que su agente podría necesitar.

"Eso es todo lo que tenemos para donde creemos que te llevarán", dijo Miko.

Grant lo abrió y hojeó el contenido; mapas, rutas de entrada y salida, una lista de armas para el resto del equipo, así como un plan operativo sobre cómo ocurriría el ataque y en qué orden. Lo ojeó todo. Parecía factible en una mirada inicial; lo estudiaría más tarde cuando la chica se fuera. Luego lo quemaría, dentro del baño del hotel.

¿Cómo están todos? él preguntó.

Ella asintió. "Están listos, creo. Hombres ... siempre están tan impacientes por comenzar a causar muerte y destrucción ".

"¿y tú?"

Ella sonrió melancólicamente. "Estoy lista, también". La parte más difícil ha sido la espera ".

Grant asintió con la cabeza. Él entendió eso, demasiado bien. Siempre fue la parte más difícil ... la espera de ese llamado a la acción. El miedo, las dudas, la paranoia. Sí que duro

"¿Fue difícil para usted, Sr. Grant?" preguntó Miko "¿Estar fuera del alcance por tanto tiempo?"

Él colocó el archivo informativo en la cama junto a él y se sentó. Se pasó las manos por la barba y el cabello, como si tratara de eliminar el estrés de los últimos meses viviendo dentro de un campamento enemigo. "Fue difícil, pero no imposible".

"¿Pero valió la pena?"

Él se encogió de hombros. "Pronto veremos, ¿no señorita Arato?" dijo, mirándola con su uniforme, su disfraz. Pensó que ella se parecía a una muñeca, tan pequeña y frágil. Sus ojos se encontraron por un momento, no mucho, pero lo suficiente como para que ambos sintieran algo entre ellos. Ella dio un paso hacia él y le acarició suavemente la cara.

"Gracias por todo esto, Sr. Grant", dijo y luego se volvió rápidamente, recogió el carrito de la azafata y salió de la habitación sin decir una palabra más.

———

UNA HORA después estaba en la cama, su mente volteando la información en el archivo de inteligencia que Miko le había entregado. La ubicación, el historial, el número esperado de objetivos. Pero fue la chica la que más le dominó la mente. La complejidad y el contraste de ella. Una mujer hermosa y frágil que estaba dispuesta a renunciar a su vida, libertad y a caminar al infierno con un grupo de asesinos entrenados en una posible misión suicida. Y todo para vengar al hombre que apenas había conocido como padre. La mayoría de las mujeres que conocía simplemente arrojaban una corona de flores sobre la tumba y continuaban con sus vidas. Pero esta joven mujer, bueno, ella era algo único.

Estaba a punto de quedarse dormido cuando escuchó el chasquido de la puerta cuando se abrió fácilmente en la oscuridad. Una clave de acceso del hotel, supuso. Al instante estuvo alerta, viejos hábitos y los viejos entrenamientos difícilmente mueren. Grant se incorporó sobre un codo y con la otra mano alcanzó la navaja de afeitar recta que mantenía debajo de la almohada. Estaba desnudo debajo de las sábanas; el calor dentro del hotel lo había obligado a dormir de esa manera.

"No necesitarás la navaja", dijo Miko.

Él no dijo nada y observó mientras ella entraba silenciosamente en la habitación y cerraba la puerta detrás de ella. La luz ambiental de la calle proyectaba un brillo azul neón sobre ella. Ella se hizo a un lado y salió de su bruma, mezclándose con la oscuridad de la habitación. Escuchó el movimiento de material cuando ella se quitaba rápidamente la ropa y luego las sábanas de la cama se retiraron y luego su cuerpo delgado descansaba contra el suyo.

¿Olvidó algo? preguntó, tratando de ubicar sus ojos en la oscuridad.

Como respuesta, ella colocó un dedo delgado sobre sus labios para silenciarlo y luego rodó su cuerpo sobre su torso para estar a horcajadas sobre él. Ella tenía el control y, a pesar de su reticencia endogámica a renunciar al poder físico, él se sometió voluntariamente. Sus manos se extendieron sobre su pecho mientras se inclinaba hacia adelante, su cabello caía hacia abajo cuando sus labios se encontraron. El beso fue tierno, suave y ambos lo disfrutaron por completo. Él acercó sus manos a sus senos y sus dedos encontraron sus pezones; ella gimió cuando se endurecieron bajo sus pulgares. Ella se agachó entre sus muslos para descubrirlo tan duro como una piedra y lo guió suavemente hacia su humedad. Ella tembló al principio, ansiosa por tomarlo todo dentro de ella y luego, lentamente, se relajó. Ella lo montó suavemente, sus caderas se movieron hacia adelante y hacia atrás en un movimiento fluido, llevándolo. Grant la sostuvo con sus fuertes brazos, empujándose hacia arriba una y otra vez, mirando cómo su espalda se arqueaba de placer, sus senos empujados hacia afuera. La intensidad aumentó, sus ojos se encontraron y se movieron juntos como uno solo hasta que ambos llegaron al clímax, ambos llorando de placer. Miko inclinó la cabeza hacia abajo, su cabello negro cayó sobre su pecho, las lágrimas cayeron de sus ojos.

Permanecieron en silencio en la oscuridad, escuchando el ruido de la vida nocturna de Tokio afuera, cada uno sin saber de qué hablar o cómo decirlo. Para ambos, hacer el amor no había sido más que una liberación física, un ungüento para aliviar el estrés y la tensión antes de que comenzara mañana. Fue el acoplamiento de dos personas que podrían morir mañana. Finalmente, Grant rompió el silencio. ¿Estás segura que quieres hacer esto? ¿El golpe, el asesinato mañana? preguntó en voz baja.

Miko permaneció en silencio por un rato más, como si hubiera logrado leer sus pensamientos y estuviera considerando sus opciones. ¿Se arrepentiría ella a último momento? Todos decían que estarían bien, pero en realidad, querían decir lo contrario. Nunca podrías retroceder, nunca alejarte, nunca abandonar la misión. Ella se incorporó sobre un codo y lo miró. Ella acarició suavemente su rostro. "Tengo una obligación; mis preocupaciones no importan. Tengo la oportunidad de vengar a mi padre y tengo que proteger a mi equipo", dijo simplemente. "He tomado una decisión y no hay vuelta atrás ahora".

Él entendió; él mismo había estado allí, muchas veces, se había obligado a ver a través de operaciones en las que temblarían hombres de rango inferior. No era para todos, cambió a las personas, a veces para peor, a veces para mejor, pero de todos modos los cambió. "Entonces, ¿qué fue todo esto?", preguntó, indicando la cama donde habían hecho el amor momentos antes. "¿La última petición del hombre condenado?"

Ella sonrió. "Podría ser la última vez para los dos. No hay

nadie más que pudiera entender aquí, esta noche, en esta situación ".

Él asintió y se giró para mirarla. Pasó su mano suavemente por la curva de su pecho. Como si sintiera su conflicto, ella habló. "¿Puedo contarte una historia, una historia sobre mi padre?"

"Habla, si te va a ayudar".

Ella le sonrió y rápidamente lo besó por última vez. "La primera vez que conocí a mi padre fue cuando era solo una niña. Mi madre y yo viajamos a Singapur para conocerlo. Mi madre solo dijo que íbamos a encontrarnos con una vieja amiga suya; no tenía idea de que nos encontraríamos con un hombre, y mucho menos con mi padre. Hasta ese momento, la idea de un padre nunca se me había ocurrido. La familia estaba compuesta por mi madre, mi tío Hiro y algunos primos lejanos. Un padre nunca había sido mencionado. Cuando llegamos al hotel donde se hospedaba, mi madre y yo fuimos recibidos en la puerta por un hombre guapo con un hermoso traje color crema. Pensé que parecía una estrella de cine de una película de Hollywood. Era alto y delgado, bronceado para ser occidental y muy guapo. Nos sentamos y tomamos el té juntos, los tres. Me di cuenta de que mi madre lo amaba y que él era un caballero perfecto, tenía modales impecables. Hablamos hasta altas horas de la noche sobre todo ... me preguntó sobre mi hogar, mi vida, qué quería hacer cuando creciera. Le dije que quería ser bailarina de ballet. Él sonrió y dijo que sería una bailarina maravillosa. Al día siguiente, lo volvimos a ver y nos llevó de compras. Me compró un hermoso vestido, uno que todavía tengo en alguna parte, guardado con mis otros recuerdos de la infancia ".

Grant sonrió para sí mismo. Nunca había conocido al viejo C personalmente, solo lo había visto de pasada, pero sabía que el hombre había sido un despiadado oficial de inteligencia en sus días. Así que este nuevo ángulo sobre el viejo maestro de espías lo había tomado por sorpresa. "¿Alguna vez lo volviste a ver?"

Ella sonrió. "¡Claro!" Muchas veces a lo largo de los años. Mi padre y yo tuvimos una relación maravillosa, él me guió, me protegió y me dio muchas oportunidades en mi carrera. Pero, sobre todo, me dio amor, un amor que me faltaba cuando era más joven. Se disculpó por no haber estado allí".

"Y luego sucedió el Cuervo", dijo Grant.

"Entonces el Cuervo me lo quitó ... eso es algo que no olvidaré. Mi padre vivió ese tipo de vida peligrosa, como tú, pero morir viejo e indefenso y de esa manera ... no lo puedo perdonar ", dijo con amargura.

"Entonces, ¿vamos hasta el final, Miko?"

"Sí Jack, yo, tú, esos muchachos, vamos hasta el final y terminamos esto. Somos *Ronin*." Ella vio su confusión. "¿No estás familiarizado con el término?"

Él sacudió su cabeza. "No."

Ella pasó una mano delicada por el costado de su rostro y acurrucó su cabeza contra su hombro. "*Ronin* eran un grupo de Samurai sin maestro en el Japón feudal. Eran mercenarios que trabajarían por contrato, o para el mejor postor. Pero ocasionalmente, incluso *Ronin* pueden unirse por una causa mayor ".

"¡Una causa mayor! Bueno, tenemos eso de verdad", dijo Grant.

"Tenemos venganza, lo que sin duda es un factor importante para lo que estamos a punto de hacer. Pero también tenemos el deber, como seres humanos, de detener el posible genocidio que este loco quiere infligir al mundo en nombre de la codicia y la lujuria por el poder ".

Jack pensó de nuevo en las imágenes del niño

mordiendo a la cabra en el laboratorio y se estremeció. La imagen lo heló hasta los huesos.

Miko continuó. "A veces, el *Ronin* sabía que tal vez no sobrevivieran en la batalla, a menudo simplemente eran superados en número. Aunque ya no eran de la clase Samurai, su mayor esperanza era que experimentarían la muerte de un guerrero en combate. Pienso que nosotros mañana; deberíamos esperar lo mismo. Para destruir el mal, incluso si eso significa que morimos de una muerte solitaria y el resto del mundo continuará como si nada hubiera pasado, sin darnos cuenta de nuestro sacrificio. Eso es bueno.

Grant se relajó de nuevo en la cama, con una mano descansando perezosamente sobre su cadera, ambos disfrutando del calor del otro y la seguridad de la oscura habitación del hotel. El sueño lo llevó y sus sueños fueron inquietos al principio con su mente en confusión. ¿En qué se había convertido en los últimos meses, desde que dejó su hogar en Arisaig? ¿Cómo se define a sí mismo ahora? Ya no era un agente del gobierno del Servicio Secreto de Inteligencia; en lo que a ellos respecta, era una noticia vieja y ya no existía. Pero tampoco era un mercenario completo o un asesino a sueldo que trabajaba para el paquete de pago más alto. Era un híbrido, algo descansando entre dos mundos. Ciertamente había matado gente, y estaría matando mucho más antes de completar esta tarea. ¿En qué se había convertido y a dónde lo llevaría? *Ronin*. Pensó que la palabra le convenía perfectamente ahora.

En la oscuridad fue un buen sueño, profundo y poderoso. Gorila siempre era así antes de un "trabajo", dormía el sueño de la alegría y la paz. Cuando despertó a la mañana siguiente, Miko se había ido, y por unos breves momentos no estuvo seguro de si su visita no había sido más que un sueño maravilloso.

4

GORILA PODÍA SENTIR EL FINAL DEL JUEGO Y ESTA NOCHE llevaría la operación de los últimos meses a una conclusión muy violenta. Si todavía estuviese vivo al final de la noche era otro asunto.

Estaba parado en una esquina del distrito *Nihonbashi*, irónicamente, frente al edificio que albergaba a Nakata Industries. Era temprano en la noche y las calles de Tokio estaban llenas de peatones. La noche era fresca y fría, y supuso que pronto podría haber nieve en el aire. Se quedó mirando el periódico distraídamente, sin saber qué significaba alguna de las palabras. Las multitudes se movían alrededor del extranjero, como el agua evitando una roca en un arroyo.

Nunca se le permitiría entrar al brazo legítimo del clan, el gran edificio con fachada de vidrio que era la tapadera de la profesión oficial de Nakata. El clan y su fachada serían para siempre dos entidades separadas y, en verdad, no tenía interés en esa parte de la operación del Cuervo. Era el santuario del *Karasu* que él quería, el lugar donde el líder del clan se consideraba a salvo y seguro.

Estaba vestido con ropa adecuada para la noche de invierno. Pantalones oscuros, suéter negro con cuello de tortuga y un abrigo negro corto. Ese mismo día, había visitado al barbero del hotel y se había afeitado la barba y le habían cortado el pelo, revelando su color blanco y rubio natural. Sin la barba, su rostro parecía más duro y delgado. Era como si se hubiera quitado una máscara, un disfraz, ahora que las etapas finales de la operación estaban sucediendo, para revelar su verdadera identidad, su cara de batalla. Sus zapatos, un regalo de Penn, eran de suela gruesa y agarraban bien y eran su única concesión a su atuendo. Los zapatos serían buenos para pelear. Bueno para la estabilidad en la nieve y con una suela lo suficientemente pesada como para causar algún daño en una piltrafa. Los zapatos también guardaban otro secreto: un pequeño dispositivo de rastreo enterrado profundamente en la suela, no más grande que una moneda. Era su salvavidas para el resto del equipo. Mientras no pierda sus zapatos, podrán seguirlo y encontrarlo. Sabía que estarían cerca incluso ahora, sentados en la parte trasera de una camioneta discreta que habían comprado, mirando y esperando.

Hace una hora, había recibido una llamada de Hokku en su hotel, diciéndole que esperara en una calle determinada a una hora determinada y que sería "recogido". Por lo tanto, no fue una sorpresa cuando, casi exactamente al segundo, apareció un sedán BMW oscuro. Al instante alcanzó la manija y se subió al auto. El interior era oscuro y cálido y lo único que tenía que mirar era el cuello del conductor mientras se alejaba en el tráfico.

"¿A dónde vamos?" preguntó Gorila.

El joven conductor lo miró. "A la pagoda", anunció secamente.

El viaje, estimó Gorila, les tomaría alrededor de dos

horas a esta hora de la noche. Fuera de la ciudad y lejos en la inmensidad del campo japonés. Gorila solo esperaba y rezaba para que el rastreador en su zapato estuviera haciendo su trabajo y el resto del equipo de Centinela todavía estaba 'sobre' él, en la distancia, atado a él por una línea de vida invisible. Pasaron por la campiña de foto perfecta en la oscuridad, solo la extraña luz aquí o allá proporcionaba algún indicio de civilización. A lo lejos, las montañas cubiertas de nieve vigilaban e incluso aquí, en las tierras bajas, la suave nevada hacía que los bosques y las llanuras parecieran haber sido pintados con flores blancas de los árboles.

Gorila se recostó en el asiento y cerró los ojos. Sabía lo que iba a suceder y no había nada que pudiera hacer al respecto todavía. Así que descansa cuando puedas, esa era la regla de oro. Pero incluso recostado en los profundos asientos de cuero del auto, su mente todavía estaba resolviendo las opciones y lo que tenía que hacer. Reunir al equipo, hacer que se concentren, pasar a los guardias y luego ... luego es era la parte fácil. La matanza, la activación de los disparadores, la alineación de las miras se harían con rapidez, la agresión y la sorpresa. El equipo tendría que ser despiadado y brutal.

En algún lugar del viaje, debe haberse quedado dormido por un tiempo, a lo mejor solo unos minutos realmente. Pero la calidez del interior y el suave balanceo del automóvil mientras atravesaba las onduladas carreteras del país tuvieron un efecto. Se despertó con un sobresalto. Mirando su reloj, supuso que estaban a solo treinta minutos de su destino. El tiempo de descanso había terminado; era hora de que él hiciera lo que mejor hacía.

Echó un último vistazo a la parte posterior de la cabeza del conductor, observando su cuello delgado y su cabello muy corto. No era más que un niño, sin duda un joven en algún lugar del clan, utilizado para hacer mandados y llevar a la gente a conocer al *Karasu. Mala suerte,* pensó Gorila. No le importaba quién era el conductor; qué edad tenía o qué hizo. Solo sabía que lo que estaba a punto de hacer tenía que hacerse rápidamente, violentamente y sin piedad. Con la mano izquierda, agarró firmemente el respaldo del asiento del conductor, plantó los pies con fuerza contra el piso del auto para darle agarre y luego torció su cuerpo corto en un arco. Vio cómo su golpe de gancho golpeaba a cámara lenta al oído del joven conductor, golpeando su cabeza como una bola de billar contra el cristal de la ventana del lado del conductor. Una mancha de sangre se extendió sobre el cristal roto y luego Gorila lanzó más golpes, una vez más en el mismo lugar, la oreja. Golpeó el costado de la cabeza del hombre sin piedad tres, luego cuatro veces.

El auto se tambaleó, girando en la carretera vacía, mientras el conductor se quedaba inconsciente. Gorila era arrojado por la parte trasera, preparándose para lo que sabía que era inevitable ya que el auto parecía tomar un rumbo recto e iba acelerando, apuntando a una zanja. Hubo un repentino y descontrolado chorro de aire frío cuando el pie del conductor pisó el pedal y luego una serie de golpes lentos y descendentes al caer más profundamente en el talud. Finalmente, hubo un sólido golpe de ruido y energía cuando el vehículo chocó contra un gran árbol. Entonces solo hubo quietud y silencio.

Gorila terminó encajado en el espacio para los pies en la parte trasera del auto. Estiró la mano y levantó la cerradura de la puerta, abriendo la manija de la puerta interior y pateando con los pies hasta que la puerta se abrió. El chorro de aire frío que lo golpeó lo hizo sentirse bien con su pesada chaqueta en esta noche helada. Con cautela, salió del vehículo y se adentró en la noche. El automóvil estaba boca abajo en la zanja, su capó se arrugó como un vaso de papel y sus ruedas traseras estaban arriba del suelo y giraban. El conductor había sido sacudido como una muñeca de trapo y estaba tendido sobre los asientos delanteros. Afortunadamente, él todavía estaba inconsciente. Gorila avanzó por el terraplén hasta llegar a la carretera principal. Buscó cuidadosamente y pudo ver las marcas de derrape en el camino cubierto de nieve, que se retorcieron y giraron como una serpiente antes de desviarse hacia las márgenes del bosque. La buena noticia es que cualquiera que encuentre el automóvil simplemente supondrá que se ha resbalado en un trozo de hielo, en lugar de que el conductor fuera golpeado dejándolo inconsciente.

Se paró al borde del terraplén, golpeando los pies y manteniendo las manos metidas profundamente en los bolsillos del abrigo. No pasó mucho tiempo antes de que los faros de un vehículo que se acercaba lo sorprendiera; hizo una mueca y volvió a enfocarse cuando una vieja furgoneta se detuvo al costado del camino de grava. Era su equipo. La ventanilla del conductor estaba abajo y apareció una cara dura que le gritó algo en lo que parecía un japonés gutural. Gorila se quedó mirando sin comprender y luego recibió la traducción al inglés cuando Hodges se asomó desde el oscuro interior de la cabina del camión. "Dice que es una mala noche para estar solo en el campo, especialmente para un *gaijin,* y especialmente para alguien tan feo como tú. Entra; tenemos mucho trabajo por hacer ".

"¿TIENES MUNICIONES DE DOBLE ESPACIO?"

"No, no queda ninguno, estoy cargado. Toma los disparos sólidos en su lugar.

"Necesito un poco de cinta adhesiva para sujetar estas correas. ¿Dónde están las cosas de repuesto?

"¿Me puede pasar esa carga adicional? Podría ser útil como respaldo".

La conversación en la parte trasera de la furgoneta era susurrada, silenciosa. Era la conversación que Gorila había escuchado cientos de veces antes. La charla de hombres preparándose para la batalla. No ruidoso, no bombástico, solo profesionales, asegurando que tenían todo en su lugar. Se sentó y los observó a todos en la parte trasera de la camioneta, sus contornos eran las únicas cosas visibles en la oscuridad mientras pasaban trozos de kit de un lado a otro y se aseguraban de que estuvieran listos. Hablaron, todos excepto la niña, Miko. Ella siguió callada. Su cabeza se inclinaba hacia adelante y sus ojos estaban cerrados, como si estuviera disfrutando de una oración privada.

Condujeron otros cientos de metros, hasta que encontraron un lugar para estacionar, un lugar tranquilo y discreto. Takai, el joven conductor japonés de rostro duro, permaneció en el asiento del conductor mientras el resto abandonó rápidamente el vehículo. El equipo de ataque del Centinela (Crane, Lang, Miko y Hodges) estaban equipados de la misma manera: overoles negros, botas de montaña oscuras, guantes sin dedos, gorro de punto negro y caras manchadas con betún negro, como era la norma para toda acción encubierta de equipos de todo el mundo. Lo único que los separaba eran las diferentes armas individuales; el dúo mortal tenía escopetas de combate Remington 1100, Hodges llevaba una vieja pistola Sten, torpe, pero aún operativa, y Miko, por supuesto, tenía su arma especializada, el rifle de francotirador Tipo 97 que estaba asegurado en una bolsa acolchada para mantener protegida de la escarcha y nieve.

Se quedaron en semicírculo, Gorila, su líder, en el centro. Esperaron sus palabras. Los Centinelas se reunieron una vez más. Cuando Gorila habló, lo mantuvo corto. "No podemos esperar mucho tiempo. Todos sabemos lo que tenemos que hacer, nuestro papel en todo esto. Soy el caballo de Troya; pasaremos el primer puesto. Tan pronto como esté dentro, Crane y Lang se acercan por atrás cuando dé la señal. Hodges, te quedas quieto hasta que estemos adentro y cuando la costa esté despejada, plantas esos explosivos. Has reventar esos cabrones si no estamos fuera en una hora, arrasa el lugar. Finalmente, se volvió hacia Miko. Encuentra tu posición, en algún lugar alto, oculto y con una buena vista de los jardines. Derriba a tantos en el exterior como puedas, especialmente a los guardias. Entrar y salir es la parte difícil ... mientras estamos allí, ¡no dudes en eliminar todo lo que tenga pulso! "¿Está bien?"

. . .

ELLA ASINTIÓ. Sabía lo que se esperaba de ella y tenía claro lo que haría. Luego, como una ocurrencia tardía, como si ella lo hubiera recordado en el último minuto, metió la mano en su pequeña mochila y sacó dos paquetes, cada uno envuelto en un paño oscuro y se los entregó. Sus ojos se encontraron con los de ella, pero no traicionaron nada de su amor de la noche anterior. Ese momento ya había pasado para los dos. Ahora todo era puramente negocios. Desenrolló la primera tela y miró el contenido. Era un Smith & Wesson para exteriores con un cañón de cinco pulgadas; un gran revólver pesado que disparaba seis balas calibres especiales .38. Gorila supo al instante que se trataba de un bloqueador de hombre. El revólver estaba sentado en una plataforma de la funda de hombro marrón. Se quitó el abrigo y se deslizó sobre el aparejo, ajustándolo ligeramente para que no se moviera y permaneciera ajustado contra su cuerpo.

Desenrolló el material que ocultaba el siguiente paquete y sonrió, porque allí, acurrucado en el grosor de la lana, estaba su viejo amigo y talismán. Era el Smith & Wesson Model 39, contenido en una funda de cinturón y acompañado por tres magazines completamente cargados. La última vez que vio el '39 fue hace más de tres años, cuando se vio obligado a renunciar después de la operación en Europa. Había temido no volver a verlo nunca más. Gorila trazó sobre los contornos del marco de metal con su dedo y suspiró. Era como si alguien hubiera recuperado una extremidad faltante; él estaba entero y él estaba completo. Cargó un magazine en el '39, atoró la corredera haciendo que el arma estuviera 'viva' y golpeó el seguro. Los otros dos cargadores fueron metidos en la bolsa de cuero que llevaba en la cadera. Tenía su arma principal, el '39 y una pistola de respaldo; el hombre de campo. Él estaba listo.

"¿Es lo que querías?" preguntó ella.

Se ve hermosa pensó, incluso con el camuflaje de betún cubriendo su cara y la capucha oscura cubriendo su cabello. Él asintió. El '39 era exactamente lo que quería. Era, sin ningún sentido de ceremonia o pompa, un regalo final del Centinela.

———

UBICADO en el corazón de la prefectura de Mie de Japón, lejos en las vastas llanuras vacías y rodeado de montañas por todos lados, se encontraba el Castillo de Masakado. Fue una de las pocas pagodas originales que quedan en Japón y data del siglo XVI, cuando originalmente había sido construida por un enemigo del clan Nakata, Sugitani Masakado, un *Shinobi* de cierta reputación.

A fines de la década de 1870, el bisabuelo del Cuervo, por medios nefastos, compró las cincuenta hectáreas circundantes y obtuvo el control de la pagoda, ocupándose de ella. El viejo guerrero había pensado que era divertido dominar lo que sus enemigos habían poseído y que su clan había codiciado. Había celebrado bien la noche en que se completó la venta. Luego se dedicó a renovarlo y reconstruirlo según sus propias especificaciones, pintando el exterior de la estructura de un color negro denso y cambiando la pagoda para que se llamara, irónicamente, el *Karasu-Jo*, el Castillo del Cuervo. En la plenitud de los tiempos, las escrituras del edificio y toda la tierra habían sido transferidas a su bisnieto, Yoshida Nakata, el *Karasu*, quien había seguido usándolo como su dominio privado, y campos de entrenamiento para aquellos que consideraba dignos. lo suficiente como para asumir el papel de asesinos de su clan.

La pagoda era un magnífico espectáculo. Estaba rodeado

por un muro de piedra de tres metros de altura que cubría unos cinco kilómetros de terreno y el castillo estaba protegido en dos lados por montañas. Tenía una altura de treinta metros, consistía en cinco niveles que se elevaban hasta un pico y estaba rodeado por un foso; la única forma de cruzarlo era a través de un puente ornamental de nueve metros. Adyacente a la pagoda estaba la fortaleza del castillo, el *Tenshukaku*, así como un cuartel de guardia recientemente construido que albergaba a los soldados del clan. Era una fortaleza. Solo los *Shinobi* del clan tenían la libertad de entrar. Aquellos que no eran los hermanos del*Karasu* nunca salieron vivos y a menudo eran desmembrados en el Tenshukaku.

Pero para esta noche específica, el *Karasu* había ordenado que se permitiera el ingreso de un *gaijin*, un asesino, si lesiones y sin obstáculos. Las órdenes del *Karasu* eran claras. El asesino debería ser llevado ante él, arrodillarse ante él en el santuario de su pagoda y allí, el Cuervo - Yoshida Nakata, el *Oyabun* - tomaría la cabeza del gorila.

6

GORILA CAMINÓ POR EL CAMINO CUBIERTO DE NIEVE HACIA LA pagoda, con las manos metidas profundamente en los bolsillos de su abrigo negro de invierno. Sus botas negras crujieron suavemente sobre la nieve recién caída. No hubo subterfugio en el acercamiento de Gorila. Caminaba recto, franco, solo y a plena vista, el resplandor de la luz de la luna llena se reflejaba en el paisaje y los edificios cubiertos de nieve. Era un soldado solitario, desafiante contra el resplandor hostil de la pagoda detrás de los muros de la fortaleza y lo que su grandeza contenía en su interior.

A lo lejos, probablemente a no más de 45 metros de distancia, vio el muro de tres metros de altura que formaba el perímetro exterior de la pagoda, y en el centro se alzaban las inmensas puertas de madera, pintadas de un vibrante color rojo. Se paró frente a ellas, buscando una roca que pudiera usar como aldaba. Respiró lentamente, cerró los ojos una vez y golpeó la roca tres veces contra la madera pesada.

¡Zas!

¡Zas!

¡Zas!

Al principio se hizo el silencio y justo cuando estaba a punto de golpear la puerta de nuevo, escuchó voces desde adentro y se escucha el retiro de un enorme perno del otro lado de la puerta. Las puertas se retrajeron lentamente, dándole su primera vista adecuada del patio y el Castillo de Masakado, la pagoda del Cuervo. ¡Era impresionante! Más allá de las puertas, pudo ver un amplio puente de madera que atravesaba un foso lleno de agua. También vio a los dos guardias armados en su puesto. Estaban alertas, hombres japoneses de aspecto peligroso. Gorila mantuvo la cabeza baja y avanzó, sin hacer contacto visual con ellos hasta que estuvieron a escasos metros de la puerta. Sintió ojos ocultos dentro de la pagoda y la casa de guardia, observando cada uno de sus movimientos. Los guardias iban vestidos con chaquetas oscuras y acolchadas y ropa pesada para el clima frío. Cada uno estaba armado con un rifle de asalto M-16. El más alto de los dos se le acercó. "¿Eres Grant?" dijo, en un inglés vacilante.

"Soy Gorila", respondió. Fue dicho como una declaración, por cierto.

El guardia miró detrás de Gorila, confundido. "Dónde esta tu auto? carro ¿Dónde está el conductor que le enviamos?

Gorila se encogió de hombros. "Se descompuso, en el camino de regreso. Le dije al conductor que se quedara con el vehículo. Caminé la última parte del viaje. No quería llegar tarde".

El guardia asintió. "Enviaremos a un hombre para recuperarlo. Tendremos que registrarte. No se permiten armas dentro del castillo.

Gorila asintió y cuando los dos guardias se acercaron para registrarlo, levantó los brazos en la tradición universal de alguien a punto de buscar armas a fondo. Un guardia se le acercó desde el frente y otro desde el costado. Escuchó un CRACK distante y una repentina ráfaga de viento pasó junto a él, una, dos veces antes de que los dos guardias cayeran repentinamente al suelo con una bala en cada una de sus cabezas. El ángel en su hombro, escondido en algún lugar de las colinas que rodean la pagoda, había tomado sus primeras cabezas de la noche. Dudaba que fueran los últimos. Gorila se volvió para mirar en la dirección de donde había venido. Levantó un brazo y saludó una, dos veces y luego una tercera vez. Al principio, no había nada y luego, emergiendo de la oscuridad justo al otro lado de la pared, aparecieron dos sombras, ambas altas, bien construidas y con escopetas Remington 1100. Era el dúo mortal; Crane y Lang.

"¿Dónde está Hodges?" preguntó Gorila, abriendo su chaqueta y dibujando el '39.

Crane sacudió un pulgar enguantado detrás de él, indicando el bosque a lo largo del camino privado. "Está escondido allí atrás. Observando y esperando. Tan pronto como vea que estamos adentro, él pondrá los explosivos en la estructura de la pagoda. Después de eso tenemos treinta minutos para entrar y salir antes de que explote. Hasta entonces, él se quedará quieto.

Gorila entendió, Hodges era el hombre de los demonios. Dentro de su mochila, tenía numerosas cargas explosivas cronometradas, diseñadas para sabotear la pagoda y no dejar rastros de cuerpos negables o bio-toxinas por igual. La destrucción del santuario del Cuervo sería el último regalo de despedida de Bill Hodges y el equipo de Centinela.

Hubo una conmoción a la izquierda y, por el rabillo del ojo, Gorila vio al primero de varios guardias vestidos de negro que salían de la fortaleza adyacente, a unos diez metros de distancia. Crane y Lang inmediatamente salieron corriendo y tomaron posiciones defensivas en el lado cercano del puente. Se abrieron fuego con los Remington, disparando rondas, atacando objetivos, disparando y moviéndose, retrasando la progresión de los guardias. Gorila vio al menos tres guardias caer al suelo. Se volvió y cruzó rápidamente el puente, atravesó el patio y llegó a la entrada de la pagoda. Las grandes puertas laqueadas en negro eran imponentes y sabía que detrás de ellas yacía la clara posibilidad de su muerte. Pero, de nuevo, razonó, también era una posibilidad distinta si se quedaba afuera enfrentando un pequeño ejército. Se volvió y disparó dos veces a los dos guardias que intentaban cortar su entrada a las puertas principales. Los dos japoneses cayeron como sacos de papas, cayeron por las escaleras y cayeron en el camino de tierra. Gorila se volvió y golpeó la puerta con fuerza con el hombro, esperando encontrar resistencia, pero se sorprendió cuando cedió libremente. El interior estaba envuelto en la oscuridad.

¡Chicos, por aquí! Vamos ", llamó a los dos soldados de las Fuerzas Especiales. Podía verlos avanzar con la estrategia del pimentero, disparando y avanzando, disparando y avanzando. Los ayudó tanto como pudo, poniendo atención de cualquier objetivo visible y observando cómo sus disparos a la cabeza surtían efecto.

Finalmente, Crane y Lang corrieron hacia la entrada de la pagoda. Gorila los apresuró a entrar, todavía disparando y derribando a los guardias con el '39. Los tres cerraron de golpe las grandes puertas y deslizando los poderosos cerrojos que corrían por el medio y a lo largo de la parte superior de las puertas. Afortunadamente, ahora estaban sellados por dentro y a salvo, al menos por el momento. El nivel inferior de la pagoda estaba escasamente decorado, sin alfombras y nada que sugiriera algún signo de mobiliario. A lo largo de una pared había una fila de clavijas, donde alguien podría colgar una capa o una chaqueta. La luz era proporcionada por la escasa luz de las velas, que no ayudaban nada para iluminar el gran espacio del piso. Los tres hombres se tomaron un momento para revisar sus armas, una recarga rápida para algunos y luego tomaron posiciones al pie de la escalera de madera. Hubo un rápido movimiento de los ojos el uno al otro y luego un gesto de reconocimiento cuando Gorila y su equipo subieron los escalones y atravesaron la puerta oscura, con las armas listas, decididos a enfrentar las abrumadoras probabilidades. Eran *Ronin,* en camino a la guerra.

———

"No tendré miedo ... Conquistaré mi miedo. "No tendré miedo ... Conquistaré mi miedo.

En lo alto de la ladera, Miko había visto la escena con una sensación de placer. Había quitado sus primeras cabezas de la noche. Buenos tiros limpios, no hay problema en realidad. Sabía que antes de que terminara la noche tomaría muchos más ... pero una y otra vez en su cabeza, recitaba la letanía que la mantenía fuerte, la mantenía concentrada y que la distraía de contemplar en lo que se había convertido ahora: una asesina.

"No tendré miedo ... Conquistaré mi miedo. "No tendré miedo ... Conquistaré mi miedo.

vio a través de la mira de su rifle. Los guardias estaban parados afuera de las puertas, asegurándose de que Gorila y sus hombres no pudieran escapar. El equipo quedó efectivamente atrapado dentro y sobreviviría o perecería dependiendo de los horrores que les esperaran. A lo lejos, viniendo de algún lugar profundo de la pagoda, escuchó el rugido de los disparos mientras silenciaban los gritos de los hombres moribundos. Si bien es posible que no pueda ayudar al resto de su equipo dentro de la pagoda, era más que capaz de despejar una ruta de escape para ellos si pudieran completar su misión. Contó la cantidad de guardias, todos armados y listos, tomando posiciones en la entrada de la pagoda. Contó quince, y probablemente otros diez en espera en la caseta de vigilancia adyacente.

No es un número imposible de tratar, pero tendría que moverse rápidamente, más rápido de lo que quisiera en circunstancias normales. Pero si los hombres dentro tuvieran alguna posibilidad de escapar, ella necesitaría derribar a tantos guardias como pudiera. Miko colocó el rifle en su hombro, redujo la velocidad de su respiración y miró a través del visor, ya que magnificaba las características del primero de los veinticinco hombres muertos que aún caminaban y caminaban, pero no por mucho tiempo. Su dedo presionó el gatillo; ella tenía su cero y disparó ...

"No tendré miedo ... Conquistaré mi miedo. "No tendré miedo ... Conquistaré mi miedo," dijo la voz del asesino dentro de su cabeza.

7

"Espera", susurró Lang. "Déjame ver si hay una luz o una lámpara". Bajó su arma en la oscuridad, buscando a lo largo de la pared, buscando a tientas para encontrar algo que iluminara dónde estaban y su posición.

"Andy, no vayas demasiado lejos ... quédate cerca ... mantén tu arma en alto", siseó Crane en advertencia.

Hubo varios segundos más de movimiento amortiguado y luego escucharon a Lang decir "Gotcha". Desde la esquina donde habían subido la escalera, un tenue resplandor anaranjado creció cuando una lámpara de aceite arcaica parpadeó. Hubo el tiempo justo para registrar una figura cubierta de negro empuñando una espada negra mortal que venía a Lang desde la esquina de la habitación, y luego la cabeza de Lang dejó su cuerpo, rodando por el piso enmarañado antes de finalmente descansar contra un gran jarrón en La esquina de la habitación. Gorila y Crane se volvieron y dispararon, y los disparos destrozaron al asesino de *Shinobi* dejando su sangre manchada sobre la pared cuando se hundió lentamente en el suelo. La lámpara de aceite cayó al suelo y una vez más, la habitación quedó envuelta en la oscuridad.

"¡Las esquinas!" Gorila gritó y ambos hombres, a través de años de entrenamiento o quizás debido a algún sistema de supervivencia endogámico, se separaron el uno del otro en la oscuridad. Cada uno tendría su propio arco de fuego dentro de la sala de exterminio y que Dios ayude a cualquiera que entrara en esa zona. Luego, las sombras de la muerte parecían desvanecerse de las paredes, moviéndose hacia afuera y hacia adelante como fantasmas en la noche. Gorila era consciente de al menos tres que podía distinguir, pero quién sabía cuántos más se escondían en los rincones más profundos de la habitación. Supuso que Crane estaría lidiando con un número similar de su lado.

Levantó el '39, lo cargó y disparó dos veces hacia donde creía que estaba el enemigo, y el destello del cañón iluminó momentáneamente la habitación. Tuvo el tiempo justo para ver una figura negra con una máscara que venía directamente hacia él, empuñando una especie de hoz, y escuchó el grito de un segundo asesino cuando la bala de Gorila lo golpeó en el hombro. ¡Apretó el gatillo otra vez y *clic*! El '39 se había atascado. No hay tiempo que perder, intentar recargar sería una sentencia de muerte. Era consciente del asesino, a escasos metros de él, casi sobre él. Gorila agachó su cuerpo, se retorció como una espiral y cuando estuvo seguro de que el asesino estaba dentro del alcance, golpeó la pistola inactiva en una cruz de boxeo. Escuchó el crujido, lo sintió ondear a lo largo de su brazo, cuando el pesado metal del arma rompió dientes, huesos y cartílagos en el asesino japonés. Escuchó al hombre caer al suelo, pero para entonces Gorila ya estaba en movimiento nuevamente. Se hizo a un lado, golpeó con la mano izquierda el extremo del magazine del 39, escuchó un leve clic mientras se asentaba correctamente y luego golpeó con fuerza el cargador una vez, dos veces, hasta que estuvo satisfecho de que una ronda había entrado en la cámara correctamente. Apuntó con el arma hacia abajo donde el asesino herido estaba en cuclillas, sintió el extremo del cañón tocar algo sólido y disparó. El destello confirmó que había volado la parte superior de la cabeza del asesino. A la izquierda de Gorila, el Remington de Crane retumbó una y otra vez mientras buscaba en la oscuridad, tratando de frenar la acumulación de asesinos que se dirigían directamente hacia ellos. Sabía que si lograban ponerse dentro del alcance, tanto él como el pequeño Redactor serían cortados. Las espadas japonesas tenían una tendencia a ser implacables contra la carne. Entonces se giró, cayó sobre una rodilla y luego disparó a su parte de atrás... sin nada específico, solo hacia donde creía que podría provenir un ataque probable. Fue como pelear en la jungla profunda, saltar a las sombras y disparar donde creías que el enemigo estaba y no está. Con la espalda despejada, se puso de pie y se volvió hacia el frente, apuntó al Remington en la oscuridad desde la cadera y disparó ... BOOM ... escuchó un grito de dolor y se envalentonó, disparó de nuevo ... esta vez no escuchó más gritos de agonía ... uno definitivamente, supuso.

Hubo un breve silbido y luego Crane sintió una increíble punzada de dolor en el muslo derecho que lo hizo llorar. Lo había golpeado justo en el centro, el metal golpeaba el hueso. Bajó la mano izquierda y sintió una pequeña rueda con púas mitad dentro y mitad fuera de la carne ... sabía por los reportes informativos que sería un *Sacudido*, las pequeñas estrellas letales arrojadizas del *Shinobi*. Su única esperanza ahora era que no hubiera sido envenenado, pero de nuevo, sabiendo que el tipo de enemigo con el que estaba lidiando creía que lo había sido. ¿Lo que significaba que podía tener solo minutos para vivir ...? Si ese fuera el caso, ¡se llevaría a tantos bastardos con él como fuera posible! Crane se agachó, su cuerpo bajo, su pierna herida lo que le hizo dar pequeños pasos. Su dedo descansaba sobre el gatillo de la escopeta listo para sacar el lanzador de *Shaken* ... escuchó un sonido de asfixia a su izquierda y segundos después los sonidos de disparos ... Gorila estaba haciendo cantar su '39 ...

––––––

EL RUIDO de la escopeta de Crane fue dulce música para los oídos de Gorila y durante esos pocos momentos mientras su arma estaba atascada, pensó que todo había terminado, hasta que el soldado de las Fuerzas Especiales manipuló la escopeta y le dio tiempo para volver a la lucha.

Gorila sintió un susurro alrededor de sus oídos; el material rozó su piel y el toque de una cuerda le rozó las mejillas. Luego hubo un 'chasquido' cuando la cuerda bajó de encima de él y se apretó, rodeando su garganta. Fue levantado a centímetros del piso y la estrangulación ya estaba comenzando a surtir efecto. Su mano izquierda arañó instintivamente, tratando desesperadamente de meter sus dedos debajo de la cuerda del asesino, cualquier cosa para aliviar la presión y permitir que algo de aire llegara a sus pulmones. Lo intentó y falló, se vio alzado unos centímetros más, las puntas de sus zapatos apenas lograron mantener el contacto con el piso de madera. Tragó saliva, tratando de exprimir los últimos poquitos de oxígeno en sus pulmones ... pero aún fallando. Su preocupación no era solo el estrangulamiento, era que estaba colgado aquí como un pavo premiado, un juego fácil para cualquier asesino con espada que estuviera cerca. *Muévete, haz algo, haz cualquier cosa,*

¡pero no te quedes aquí esperando a ser estrangulado o apuñalado! pensó.

¿La 39?

Levantó el brazo de su arma hacia arriba, apuntando hacia donde creía que debía estar el asesino ... su conciencia lentamente comenzó a escabullirse. Su vida se midió ahora en segundos, fracciones de segundos y le tomó toda su voluntad hacer que su dedo pulsara el gatillo. Era vagamente consciente de los disparos del '39, de cuántos no estaba seguro, pero por muchos que fueran, parecía ser suficiente porque cayó al suelo, la presión en su garganta se alivió. Respiró hondo, introdujo aire a sus pulmones ... y luego se dio cuenta de que un cuerpo caía desde arriba y aterrizaba en el suelo frente a él. ¡El asesino! Seguía moviéndose, herido, pero aún letal. Gorila empujó su mano hacia adelante, encontró la cabeza del hombre, apretó el '39 en un ángulo debajo de donde creía que estaba su barbilla y descargó tres rondas de 9 mm. Hubo un estallido amortiguado y una salpicadura inconfundible de tejido cerebral cuando las balas arrancaron la parte superior de la cabeza del asesino. El cuerpo se dejó caer sin fuerzas.

Gorila, todavía tambaleándose por el estrangulamiento, ahora era consciente de una nueva figura que venía directamente hacia él. Vio que la luz ambiental brillaba en el filo de una cuchilla afilada mientras giraba, lista para golpearlo mientras se agachaba en el suelo. Con segundos de sobra, Gorila se arrojó hacia atrás, aterrizando con fuerza sobre su espalda, ganando algo de tiempo para sacar el '39 con una mano y comenzar a disparar con un movimiento de cremallera, comenzando en la parte inferior de su rango y trabajando hacia arriba en línea recta. Estimó que cuatro de sus rondas dieron en el blanco, haciendo retroceder al asesino y deteniendo su progreso. El filo plateado de la espada cayó, pero fue el 'boom' final de un Remington que le despegó el costado de la cabeza del asesino. En el silencio que siguió, Gorila supo que ya no quedaban más demonios en la oscuridad que matar.

———

Encontraron dos lámparas de aceite en la habitación y las encendieron. Lo que enfrentaron trajo a casa la vívida violencia de lo que acababan de sobrevivir. Gorila contó ocho cuerpos. La sala parecía un matadero. Los restos de los asesinos *Shinobi* estaban esparcidos por el suelo, acostados en ángulos antinaturales, figuras vestidas de negro inundadas de agujeros de bala y traumatismos por disparos de escopeta. Todo tipo de espadas, cuerdas, cuchillos y hoces fueron arrojados alrededor de la habitación de una manera igualmente casual.

Crane se sentó en el suelo y Gorila observó cómo retiraba cuidadosamente un *Sacudido,* las pequeñas estrellas letales arrojadizas del *Shinobi,* de una herida en su muslo, haciendo una mueca cuando la pequeña estrella de metal se abrió camino. No había necesidad de preguntarse si estaba envenenado o no, el temblor en sus manos y la palidez antinatural de su piel le dijeron a Gorila que lo había sido. Solo esperaba que tuvieran tiempo suficiente para completar la misión antes de que la muerte lo llevara.

Gorila buscó en la habitación con cuidado, en caso de que hubiera un asesino escondido acechando en algún lugar, esperando, listo para atacar con una espada. Había recogido el Remington de Lang y lo estaba usando ahora para buscar en la habitación. Usó una de las máscaras de tela del asesino para cubrir la cabeza cortada de su camarada caído. Minutos después, declaró que la habitación estaba asegurada. Crane cojeó hacia donde estaba Gorila y ambos miraron hacia la escotilla cerrada en la parte superior de la escalera, que conducía al siguiente nivel de la Pagoda.

"¿Por qué crees que nadie nos ha seguido desde los niveles inferiores?" preguntó Crane.

Era una buena pregunta y una en la que Gorila había estado pensando mucho. "Creo que hemos sido atraídos a una maldita gran trampa. Los guardias de afuera, si Miko no los ha sacado ya, deben impedirnos escapar, no evitar que lleguemos tan lejos. Lo que sea que esté allí arriba nunca querrá que nos vayamos de este lugar.

Crane se tomó un momento para asimilar que las palabras de Gorila antes de volver a hablar. "¿Qué hay de llegar allí?" preguntó, señalando con el pulgar la escotilla con candado. Gorila lo estudió. Estaba cerrado con candado desde el exterior, por lo que quienquiera que estuviera allí arriba quería reducir la velocidad y no detenerlo por completo. Casi como si fuera un juego y ellos estuvieran jugando con ellos.

"¿Te quedan rondas sólidas para el Remington?" preguntó Gorila. Los proyectiles sólidos podrían encargarse fácilmente del enorme candado fijado a la escotilla, así como de cualquier bisagra que lo mantenga en su lugar. Tres rápidos "tiros" desde el Remington y la puerta al siguiente nivel del piso estarían completamente abiertos.

"¡Claro!" Crane respondió.

Gorila ya había comenzado a cargar el resto de los cartuchos de escopeta en el Remington y reemplazó su cargador vacío por uno nuevo. "Entonces carga un poco más y despega esa cerradura, viejo, vamos a patear el trasero lo que sea que esté allí esperando por nosotros".

EL 'VIEJO' BILL HODGES ESTABA AGACHADO EN LOS ARBUSTOS, la nieve caía fuertemente ahora, y observó la escena que se extendía ante él con asombro. Fue como una escena de una película. En realidad, fue como una escena de una película que había visto el año anterior, 'Zulu', sobre la batalla por el Desvío de Rorke mientras la horda de guerreros zulú seguía atacando y atacando, sin importar cuántos de ellos eran derribados por los británicos.

Eso era lo que estaba viendo ahora, aunque en una forma más vívida. Una línea aparentemente interminable de guardias vestidos de negro se apresuró desde el edificio adyacente a la pagoda, algunos lograron caminar unos metros antes de que el francotirador los derribara, escondidos en algún lugar de la ladera detrás de él, mientras que otros lograron encontrar algún tipo de cobertura, posible- mente incluso haciendo algunos disparos al desierto circundante, antes de revelar sus posiciones y ser asesi- nado por el francotirador. Hasta el momento, Hodges había contado dieciocho cuerpos esparcidos por el complejo, la mayoría de ellos con agujeros de bala en la cabeza. Él sonrió. Esa chica era extremadamente buena con un rifle.

Sus órdenes eran esperar hasta que no quedaran más guardias, una vez que el francotirador tuviera su cuota de asesinatos, y luego ponerse de pie y dirigirse rápidamente a los escalones que conducían a la pagoda. El francotirador sería su protector una vez que cruzara el campo abierto, cubriéndole la espalda. Luego colocaría sus explosivos en cada uno de los cuatro soportes de esquina del edificio. El plan era derribar todo el edificio y luego verlo arder. Toda la madera que componía la estructura haría inevitable la conflagración. Sus cuatro dispositivos, sus 'Whiz-Bangs' como los llamaba, consistían en suficientes explosivos plásticos para derribar una pequeña calle suburbana. Todos fueron configurados con un temporizador preprogramado. Se acomodó en los arbustos y esperó unos momentos más, antes de pararse y salir corriendo por el nevado terreno de exterminio tan rápido como sus viejas piernas lo llevarían. Corrió, resbalando en la nieve empapada de sangre varias veces, pero lo logró. Seguía siendo un viejo soldado duro, incluso si la vida civil lo había suavizado un poco.

Empacó el primer dispositivo en la columna de soporte más cercana al lago que rodea la pagoda. A lo lejos, podía escuchar el sonido ocasional de disparos de larga distancia, mientras Miko derribaba a cualquier objetivo que se encontrara rezagado. Negoció cuidadosamente el perímetro del edificio, siempre listo y alerta en caso de que un enemigo oculto saltara sobre él, listo para cortarle el cuello. Diez minutos más tarde había plantado sus cargas en las tres columnas de soporte restantes; en la última fue muy cauteloso para asegurarse de que no hubiera ningún asesino esperándolo junto al anexo de la casa de guardia. Con la última carga establecida y el temporizador pulsado para

"Encendido", comenzó a cruzar el campo de exterminio nuevamente, volviendo a su punto de encuentro en los arbustos. Miró una vez más su reloj antes de acomodarse profundamente en la seguridad de los arbustos oscuros. En el mejor de los casos, el equipo dentro de la pagoda tenía treinta minutos para despejarse y ponerse a salvo antes de que los explosivos detonaran y destruyeran el edificio. Se giró en dirección a la posición de la francotiradora en la ladera, dándole a Miko una señal de aprobación. Sabía que ella lo vería a través del alcance y comprendería que había completado su parte de la misión.

Nunca escuchó la flecha. En verdad, todavía respiraba con dificultad por toda la carrera y la acción de los últimos treinta minutos, por lo que su corazón casi latía fuera de su corazón y su sangre corría por sus oídos. Solo se dio cuenta del impacto devastador en su pecho, el golpe que lo sacudió hacia adelante, causando que dejara caer su arma al suelo. Y luego comenzó a caer ...

———

EL *SHINOBI* ASESINO, Toshu Goto se acercó a su víctima. Con su traje negro *Shinobi Shozoko* , encapuchado y silencioso, se parecía a un espectro en la oscuridad que se mezclaba con los árboles. Bajó el arco, se lo ató a la espalda y silenciosamente sacó su *Ninjato* para acabar con el viejo.

Sus órdenes del *Karasu* habían sido claras. Debía infiltrarse en los terrenos y permanecer en silencio hasta que llegara el equipo británico. Había visto a tres de los hombres escapar dentro de la pagoda. *Bien, el* Karasu *y su compañero* Shinobi *podrían tratar con ellos.* Tendría el honor de tomar la cabeza de este viejo. Toshu Goto supuso que el hombre que moría frente a él era mayor que sus camaradas, quizás por unos veinte años. Obviamente, un viejo guerrero, incluso *gaijin* debería recibir cierto respeto. Goto haría que la muerte de este viejo fuera rápida y honorable.

Dio un paso adelante y estabilizó su espada, invirtiéndola para que la punta se dirigiera hacia abajo. Escogió un lugar vulnerable en el viejo delante de él; la base del cuello. Goto levantó la espada hacia arriba y luego empujó hacia abajo con todas sus fuerzas. La espada se enterró hasta la empuñadura en el cuello de su víctima. Goto sintió temblar la carne, un escalofrío, nada más, y luego retiró la espada. Todo el asesinato había tomado menos de quince segundos. No había necesidad de empujar al hombre hacia adelante con su zapato; simplemente se había desplomado en el suelo nevado, la sangre de la herida mortal en el cuello se estaba derramando sobre la nieve a su alrededor.

El *Shinobi* volvió a colocar silenciosamente la espada en la vaina unida a su espalda y se agachó para buscar el cuerpo del hombre que acababa de matar. Tal vez hubía algún tipo de inteligencia útil? ¿Quizás información que el *Karasu* podría usar contra sus enemigos? Él esperaba que sí. Ganar el favor del legendario Cuervo, su maestro, era el mayor placer de Toshu Goto. Sabía que en algún lugar en la oscuridad, no estaba seguro de dónde, había un francotirador. Pronto tendría que rastrear y matar al hombre que había derribado a tantos soldados del clan esta noche. El francotirador era obviamente un hombre de gran habilidad, a juzgar por la cantidad de cuerpos esparcidos en el patio de la pagoda. Pero aquí, en los arbustos, Toshu Goto juzgó que estaba a salvo del fuego enemigo. Era invencible, mortal, y era el maestro del Cuervo *Shinobi*.

———

MIKO HABÍA VISTO cómo Hodges había dado la señal de que los explosivos estaban en su lugar y preparados.

Ella había escogido bien el nido de su francotirador. Le daba una vista clara de todo el patio. Según sus mejores cálculos, había tomado veinticinco cabezas esta noche. Su tío se habría sentido orgulloso de sus disparos. No por los asesinatos, sino por la puntería en la que le había instruido. Ahora su trabajo consistía en proteger a los otros miembros del equipo hasta que los explosivos volaran la pagoda. Ella volvió su atención a donde Hodges estaba sentado agachado en los arbustos.

Podía verlo jadeando, sin aliento. Entonces qué era lo que parecía ser un gran palo saliendo de su pecho y que se detuvo, a medio camino a lo largo del eje de madera. Vio la sorpresa en la cara de Hodges, una mueca de dolor y luego cayó de rodillas, colocando las manos frente a él, con las palmas hacia abajo, sobre el suelo nevado. La sangre brotó de su pecho. Inhaló profundamente para calmarse y examinó detenidamente la escena de la muerte a través de su alcance. Y ... sí ... allí estaba ... un leve movimiento de sombras, en lo profundo de la maleza. Vestido oscuro y un destello de luz de luna sobre algo metálico, tal vez una espada. Miko supo al instante que no podía disparar desde este ángulo, no había un disparo definido, ni un objetivo claro. También sabía que el asesino en la sombra que había tomado a Hodges podría desaparecer en cualquier momento y desaparecer en la oscuridad de donde había venido. Levantó la vista del rifle, buscando una mejor posición para disparar ... sus ojos seguían a su izquierda. Ella encontró uno; un promontorio que sobresalía unos diez metros más arriba en el lado rocoso de la colina.

Miko se levantó de su posición, estiró los músculos doloridos y corrió. Corrió contra el reloj, acunando a su amada Arisaka como un bebé, sus piernas bombeando.

"No tendré miedo ... Conquistaré mi miedo. "No tendré miedo ... Conquistaré mi miedo.

Corrió casi a ciegas en la oscuridad, resbalando dos veces sobre las rocas nevadas, pero recuperando sus pasos en el último segundo. Finalmente, miró a su izquierda y vio que tenía una línea de visión directa hacia donde yacía el cuerpo de Bill Hodges. Miko cayó de rodillas, acostada, y luego volvió a colocar el rifle en su hombro.

"No tendré miedo ... Conquistaré mi miedo. "No tendré miedo ... Conquistaré mi miedo.

Respiró hondo, decidida a reducir su ritmo cardíaco y luego miró una vez más a través del visor y vio al asesino vestido de negro, con su espada en alto lista para sumergirse en el cuerpo moribundo de Bill Hodges. A través del alcance, y debido a la distancia involucrada, la ejecución fue como ver una película muda. El asesino levantó la espada, la punta apuntando hacia el suelo y empujó hacia abajo. El acero afilado cortó a Hodges como un cuchillo caliente que atraviesa la mantequilla y, con la misma rapidez, fue retraído y enfundado.

En lo alto de su posición en la colina, Miko vio como el asesino se agachó y comenzó a buscar el cuerpo de Hodges. Ahora era su momento, sabía que cada segundo contaba, antes de que el asesino se derritiera en la oscuridad del bosque. Soltó el cerrojo del rifle y comprobó que la bala estaba bien asentada. Luego centró la mira del telescopio en la oscura masa de la cabeza del hombre. Ella exhaló lentamente, con el ojo en la mira, la culata del rifle al hombro y el dedo tocando imperceptiblemente el gatillo.

"No tendré miedo ... Conquistaré mi miedo. "No tendré miedo ... Conquistaré mi miedo.

Hizo una pausa ... luego disparó.

Hubo un momento de nada, y por un breve segundo pensó que se había perdido. ¡Pero...allí estaba! Salió un halo rojo carmesí de sangre cuando la bala golpeó el frente de la cara del asesino y lo dejó cara al suelo en un bulto sin vida. Era otro objetivo menos. Otra cabeza para el pequeño francotirador japonés. Otro pedazo de su venganza.

"No tendré miedo ... Conquistaré mi miedo. "No tendré miedo ... Conquistaré mi miedo.

9

LA CERRADURA SE SOLTÓ FÁCILMENTE, UNA EXPLOSIÓN CON LAS rondas sólidas del Remington y se hizo añicos. Crane dio los primeros pasos y empujó hacia arriba y hacia la escotilla. Se balanceó hacia arriba y se estrelló contra el piso de arriba, dejando entrar más luz. Subieron los escalones de madera al siguiente nivel de la pagoda, sus pasos pesados después del horror del ataque en el nivel anterior y ambos sabían que la fatiga de combate se estaba estableciendo.

La habitación tenía un tamaño, estilo y diseño similares a los de sus antecesores en los niveles inferiores, con madera maciza y ventanas con paneles tradicionales y puertas corre-dizas. Estaba escasamente amueblado, solo unos pocos jarrones simples en los estantes y una cortina en el otro extremo cubrían una pequeña ventana que apenas dejaba entrar la luz, dando a este nivel un aire de melancolía oscura. Había columnas de soporte de madera punteadas alrededor de la estructura y el piso estaba cubierto en su totalidad con un grueso *tatami* mate, hecho de paja. Las lámparas de aceite emitían un resplandor espeluznante de rojos y naranjas y el olor a jazmín llenaba sutilmente la habitación. La oscuridad dominaba el resto de la habitación, a excepción de un pequeño bolsillo de luz en el centro, iluminado por una pequeña vela que iluminaba la asquerosa figura que estaba sentada mirándolos fijamente. Taru Hokku se sentó a la luz, parecido a un Buda resplandeciente. Estaba desnudo, excepto por su tradicional *mawashi*, la prenda de taparrabos del experto luchador de sumo. Estaba alerta y sus músculos se flexionaban constantemente, preparándose para la inevitable batalla por venir.

Gorila y Crane se separaron y lentamente, con cautela, se acercaron al gran hombre japonés en un movimiento de pinza, armas en alto y listos. Lang ya había pagado el precio máximo por suponer que simplemente habían entrado en una habitación oscura en el nivel anterior y no tenían su arma lista ... algo que le había costado la cabeza. *Había algo que no estaba del todo bien en toda la escena,* pensó Gorila. No era solo que Hokku estaba relajado y en control, ni era la forma en que la habitación estaba iluminada para que toda la atención se enfocara en el gran luchador de Sumo, nada más ... y luego olfateó, asimiló un profundo respiro y supo al instante de qué se trataba; animales, olía a animales ...

———

"Hiciste bien en entrar en nuestra operación. Muy profesional, muy inteligente, pero no te servirá de nada. Nunca saldrás vivo el *Karasu's* Dojo. ¿Tu debes saber eso?" preguntó Hokku de manera uniforme.

Veremos sobre eso cariño, pensó Gorila. Sabía que un Dojo era el nombre de una sala de entrenamiento de artes marciales japonesas. Pero este lugar era algo diferente. Apestaba a muerte y supuso que era el lugar donde el Cuervo y sus asesinos perfeccionaron sus habilidades para matar. ¿Dónde está él, Nakata? ¿Supongo que arriba, escondiéndose, protegiendo su virus?

"Ahhh ... ¡estás bien informado sobre nuestro *Oyabun* y el *Kyonshi* que tiene la intención de crear! Oh, qué asesino habrías sido para nosotros, Sr. Grant, capaz de penetrar en el corazón del enemigo y matarlo. Si solo tu vocación hubiera sido fiel al clan, oh, podríamos haber logrado grandes cosas.

"El nombre es Gorila".

Hokku parecía confundido. "No entiendo.

"Te dije una vez que solo mis amigos y enemigos me llaman Gorila ... ahora te has ganado ese derecho", gruñó Gorila.

"¿Como un amigo?" preguntó Hokku, con humor irónico.

"No", respondió Gorila con frialdad. Tanto Gorila como Crane hicieron entrenar a sus Remington en el gran asesino japonés; realmente, podrían haberlo terminado allí y ese momento. Pero algo retuvo los dedos sobre los gatillos, algo que pinchó los sentidos de cada uno de ellos. Vieron cómo Hokku se inclinaba hacia adelante y tocaba el suelo delante de él con las dos manos y luego se ponía de pie, agachado. Estiró las piernas y juntó las manos en el ritual del luchador. Su tamaño y fuerza eran aún más impresionantes de cerca. Gorila sospechaba que esas manos podían aplastar ladrillos.

Hokku se paró frente a ellos, listo en una pose de lucha, su rostro una máscara de concentración mientras miraba a los dos pistoleros ante él. Él sonrió. "Crees que soy un tonto, Gorila, por estar delante de ti desarmado y desnudo. No soy tonto y no estoy desarmado ... "

¡Fue entonces cuando saltaron de la oscuridad, cosas viciosas, animales de poder! Tenían velocidad y agresión, pero peor que eso, tenían dientes ...

———

Los tres perros de pelea japoneses Tosa saltaron de las profundidades ocultas en la habitación. Sus dientes estaban desnudos y estaban listos para atacar cualquier cosa que amenazara a su maestro, el gigante Hokku. Eran grandes y poderosos, y en el breve momento en que uno corrió hacia él, Gorila se dio cuenta de los músculos que se ondulaban debajo del pelaje del animal. Se las arregló para sacar el Remington en un instante y disparó una ronda que decapitó al perro cuando saltó para arrancarle la garganta. El rocío húmedo de su sangre rayó su rostro y su torso cuando el cuerpo del perro golpeó el suelo frente a él. Arriesgó una rápida mirada hacia donde Crane había estado parado y vio que el hombre de las Fuerzas Especiales había sido arrojado al suelo, su arma desalojada, con un perro en el brazo de su arma y el otro sujetándolo al suelo por la garganta. Se oyó un leve chasquido, como si alguien estuviera arrancando las tripas de un pez, y luego la sangre brotaba libremente de la garganta de Crane.

Gorila giró el Remington y disparó dos explosiones, matando a los dos perros, la fuerza de las rondas levantando sus cuerpos y arrojándolos contra la pared con un crujido satisfactorio. Todo el incidente tomó segundos ... probablemente menos, pero había sido más que suficiente para que Hokku cerrara la distancia entre ellos y extendiera sus enormes manos asesinas, listo para golpear y aplastar a Gorila. Hokku golpeó el Remington de sus manos con un ataque *atemi* , que lo esparció por el piso enmarañado. Luego, como un niño recogiendo un oso de peluche, levantó a Gorila en un abrazo de oso en la axila y al instante comenzó a apretar, aplastando el cuerpo del hombre más pequeño en sus poderosos brazos.

Gorila sintió la presión, el poder de los brazos de Hokku, una exhalación de aire expulsado de sus pulmones, y sus costillas comenzaron a ceder por la presión. Y todo el tiempo, este asesino gigante sonreía maniáticamente a centímetros de su cara, que era una máscara de sudor y dientes desnudos. Gorila hizo lo único que pudo: golpeó. Levantó los brazos y con todo el poder que pudo reunir, envió cruces a derecha e izquierda, golpeando la nariz, la mandíbula del hombre ... casi ensangrentada en cualquier lugar ... desesperado por hacer que dejara de aplastarlo. También podría haber ahorrado su energía con todo el bien que hizo, los golpes simplemente rebotaron y Hokku continuó sonriendo y aplastando. *Los ojos, ve por los jodidos ojos, Jack,* pensó. Pero el hombre más grande, aparentemente sintiendo la próxima jugada de Gorila simplemente enterró la cabeza en el pecho de su víctima ... y aún así la presión aumentó. Gorila podía sentir el último aire escapando de sus pulmones y sabía que sus costillas comenzarían a romperse pronto. Tenía que hacer algo si quería sobrevivir en los próximos momentos ... tenía que ... pensar en ... algo ...

Entonces lo supo.

No podía alcanzar las armas en las fundas de la cadera y debajo de la axila; pero si estiraba su cuerpo hacia arriba, incluso unos pocos centímetros, podría estirarse hacia atrás y alcanzar su bolsillo trasero. El bolsillo trasero que contenía su siempre fiel navaja de afeitar. Aspiró la última bocanada de aire que pudo manejar y se estiró hacia atrás, metiendo su mano derecha profundamente en el bolsillo trasero de sus pantalones ... y el alivio se apoderó de él cuando el frío metal se conectó con su mano y lo liberó. Balanceó su cuerpo hacia arriba: Cristo, el dolor en sus costillas lo estaba matando, este bastardo estaba decidido a pulverizar sus órganos internos. Escuchó el crujido cuando una de sus costillas cedió y supo que era ahora o nunca. Abrió la hoja de afeitar con una mano, agarró la parte superior de la cabeza de Hokku y luego, con mucho cuidado, probablemente demasiado para un hombre en su actual posición precaria, colocó la hoja brillante suavemente a lo largo del cuello del gigante.

La arteria braquial corre a lo largo del costado del cuello y Gorila sabía que el corte necesitaría ser profundo para ser efectivo. Presionó y tiró del filo de la navaja al mismo tiempo, en un movimiento suave y profundo. La sangre comenzó a brotar instantáneamente hacia arriba y hacia afuera, como una fuente de alta presión y el gigante japonés rugió en estado de shock. De inmediato, soltó su agarre y Gorila se dejó caer al suelo. Se dejó caer en un sitio, justo al lado del Remington. Mirando hacia arriba, respirando con dificultad al pasar la agonía de la costilla rota, vio a Hokku, ambas manos sobre la herida, tratando de contener la sangre y fallando. El hombre gigante estaba entrando rápido en shock y el color se escurrió de su cara al tiempo que la sangre se vaciaba de su cuerpo, pero lo iguala ahora ahora intentaba hacer lo mejor, tambaleándose hacia el pequeño *gaijin* que lo había vencido.

Gorila no se arriesgaría, se lastimó y estaba exhausto, sabía que no podría sobrevivir a otro encuentro desarmado. Extendió la mano para agarrar el Remington y, arrodillado, apuntó el arma al enorme cuerpo de Hokku. No sabía cuál era la próxima carga en la cámara, y no le importaba ... solo necesitaba detener a este monstruo. Apretó el gatillo y la carga sólida partió la cabeza de Hokku por la mitad. El cuerpo cayó hacia atrás, chocando contra la colchoneta. Gorila se levantó y miró, preguntándose si eso era todo. La cabeza de Hokku parecía haber sido partida con un mazo, su cara pulverizada. Todavía había una señal de respiración débil proveniente del gigante, pero Gorila sabía que pronto terminaría para él. Él revisó la recámara del Remington. Vacía. La última ronda había logrado salvarle la vida. Se giró para mirar a Crane. El hombre de las Fuerzas Especiales estaba muerto, con heridas como esa, no había regreso.

Gorila presionó sus dedos contra sus costillas, haciendo una mueca por el dolor por que estaba fracturada, pero satisfecho al descubrir que parecía ser lo único. Y luego se tambaleó hacia la parte trasera de la habitación, donde le esperaba un último tramo de escaleras. Esta vez no había puerta para detenerlo. Era casi acogedor, de hecho. Parecía que se le estaba dando acceso libre al nivel superior, el santuario interior más secreto y lentamente comenzó a subir a la presencia del Cuervo. Sintió que se lo había ganado, que lo había pagado con sangre.

10

YOSHIDA NAKATA SE SENTÓ DETRÁS DE SU ESCRITORIO Y escuchó el sangriento asesinato que sucedía debajo de él. Estaba vestido con la ropa tradicional del *Shinobi*, pantalón gris oscuro, camisa, guantes y el habitual *tabi* en sus pies. Su máscara yacía frente a él en el escritorio. Había subestimado a este *gaijin* y su equipo. Había esperado atraerlos a una trampa, aislarlos y terminarlos a su manera. Pero tenía que admitir que estos espías occidentales habían logrado mucho y derrotaron a sus mejores asesinos.

No se permitían armas de fuego dentro de la pagoda, era una regla fundamental, y esperaba que el uso de las armas tradicionales *Shinobi* hubiera sido suficiente para derribar a este equipo de asalto. Pero Gorila y sus hombres habían sido resilientes. Incluso ahora, se preguntó cómo le iría a su hermano del clan Hokku. En los últimos minutos había escuchado el sonido de animales gruñendo, disparos y los inevitables sonidos del combate cuerpo a cuerpo. Sabía que los pistoleros se acercaban y que estarían aquí en minutos ... pero que así fuera ... había jugado y hasta ahora, nunca había perdido. No es que el asesinato haya terminado toda-

vía... todavía tenía opciones si iba a sobrevivir. Había elimi-
nado la última muestra restante del virus *Kyonshi* de la caja
fuerte integrada en su escritorio. Las otras muestras opera-
tivas ya estaban en uso, como parte de su plan para destruir
a sus enemigos esparcidos por todo el mundo. Pero esta era
una versión concentrada y más poderosa ... creada para su
química corporal personal. Era su última arma del Día del
Juicio Final, para atacar a aquellos que querían matarlo.

Miró hacia abajo a las armas que yacían delante de él en
su gran escritorio. Las dos navajas afiladas *Ninjato* y la
jeringa que contenía el virus *Kyonshi* . Eran dos tipos muy
diferentes de armas; uno del viejo mundo y otro de un
mundo futuro. Yoshida Nakata nunca sería llevado vivo.
Estaba comprometido a llevar a tantos de su enemigo con él
como pudiera. Si hoy fuera el día de su muerte, derramaría
la sangre de sus enemigos antes de que lo mataran.

Oyó un grito gutural desde el nivel por debajo de él
seguido de un silencio agitado y luego, un boom final de
una explosión de escopeta. Suavemente jugó con sus dedos
sobre el cordón que envuelve las manijas de sus espadas.
Los usaría bien hoy. Sin vacilación, levantó la jeringa,
estudió el contenido naranja del vial y sumergió la aguja
profundamente en su brazo, justo por encima del bíceps.
Esta fue la versión condensada del virus. Él no sintió...
nada... pero él sabía que pronto, de hecho en cuestión de
minutos, todo eso cambiaría. Se iría para siempre, pero su
legado seguiría en todo el mundo. Su cabeza se vovió a
levantar de nuevo cuando oyó pasos en las escaleras. Y
luego en la parte superior de la escalera distinguió la forma
de un hombre. Era diminuto en altura, pero de aspecto
fuerte, con el pelo rubio corto. Estaba vestido de negro, casi
como una versión occidental de un guerrero de la sombra
japonesa, un *Shinobi*. Parecía cansado, herido incluso, pero

su rostro estaba decidido... el... él... hombre... cosa... La mente de Yoshida Nakata comenzó a tambalearse, parpadeando hacia atrás y hacia adelante, a medida que las toxinas que había bombeado a su sistema momentos antes comenzaron a surtir efecto. La furia, la rabia y un sentido de fuerza despreocupada comenzaron a filtrarse a través de su mente. Era casi como si alguien hubiera reemplazado su cuerpo... pero su mente estaba en una fuga y no podía recordar lo que tenía que hacer... sólo experimentó el impulso insaciable de matar.

Lo último que hizo fue recoger sus dos amadas espadas, las agarró en sus manos y luego la furia lo envolvió y el *Karasu-Tengu* nació realmente...

———

EL 39 ESTABA MUERTO, vacío y obsoleto en la funda de su cadera derecha. La única arma que quedaba era su arma de respaldo, el revólver Outdoorsman. Sólo tenía seis disparos, pero lo que le faltaba en cantidad de munición, lo compensaba con creces en potencia de parada. Poder mortal, esperaba Gorila. Se puso de pie en la parte superior de la escalera y sacó el revólver de su funda de hombro. Lo sostuvo libremente a su lado, con el dedo fuera del gatillo, pero listo.

La habitación en el nivel superior de la pagoda fue distribuida como una oficina perteneciente a un ejecutivo de negocios de alto nivel; tenía un escritorio corporativo, obras de arte y pinturas exclusivas, cómodas sillas de cuero. Fue inquietante, un marcado contraste con la escasa sala de entrenamiento de abajo. Le tomó un momento, a través de la oscuridad del espacio de la oficina mal iluminado, ver la cosa de pie como un cadáver vivo detrás del escritorio. *Este* era el hombre que había pasado seis meses rastreando, para poder matarlo. La cosa, sea lo que fuera ahora, y que una vez había sido Yoshida Nakata, el Cuervo, se volvió y lo miró. Parecía haber crecido en tamaño, su estructura ósea deformada de alguna manera, y sus ojos eran de color rojo sangre. La piel de su cuerpo se estaba volviendo gris por momentos y su boca babeaba y escupía un vicioso líquido amarillo en momentos alternativos. Parecía rabioso. Entonces de repente se estremecería, como si tuviera una garrapata, haciendo que las túnicas negras que llevaba volaran detrás, haciendo que la cosa pareciera como si tuviera alas.

Para Gorila, parecía como si el *Karasu-Tengu*, el Demonio Cuervo de la leyenda, realmente había revivido. En sus manos había dos espadas y el monstruo las cortaba salvajemente mientras destrozaba el escritorio, las sillas y las pinturas de la pared con una ferocidad temible. Pasaron varios minutos antes de que el monstruo saciara su sed inicial de violencia, luego volteó sus ojos rojos hacia un lado, y luego hacia el otro, en busca de un nuevo objetivo

Gorila razonó que, si se quedaba quieto, la "cosa" no lo detectaría. Lentamente, con cautela, movió su mano para golpear el martillo en el revólver. Hubo un "clic" audible y al instante, la cabeza del monstruo se movió alrededor para buscar la fuente. Miró a Gorila, se estremeció en una convulsión espasmódica y soltó un grito penetrante en la oreja. Todo era enrollado en ese grito; muerte, ira, furia – el silbido de un animal de las fosas del infierno. Luego corrió, cargando como un rinoceronte desenfrenado, espadas agitándose, directamente hacia él, y todo el tiempo, llenando la habitación con ese grito chillón y estridente.

La cosa había avanzado menos de tres metros cuando Gorila levantó la gran bestia de un revólver con dos manos y disparó. Era más pesado y más poderoso que su 39, y no quería correr ninguna oportunidad de perder el objetivo moviéndose a toda velocidad hacia él. Apuntó al centro de la masa corporal y disparó constantemente... una, dos, tres veces, cuatro veces y cinco. Con cada ronda que llegó a su objetivo, y todos ellos lo hicieron, la cosa parecía detenerse en el aire, antes de tratar de empujarse hacia adelante de nuevo, sólo para ser golpeado por la siguiente bala pesada y empujado hacia atrás aún más. Sus pies parecían tropezar, regresando a lo largo de su camino original, pasando el escritorio y de vuelta hacia las grandes ventanas de material. El sexto disparo hizo que cayera de nuevo a través de la ventana, arrancando el material delgado que creó su cubierta y luego desapareció en el vacío de la noche. Segundos más tarde, hubo un ruido sordo cuando el cuerpo golpeó la tierra nevada afuera.

Gorila corrió hacia la ventana y miró hacia abajo a través de la barra abierta. El suelo, al menos 18 metros por debajo, era una mezcla de sangre y nieve y en su centro había una masa de araña oscura, retorciéndose y revolcándose en agonía de las seis balas de calibre alto que la habían destrozado. La cosa parecía detenerse por un momento, como si los mensajes de su cerebro no se conectaran con el resto de su cuerpo. Pero los ojos y el grito seguían allí... los ojos todavía ardiendo de furia, la boca todavía chillando ese lloriqueo del infierno. Gorila observó durante uno o dos minutos mientras el cuerpo del asesino japonés deforme y desfigurado luchaba y luego se fue quedando quieto y todos los signos de vida desaparecieron.

———

GORILA OYÓ EL PRIMER "CRUMP" de una explosión afuera y supo que sólo le quedaban momentos para escapar. El ataque a la pagoda había tardado más de lo que esperaba. Tenía la intención de hacer un ataque agradable, silencioso y rápido. En su lugar, habían sido atraídos a una trampa y había tenido que luchar contra un enemigo oculto había pasado la cuenta tanto a su equipo como a la velocidad de la operación. Ahora, como resultado, los explosivos de Hodges ya estaba empezando a hacer su trabajo.

Era consciente de una bola de fuego naranja, ya que explotó desde algún lugar en la base de la pagoda, sacando los soportes en una esquina. Gorila dejó caer el gran revólver, sacó la navaja y corrió hacia las escaleras, sus piernas agotadas bombeando tan fuerte como pudo hacerlo. No se detenía, ni por nada, no peleaba más, sino que solo cortaría y rayaría y pasaría por delante de lo que se interpusiera en su camino. Cada nivel hacia abajo era como una carrera a través de otro nivel de infierno mientras veía los cuerpos de los hombres que había matado y los hombres que habían luchado a su lado, otro 'boom' sacudió el edificio, se balanceaba de lado a lado y en algún lugar detrás de él olía el hedor pesado de fuego y explosivos. En el segundo piso se encontró con un asesino, que había sobrevivido milagrosamente y estaba empezando a subir las escaleras. Gorila no desperdició tiempo en patear al hombre en la cara antes de cortarle el cuello. Corrió con fuerza hacia la puerta que conduce a la salida de la pagoda, levantando los cerrojos y corriendo por la puerta principal. Se precipitó por las escaleras, ignorando los cuerpos que yacían alrededor, y salió corriendo hacia la nieve de color rojo sangre. Se resbaló y se deslizó en su camino sobre el puente hacia la línea del árbol. Oyó una voz llamar su nombre, y vio a Miko de pie más allá de la línea del árbol, saludando frenéticamente hacia él.

"¡Rápido! En cualquier momento, "Nunca terminó su frase porque el sonido de varias explosiones más grandes llenó sus oídos y la onda de choque de la explosión lo arrojó a la maleza. Aterrizó duro, el viento lo noqueó. Gorila se levantó y él y Miko miraron lo mismo. Un resplandor de llamas rojas y amarillas en la oscuridad de la noche, el fuego era un horno y había muy poco de la pagoda que seguía siendo reconocible. Las bombas de Hodge habían hecho bien su trabajo y todo lo que quedaba era una vorágine de fuego y madera crepitante y el olor de la carne quemada.

«¿Se ha terminado?» la oyó a pesar del zumbido en sus oídos.

Gorila asintió. "Creo que sí, creo que lo hicimos—"

Se detuvo a mitad de la frase, porque desde fuera del infierno, se emitió un ruido que sonaba mitad como humano y mitad como un animal herido. Durante unos segundos, ninguno de ellos pudo establecer lo que era. Entonces, desde lo más profundo de la tormenta de fuego, el grito inhumano se hizo más fuerte. Se levantó del centro de la masa de madera ardiente, un horror de los pozos del infierno. Su tamaño y forma eran distorsionados, su cuerpo carbonizado y quemado, uno de sus brazos cortado y arras-traba una pierna detrás y cojeando. Los restos de su ropa habían sido destrozados y desgarrados por las explosiones a las que había sobrevivido y pedazos de tela soplaban detrás de ella como alas carbonizadas. Pero todavía en sus ojos, estaba la misma mirada de locura y violencia que Gorila había visto antes. Era *Karasu-Tengu*. Los vio, los vio bien, e incluso en su estado debilitado el *Karasu* parecía decidido a llegar a su 'festín' y matar a ambos.

"No me quedan balas", murmuró Gorila por la esquina

de su boca, con los ojos sin dejar de ver al monstruo que se acercaba con cada segundo que pasaba.

Miko asintió con la cabeza y levantó el rifle en un movimiento suave, se afianzó y fijó el alcance en el centro de la cabeza de *Karasu*. "Por mi padre", susurró y disparó. Vio la cabeza de la criatura explotar y observó como cayó de nuevo en el pozo en llamas del que había venido. Bajó el rifle y miró a Gorila. Se pararon juntos, con las manos tocándose ligeramente, mirando las llamas, viendo como la casa de charnel que habían creado se quemaba. Incluso a esta distancia, la intensidad del fuego era casi abrumadora.

Gorila sacó el 39 vacío de la funda de la cadera. Tiró hacia atrás el cargador para asegurarse de que realmente estaba vacío, un viejo hábito. Rastreó sus dedos una vez más sobre los contornos del arma, recordando su historia, lo que le había ayudado a hacer, el número de redacciones que había llevado a cabo en sus capaces manos. Las operaciones se han ido ahora, perdidas para siempre. El arma sería una responsabilidad, rastreable, comprometida, y aferrarse a ella significaría una sentencia de prisión o algo peor. Sabía que no podría usarlo de nuevo. Lo miró una última vez, y luego lo arrojó profundamente en el corazón del infierno ardiente. El calor derretiría el metal y destruiría cualquier evidencia... el 39 se perdería para siempre.

«¿Qué ha sido eso?» preguntó, sonando confundida. ¿Por qué te deshiciste de ella?

"No fue nada", dijo con tristeza. "Sólo una reliquia del pasado..."

LIBRO CUATRO:
RETRIBUCIÓN

1

LONDRES – MARZO 1968

Tres días después, Jordie Penn se reunió con ambos en el aeropuerto de Londres. Habían sido transportados en la parte trasera de su Jaguar y llevados por las calles a un piso seguro para que dieran la información. Él les había proporcionado una actualización de estado, sonando como un lector de noticias, leyendo la información casi aturdido. Las primeras noticias sugirieron que la pagoda en Japón había sido objeto de un incendio desafortunado, no se pensó que hubiera sobrevivientes. El infierno había sido tan severo que identificar los múltiples cuerpos estaba resultando difícil, si no imposible. Hubo rumores sin fundamento de que uno de los cuerpos era el respetado empresario Yoshida Nakata, pero no se sabría más hasta que se realizara una autopsia.

El mismo día, según Penn, la Agencia de la Policía Nacional Japonesa y la Agencia de Inteligencia de Seguridad Pública recibieron varios avisos anónimos sobre actividades criminales en Nakata Industries de Tokio. El informante mencionó los delitos relacionados con el terrorismo, el lavado de dinero y los vínculos financieros con el

tráfico ilegal de armas. Los oficiales de la NPA y la PSIA
llegaron a la mañana siguiente, con órdenes que les dieron
carta blanca para registrar cada habitación en el edificio de
oficinas de Nakata Industries de varias plantas. Varios altos
ejecutivos de Nakata Industries ya habían sido arrestados, y
varios más se habían suicidado abruptamente. Una investigación en profundidad estaba en marcha.

Penn le entregó a Grant dos regalos finales. Desdobló el
pequeño trozo de papel que Penn le pasó y levantó una ceja
ante la cantidad en la columna de "balance". Fue suficiente
para prepararlo para los próximos años, tendría la oportunidad de comenzar de nuevo y mantener a la familia. Penn
le había entregado a Grant una pequeña pistola automática.
"Uno es para protección y el otro para mantener contento al
gerente del banco", dijo Penn. "Tú decides cuál es cuál. El
coronel eventualmente querrá agradecerte personalmente,
Jack. Voy a encontrarme con él más tarde ... espero ... no he
podido comunicarme con él hoy. El teléfono sigue sonando
y sonando ".

"Probablemente solo esté celebrando, Jordie. La forma
en que solíamos hacerlo en los viejos tiempos en Berlín ",
dijo Grant, tratando de calmar las preocupaciones de su
oficial de casos, pero pudo ver la preocupación grabada en
la cara de Penn. Los meses intermedios de la operación
habían sido difíciles para él y había envejecido
visiblemente.

Los dos hombres se dieron la mano y Grant besó brevemente a Miko en la mejilla, el beso de un amigo en lugar de
un amante y le deseó lo mejor antes de que él los dejara
para tomar un tren al norte hacia Escocia. Habían tenido su
tiempo y ahora sus destinos los enviarían en diferentes
direcciones.

PENN Y MIKO observaron a Jack Grant a través de la ventana mientras se alejaba para tomar un taxi. Miko se volvió hacia Penn y sonrió con recato. ¿Y para mí, señor Penn? ¿Qué tienes para mí? ¿Dinero, recompensas?

Penn sonrió. "Tengo un final para esta operación, señorita Arato. Un trabajo final que hacer, un objetivo final ... si lo quieres. Después de eso, tengo un boleto de regreso a casa, o para cualquier lugar del mundo al que desee ir, felicitaciones de Centinela ".

"¿Y el objetivo?" preguntó ella, intrigada.

Penn le dio toda la información que sabía sobre el objetivo. Su nombre, su ubicación y sus tratos con el Cuervo.

"¿Armas?" preguntó ella.

"Hay un equipo especializado esperándote en el maletero de mi auto. Un rifle Parker Hale hecho por británicos".

"Ah, un viejo amigo mío", dijo Miko, recordando a Lochailort. Ahora parecía hace una vida.

"Un viejo amigo de hecho. ¿Está interesada? preguntó Penn.

Ella le sonrió, esa dulce sonrisa suya, juguetona y recatada. "Creo que usted y yo deberíamos hacer un pequeño viaje, Sr. Penn".

"Creo que deberíamos, señorita Arato". *Ella es hermosa y mortal,* pensó Jordie Penn. Era una combinación devastadora.

2

ARISAIG, ESCOCIA

Doce horas después de despedirse de Penn y Miko, Jack Grant salió al corredor de la pequeña cabaña, sacudió la lluvia de sus hombros y sintió el calor del hogar desde la sala de estar, filtrándose por el pasillo. Supo al instante que algo andaba mal; había pesadez en el aire y la cabaña estaba ominosamente silenciosa. La cabaña no funcionaba así; siempre había ruido, desorden y voces. Pero silencio. ¡Nunca!

Dejó caer su bolso en el perchero y escuchó. Cerró suavemente la puerta de entrada detrás de él e instintivamente extendió una mano hacia la pistola en su funda. No lo desenfundaría, por ahora. Como Penn había dicho, tenerlo era una precaución y lo tenía listo, cerca, en caso de que lo necesitara. Atravesó la puerta de conexión y entró en la sala principal. Estaba cubierta de un tenue resplandor anaranjado, la luz de la chimenea proporcionaba calor y luz. En la esquina, vio a May y Hughie, su hermana y su esposo, sentados en el sofá. Tenían las manos atadas, las piernas atadas y cada uno tenía una mordaza en la boca. Parecían exhaustos, como si hubieran estado retenidos durante bastante tiempo. Ambos tenían los ojos desesperados del prisionero que estaba aterrorizado por su vida.

Su mirada se movió hacia el lado opuesto de la habitación. Tuvo que entrecerrar los ojos hasta que sus ojos se acostumbraron a la penumbra. Vio la pequeña mesa de comedor donde normalmente se sentaban, los cuatro al final de un día de trabajo y hablaban y conversaban y se reían y lloraban. No había nada normal en eso ahora; hoy parecía una escena de una de las peores pesadillas de Grant. Porque sentado en una silla frente a la puerta donde estaba parado, estaba Frank Trench y en su regazo, con un arma apuntando a su cabeza, estaba la chica del pelo largo y negro rizado.

"Toma asiento", dijo Trench, indicando la silla de madera directamente enfrente de la suya. "¿Estás cargado? ¿De qué estoy hablando? Por supuesto que lo tienes.

"No me hagas sacar mi arma, Frank, eso sería una sentencia de muerte para ti", gruñó Grant, sentándose en el asiento.

"Oh, no soy estúpido Jack. ¿Crees que te dejaría usar tu arma? No, póngalo en el piso y pásemelo ... con cuidado, solo con las yemas de los dedos por favor. No queremos tener un accidente ahora, ¿verdad?", Dijo Trench, señalando con la cabeza al niño.

Grant sacó el arma de la funda de su cadera derecha y la colocó cuidadosamente en el suelo junto a sus pies, con un rápido roce con su zapato lo deslizó hacia Trench. Trench expertamente la apartó, fuera de su alcance.

"¿Quién es la chica? Es una cosita bonita ", dijo Trench asintiendo con la cabeza hacia la chica mientras él le acariciaba el pelo. "¿Es ella tu sobrina?"

Grant entrecerró los ojos y miró a Trench con firmeza. Sacudió la cabeza y dijo simplemente: "Hija".

Trench soltó una risa triunfante. "Bueno, el premio final, ¡eh! ¿Entonces ella es el pequeño secreto que has mantenido escondido todos estos años? Sería una lástima si algo terrible le sucediera a ella, por su viejo.

Grant apoyó las manos en el borde de la mesa y miró al hombre que había sido su colega. "¿Qué quieres, Trench? La misión ha terminado, el Cuervo está muerto. Lo mejor que puedes hacer es molestarte y dejarnos a todos en paz. Nada de esto resolverá nada.

Trench sonrió y olió el pelo de la niña. "Umm, huele a fresas ... encantador. Te diré lo que quiero, Jack. Vamos a jugar un pequeño juego y decidir de una vez por todas quién es el mejor asesino en frío en este maldito negocio podrido. ¿Cómo te suena eso?

———

LAS REGLAS SON SENCILLAS. Si gano, puedo separar lo que queda de tu familia, pieza por pieza. Dejaré a la chica hasta el final ... es un poco joven, pero estoy seguro de que podría divertirme un poco con ella. Dejaré que la pareja de ancianos mire, antes de acabar con ellos. Estarás muerto de todos modos, así que te lo perderás todo, desafortunadamente ", se burló Trench.

Trench había hecho que la niña se sentara en la esquina junto a la chimenea, lejos de la acción en la mesa y el arma de Grant tirada en el suelo debajo de su silla. Ella estaba sentada con las rodillas acurrucadas junto a la barbilla, los ojos fijos en los dos hombres que estaban en la mesa de la cocina. A la luz del fuego, su cabello negro había adquirido una calidad casi de seda.

"Si ganas, obviamente, tendrás el placer de matarme tú mismo. Una pistola, un magazine lleno colocado directamente frente a nosotros en la mesa, con la seguridad libre y lista para disparar. A la cuenta de tres, el primero en agarrarlo y disparar ... gana ". La voz de Trench se había vuelto más animada ahora, casi como si se estuviera divirtiendo, listo para las fiestas que vendrían.

Grant consideró la propuesta. Una media oportunidad era mejor que ninguna, al menos en su experiencia. Pero algo no olía bien ...

"¿Por qué correr el riesgo, Frank, por qué correr el riesgo de que te pueda volar la cabeza? ¿Por qué no nos matas a todos ahora y acabas con eso? preguntó Grant, sus dedos tamborileando suavemente en el borde de la mesa, sangrando por la adrenalina que corría por sus venas.

El humor de Trench cambió rápidamente y cuando habló, el odio en su voz era tangible. "Porque, pequeña mierda, ¡siempre estuve a tu sombra! Todos estos años; ¡primero en Redaction, luego trabajando para el Cuervo! Gorila, el pistolero, Gorila, el mejor Redactor en el negocio ... bah ... ¡mierda! Eras solo un oso del ejército que besaba los culos correctos, es decir, ese lisiado, Masterman, al que, por cierto, hice una pequeña visita anoche. Ya no está lisiado, si entiendes lo que digo. La vieja bala de estilo KGB en la parte posterior de su cabeza; él y su buena señora esposa. Bastardo trató de apuñalarme con un cuchillo de comando, casi lo logró, así que tuve que golpearlo con mi arma antes de que se calmara. Sin embargo, no cantó, todavía era un viejo imbécil hasta el final ". Sacudió la cabeza violentamente. "¡No!" Quiero resolver esto de una vez por todas, hombre contra hombre, velocidad contra velocidad. No hay excusas o terceros involucrados, totalmente justo. ¡Una oportunidad y un ganador!

Grant se encogió de hombros. Trench siempre había sido ambicioso y egoísta; solo esperaba que en los próximos minutos serían una de esas cosas que le daría una ventaja táctica sobre su enemigo. El orgullo y la ambición podrían ser terminales para un Redactor.

"Voy a mostrarte algo, no intentes nada, o tendré que lastimar a los viejos", dijo Trench. Como un mago que demuestra un truco de cartas a una audiencia cautiva, Trench movió el arma hacia adelante. Era un Browning estándar de 9 mm. Extrajo expertamente el magazine, retiró el seguro deslizante y expulsó la cámara. Luego volvió a colocar el cartucho vacío en el cargador, lo volvió a colocar dentro del arma y dejó que el cargador corriera hacia adelante, haciendo una ronda. Como última medida, quitó el seguro preparando el arma para disparar, antes de colocarla suavemente en el centro de la mesa y girarla como un carrusel. El arma se detuvo con la culata mirando a Trench y cargador mirando a Grant.

Ambos hombres lo miraron fijamente por un momento, pensativos, cada uno midiendo si el otro lo tomaría de forma preventiva. El aire estaba quieto, el único ruido era el leve crujido y el estallido del fuego en el hogar. Luego pasó el momento y los dos pistoleros se sentaron para sopesar sus opciones para este juego macabro. Fue Grant quien rompió el silencio. Entonces, ¿cómo funciona, Frank? ¿Cuentas, o hacemos un engaño y vamos por el estilo de la batalla?

Trench sacudió la cabeza, sus ojos duros y fríos. Luego levantó un dedo acusador y señaló a la niña sentada en la esquina de la habitación. "Ella cuenta hasta tres y en tres, hacemos nuestra jugada. El más rápido para el sorteo gana ".

Grant asintió entendiendo las reglas y sonrió. También entendía cómo operaba Trench y dudaba si el asesino cumpliría con las reglas, incluso si había sido él quien las inició. Trench era un hombre en el que no se podía confiar ... o subestimarse. Grant miró a su hija. "Cierra los ojos y no mires, pase lo que pase. "¿Entiendes?".

La niña asintió y dejó caer la cabeza hacia adelante para que descansara sobre sus rodillas, luego, como protección adicional contra la violencia que se avecinaba, se cubrió la cabeza con los brazos, los dedos entrelazados, asegurándolos en su lugar.

Katie, en exactamente un minuto te diré que empieces a contar. Quiero que cuentes hasta tres, uno, dos, tres, exactamente como lo harías en la clase de la señora Morrison. ¿Puedes hacer eso? "Dijo Grant. Escuchó un gemido en respuesta.

Grant volvió su mirada hacia Trench. Ambos hombres se miraron a los ojos y se estudiaron. Los segundos pasaron, lo que parecían horas interminables fueron, de hecho, meros segundos. La lluvia afuera, el viento aullante, el fuego crepitante y el tictac del reloj de abuelo llenaron el vacío de silencio. Para Grant, todo estaba cerrado. Solo él y la pistola Browning que descansaba sobre la mesa importaban. Lanzó una última mirada a Trench, lo despidió y luego habló con su hija. "Comienza a contar, lentamente".

La niña respiró hondo y luego, con voz vacilante, comenzó a decir "Uno".

La pistola ... mis manos ... el objetivo ... la pistola ... mis manos ... el objetivo, eso es todo, pensó Grant. Ignoró la mirada de Trench, notando en cambio que la mano del otro hombre se movía lentamente hacia abajo, hasta que solo sus dedos descansaban sobre la mesa. Pero ¿por qué?"

Golpeó a Grant en un impresionante momento de realización. El arma principal era una artimaña, una distracción, porque Trench planeaba matar con un arma secundaria ... un arma de respaldo. Los dedos de Trench se movían más a lo largo del borde de la mesa, colocando su mano para agarrar el arma oculta.

"Dos", susurró la niña, con la voz atrapada en su garganta.

Apenas había terminado de decir 'dos' cuando Jack Grant levantó la pierna bruscamente, pateando hacia arriba con toda su fuerza, su zapato se conectó con la mesa desvencijada y envió su extremo opuesto, el extremo de Trench, hacia el techo. Parecía un balancín tratando de ascender hacia arriba. Grant escuchó un fuerte jadeo de Trench cuando el arma, por pura fuerza de gravedad, se deslizó fuera de su alcance y se dirigió hacia el estómago de Grant, donde sus manos esperaban recibirlo. Grant sintió que el arma se deslizaba suavemente hacia su alcance y luego la levantó al instante sobre la mesa, a escasos centímetros de la frente de Trench. Grant apretó el gatillo, solo una vez. Trench trató de sacar su arma de respaldo, pero nunca lo logró.

La explosión de ruido duró solo un momento. Un disparo, un muerto.

El humo se disipó y Grant se dio cuenta de su némesis, todavía sentado erguido en la silla, con la sorpresa grabada en la cara y su tercer ojo recién adquirido, justo por encima del ojo izquierdo, había comenzado a llorar. Trench había logrado acceder a su arma de respaldo, un pequeño Colt .25, que colgaba sin fuerzas en sus dedos. Escuchó a Trench dar una última exhalación antes de que su pecho se calmara.

Grant se sentó en la oscuridad, mirando a Trench por unos momentos más hasta que estuvo satisfecho de que el hombre estaba realmente muerto. Levantó la pistola, sacó el cargador y volvió a deslizar el portaobjetos hasta que escupió la bala. Con la pistola segura, la dejó caer sobre la mesa, contento de deshacerse de ella de sus manos. Su mente ya estaba volviendo al modo profesional. Disponer del cuerpo; poner a Trench dentro de un saco cargado de cadenas, un viaje al centro del lago en el bote de remos de Hughie a altas horas de la noche ... miró a May y Hughie, sus ojos estaban ansiosos por lo que acababa de suceder. "¿Estás bien?" dijo él. Su hermana asintió y su cuerpo se arrugó con una mezcla de estrés y agotamiento.

Grant se levantó y caminó hacia donde su hija todavía estaba escondida en su propia cueva privada, con los brazos sobre su cabeza. Él se paró cerca de ella, consciente de su violento temblor, y suavemente puso una mano sobre su cabello negro y lo acarició. "Katie, ven aquí. Ven aquí mi dulce, dulce niña. Lo siento amor, lo siento mucho", dijo.

Ella levantó la vista, reconoció al hombre que estaba sobre ella y le tendió los brazos. Se abrazaron, abrazándose fuertemente y ella susurró al oído de su padre. "Papi, papi, está bien, no te preocupes ... estás en casa ahora. Leí tu carta; la leo todos los días ..."

3

MOEL FAMU, GALES - ABRIL 1968

Sir Marcus Thorne, también conocido como la Salamandra, y ahora, el recién nombrado jefe del Servicio de Inteligencia Secreta Británica cavó su bastón en la tierra de la montaña galesa Moel Famu, y se empujó hacia adelante por la ladera de la colina. Le encantaba caminar en esta región de Gales. Las montañas, los espacios abiertos, la tranquilidad, la libertad; todos le daban la oportunidad de pensar y escapar. Fue su liberación. Necesitaba estos pequeños momentos, tal vez una vez al mes, para dejar desangrar la tensión de su doble vida y el nefasto funcionamiento del Servicio Secreto Británico. Este era su lujo.

Sus esperanzas de manipular la crisis del *Kyonshi* habían quedado en nada. Su cómplice, el Cuervo y su organización, fueron derrotados ... destruidos ... al menos, si se podía creer en los informes policiales que venían de Japón. Se había lamentado por su viejo amigo y conspirador, había encendido una vela de incienso por respeto. Thorne había pasado una década o más moviendo las piezas en el tablero de ajedrez que era el Gran Juego. El conocimiento interno sobre cómo extorsionar al gobierno británico; moviendo a Trench a su posición; manipulando SIS y MI5 para mirar hacia un lado, mientras que el Cuervo se movía en otro; el "golpe" sobre Masterman; negociar como parte del proceso de extorsión y promover a ese bufón, Hart, en el papel de ser el nuevo C ... todo había terminado en un desastre.

El plan original de Salamandra y Cuervo había sido extorsionar dinero de los británicos y también mover a Thorne a una posición más poderosa dentro del gobierno, con suerte una posición de gabinete, algo que lo acercara aún más a su objetivo final: convertirse en primer ministro. Thorne debía intervenir una vez que la *crisis de Kyonshi* estuviera en su apogeo, tomar las riendas como vicepresidente del Comité Conjunto de Inteligencia y expulsar al actual y fallido Ministro del Interior. El hombre era un viejo tonto, que estaría fuera de su alcance con este tipo de ataque. Ese había sido el plan ... y el mundo habría sido su perla. Desafortunadamente, la empresa privada de Masterman había pagado por eso. Años de planificación y traslado estratégico de activos a su lugar habían sido destruidos por unos pocos hombres armados que derribaron al Cuervo y destruyeron las reservas del virus *Kyonshi*.

No es que haya sido un completo desperdicio. Hubo algunos aspectos positivos. Trench había dejado un mensaje en su buzón en desuso de emergencia, diciendo que se había ocupado de Masterman en su casa y que su próxima parada era Escocia, para acabar con Grant y sus familiares. Buen hombre, ese Trench. Quizás podría ser utilizado en algún momento en el futuro, para un trabajo húmedo no oficial y silencioso.

El otro logro fue cuando ese bufón, Hart; el titular anterior en el papel de C había sido despedido. Por supuesto, le ayudaron en su camino con una juiciosa puerta trasera empujada por Thorne y su colega del Comité Conjunto de Inteligencia. Realmente, era inevitable; Hart no estaba preparado para el trabajo y tenía que irse ... había sido un buen 'hombre de paja'. Pero, ¿quién podría asumir el cargo con tan poca antelación? Un paso adelante, Sir Marcus Thorne, respetado burócrata de inteligencia, ex funcionario del SIS y vicepresidente del JIC. Su posición había sido confirmada en una sesión de emergencia varios días antes. Entonces, no es el primer lugar todavía, sino un paso o dos más cerca. Un día, estaría en Downing Street.

Thorne se movió más arriba en la pendiente, se detuvo y se volvió para admirar la vista. Dios, eso era fantástico. La amplitud y la profundidad de la cordillera lo dejaron sin aliento. Saludó a sus guardaespaldas de la policía y les hizo señas para que se cruzaran a su encuentro al otro lado de la colina. Era una de las ventajas de su nuevo puesto como Jefe del SIS: protección policial las veinticuatro horas. Sir Marcus Thorne, el nuevo C, se volvió por última vez para estudiar la magnífica vista de las colinas y montañas que se extendían ante él. Él sonrió para sí mismo, sintiéndose a salvo y seguro.

Y entonces cayó.

———

CARTER, el mayor de los guardaespaldas de la Rama Especial, fue el primero en ver caer a Sir Marcus. Se volvió y llamó a su colega más joven, el sargento Martins. Tony ! ¡Maldita sea, el Jefe se ha resbalado y caído! "¡Vamos!" Ambos guardaespaldas subieron la cuesta de la colina a toda velocidad, hasta la cresta del Tor donde yacía el cuerpo de su principal, sin moverse. Fue solo cuando llegaron al cuerpo propenso que vieron la extensión de las heridas de sus VIP. Le habían disparado en la cabeza. La herida había sido causada por una bala de gran calibre, a juzgar por el daño en la sien de Sir Marcus. Su cabeza se parecía a una calabaza que había sido hecho pulpa con un martillo.

"¿De dónde vino el tiro!" Preguntó Martins, buscando a tientas su revólver.

"¡Sigue bajando!" Debe haber sido un francotirador. Debe haber tenido un silenciador. ¡Podrían estar en cualquier parte! Carter gritó.

Pero aquí no hay nada. ¡Ni siquiera una línea de árboles por más de quinientos metros!

"Bueno, entonces, debe ser un buen francotirador, ¿no? ¡Por el amor de Dios, llámalo, Tony, llámalo ahora, *ahora*!

Martins buscó a tientas la radio que los conectaba con el Jaguar estacionado en la carretera principal. "El hombre fantasma ha caído. Repito, el hombre fantasma está abajo! Por el amor de Dios ... ¡alguien ha asesinado al jefe del Servicio Secreto de Inteligencia!

EPÍLOGO

AEROPUERTO KAI TAK, KOWLOON BAY, HONG KONG - ABRIL 1968

El anciano abuelo avanzó arrastrando los pies por el vestíbulo de la terminal del aeropuerto, su bastón laqueado negro golpeteaba el suelo de baldosas mientras se abría camino. El traje negro recién lavado y la camisa azul que llevaba había sido entregado a su puerta esa misma mañana por un correo anónimo; las oscuras gafas de sol reflectantes que él se había proporcionado.

Los hombres que representaban al Cuervo y su organización le pagaban un hermoso estipendio mensual, y el dinero había ayudado a pagar las deudas de su adicción al juego. Por este dinero, todo lo que tenía que hacer era ... nada. Simplemente sentarse y esperar hasta que le llamaran para que brinde un "servicio". No sabía exactamente cuál sería ese servicio, y no era tan tonto como para hacer preguntas, especialmente si amenazaba su tarifa mensual. Junto con el traje y la camisa, se había entregado un sobre blanco liso que contenía algunas instrucciones básicas escritas y una sola llave. Sus órdenes habían sido viajar al aeropuerto y dirigirse a los casilleros que podían ser contratados por los pasajeros que iban y venían. Su llave estaba numerada siete, un buen presagio, pensó. Bueno para la suerte y el éxito. A partir de ahí, necesitaba recuperar los artículos en el casillero y tomar un taxi de regreso a su departamento para esperar más instrucciones. Era un trabajo suficientemente fácil.

La llave del casillero pesaba fuertemente contra la pernera del pantalón mientras avanzaba lentamente hacia la pared de los casilleros de pasajeros. La explanada siempre estaba ocupada; después de todo, era uno de los aeropuertos más concurridos de toda Asia. El abuelo se detuvo y evaluó las filas de filas de casilleros hasta que vio "el suyo". Buscó la llave en su bolsillo y la sacó con calma. No había necesidad de buscar señales de vigilancia. No era un joven matón de la Tríada, ni un traficante de drogas, ni un criminal. Era un anciano al que nadie le prestó atención. Se acercó al casillero, insertó la llave y la giró. No lo sabía, por supuesto; no podía saber, de hecho, que había una docena de otros como él; personas sin consecuencias, nadies: hombres, mujeres y niños que serían la venganza final del Cuervo en caso de su desaparición.

Incluso ahora estarían abriendo casilleros y cajas en aeropuertos y estaciones de tren en Londres ... Rio de Janeiro Berlín Saigón Lisboa El Cairo. Abrirían la cerradura, escucharían el leve estallido del atomizador mientras emitía su spray letal y luego sus cuerpos y mentes se verían inmersos en un viaje de locura y furia. El abuelo abrió la puerta del casillero y miró en la oscuridad, sintió una ráfaga de aire y un líquido atomizado hinchado en su rostro. Captó toda su fuerza al inhalar. Se pasó la mano por la cara para limpiar la humedad de todo lo que lo había rociado y tosió, una vez, luego dos veces, antes de finalmente recuperar la compostura. No es un aroma desagradable ... olía a almendras. Dulce y reconfortante.

Sin previo aviso, su cuerpo fue sacudido abruptamente por el dolor y su bastón cayó al suelo. Lo oyó sonar cuando cayó sobre las baldosas. Una fiebre subió rápidamente en su cuerpo, calentando su piel insoportablemente, y sus ojos comenzaron a fluir. Cuando extendió la mano para limpiar el líquido de sus mejillas, se sorprendió al descubrir que era sangre. Se volvió para mirar a las personas que lo rodeaban en el aeropuerto ... hombres y mujeres con equipaje, niños cargando juguetes, pilotos en camino a sus próximos vuelos.

Luego experimentó una oleada de fuerza ... ira ... ¡hambre!

Luchó contra él todo el tiempo que pudo, luchó contra la adrenalina que se disparaba alrededor de su cuerpo ... sus músculos se contrajeron ... su respiración aumentó ... Todo lo que quería hacer era atacar, matar ... luchar ... asesinar. El palo ... el palo podría usarse para romper ... romper huesos ... sacar los ojos de las personas ...

Se sometió al impulso incontrolable y dejó que la ira lo consumiera.

Vio a los inocentes a su alrededor ... la comida ... tan débil, tan fácil de matar, y luego corrió hacia ellos con sed de sangre.

El festín *Kyonshi*. Fue el acto final de venganza del Cuervo.

GLOSARIO

C - Jefe del Servicio Secreto de Inteligencia (SIS)

CIA Agencia Central de Inteligencia

Dojo - sala de entrenamiento japonés para las artes marciales

Gaijin - palabra japonesa para extranjero ('Persona externa')

GCHQ - Sede de comunicación del gobierno; Organización británica responsable de las intercepciones electrónicas y de comunicación.

Giri - palabra japonesa que significa 'deber' u 'obligación'

Gwaih-Lo: jerga cantonesa para extranjeros

JIC - Comité Conjunto de Inteligencia, supervisor político de SIS, MI5 y GCHQ

Karasu-Tengu: un mítico mitad cuervo / mitad duende de la cultura japonesa

Kempeitai - Policía secreta japonesa en tiempos de guerra

Kyonshi - palabra japonesa que significa 'muerto viviente' o cadáver reanimado

MI5 - Servicio de seguridad británico responsable del contraespionaje en el Reino Unido

Ninjato: supuestamente la espada que llevan los asesinos de Shinobi.

Oyabun - Líder de un clan japonés o familia Yakuza

Ronin - Samurai sin maestro, mercenarios independientes sin lealtad

Saiko-Komon - Asesor principal de un líder Oyabun / clan

Shaken: una estrella de lanzamiento de metal utilizada por los asesinos de Shinobi

Shinobi: agente encubierto o asesino mercenario en el Japón feudal. En la cultura popular, a menudo referido como 'Ninja'

Shinobi Shozoko - El uniforme de un asesino Shinobi

SIS - Servicio Secreto de Inteligencia; Agencia de inteligencia británica en el extranjero, a menudo denominada MI6

Yakuza - familia japonesa del crimen organizado

UN MENSAJE DE JAMES QUINN

Espero que las aventuras de Gorila Grant continúen cautivando y entreteniendo a lectores nuevos y viejos. Durante el último año, Gorila se abrió paso lentamente en los corazones de los compradores de libros que lo conocieron. Se ha labrado su propio nicho (probablemente con su navaja de afeitar de confianza) en la psique del medio de espionaje y por eso me siento honrado, humilde y muy, muy feliz.

La historia de Centinela Cinco y su operación asesina se basa, si se basa en algo, en la historia japonesa del *47 Ronin*, en la que una banda de Samurai (Ronin) sin maestro vengó la muerte de su difunto maestro. He sido estudiante del cuento durante muchos años y siempre imaginé darle un toque moderno a la historia.

Para la sección final del libro, la Pagoda del Cuervo, elegí un lugar ficticio. Sin embargo, la pagoda se basa, libremente, en el castillo de Matsumoto en Nagano, Japón. El concepto del equipo S5 luchando para llegar al nivel superior se toma, descaradamente, de la idea original que el legendario artista marcial Bruce Lee tenía para la historia de su película sin terminar, *Game of Death*, en la que un grupo de luchadores tienen que abrirse camino hasta el nivel superior de una misteriosa pagoda. Ese ambiente de lucha autónomo desde la visión de Lee siempre me ha acompañado y estaba desesperado por que los mejores asesinos de la época compitan entre sí dentro de sus paredes.

Entonces, ¿qué sigue para Gorila Grant?

Bueno, ciertamente regresó al 'juego', y no perdió ninguna de sus habilidades en los años intermedios entre AGFA y S5. Y aunque todavía tiene personas a las que le importa proteger, al menos por ahora, están a salvo.

Entonces, ¿quién lo sabe? ¿Qué haría un asesino experimentado después? SIS no sabe que ha vuelto; Ni siquiera está en su radar. Entonces, tal vez se vuelva independiente, tal vez incluso haga un poco de trabajo independiente ... después de todo, es un mundo peligroso e incluso Gorila Grant tiene que ganarse la vida y mantener al lobo alejado de la puerta.

Espero que te unas a él cuando regrese.

JAMES QUINN

Londres

2016

AGRADECIMIENTOS

Soy afortunado en mis libros, especialmente durante la fase de investigación inicial, de tener a mano una fantástica red de contactos que pueden ayudarme con sus conocimientos técnicos, experticia y experiencia. Cualquier error encontrado en el libro depende de mí y NO del excelente consejo de mis colaboradores. Ellas son, sin ningún orden en particular:

Anette Wachter, quien se hace llamar "**30calgal**" por todos sus excelentes consejos y conocimientos en el arte del tirador (y la mujer) y por ayudar a dar vida a la bella pero letal Miko.

Mi amigo *Steve Williams* de Georgia, EE. UU., Por todo su conocimiento al armar a Gorila Grant para este libro y por compartir su sabiduría sobre cuáles serían las opciones más letales para el trabajo de tiro de cerca. Espero con ansias el día en que Steve y yo podamos relajarnos y acribillar a un par de objetivos juntos en una tarde soleada. Algún día...

Al verdadero *coronel "Masterman"* por su orientación y ayuda en la negociación de los corredores del mundo secreto de inteligencia y por ser siempre una mano de apoyo que me empuja en la dirección correcta.

A *Miika* y al equipo de *Creativia Publishing, especialmente a mi editora Debbie Williams,* por todo su arduo trabajo para llevar el libro a un nivel fantástico.

A mi buen amigo *Daniel Webster* (mi "armero" personal) que siempre está allí con buenos consejos y camaradería, tanto dentro de las páginas de estos libros como también en la vida real. Siempre tendremos The Shard ...

Para *Lulu,* por escribir una vez más la última línea del libro (es una especie de nuestro pequeño ritual ahora) y no puedo esperar el día en que pueda devolverle el favor y escribir la última línea de *su libro.* Tienes todo mi amor xxxx

Y, por último, pero nunca menos importante; al pequeño *Jack* por ser una inspiración para mí en todo lo que hace. Es un pistolero nato y nunca ha olvidado la cara de su padre. xxxx

GORILA GRANT
RETORNARÁ

ROGUE WOLVES

ACERCA DEL AUTOR

James Quinn pasó 15 años en el mundo secreto de las operaciones encubiertas, las investigaciones encubiertas y la seguridad internacional antes de pasar la mano a la escritura.

Está entrenado en combate cuerpo a cuerpo y en el uso de una variedad de armamento que incluye armas de bordes pequeños. También es un crac de pistola para CQB (Close Quarter Battle) y muchas de sus experiencias las ha incorporado a sus obras de ficción.

* Vive en el Reino Unido

Para obtener más información, visite el sitio web de James Quinn: http://jamesquinn.webs.com

Facebook: https://www.facebook.com/Gorillagrant/

Facebook: https://www.facebook.com/Gorillagrant/